Gordon Korman

JACKSON OPUS
Im Bann des magischen Auges

cbj

DER AUTOR

Gordon Korman, geboren 1963 in Montreal, Kanada, begann schon mit 12 Jahren an seinem ersten Roman zu schreiben, nahm sich dann eine kreative Pause, um zu studieren, und hat seither mehr als 55 Romane für Kinder und Jugendliche veröffentlicht, die vielfach ausgezeichnet wurden. Er lebt heute mit seiner Frau und seinen drei Kindern in New York.

Gordon Korman

JACKSON OPUS

Im Bann des magischen Auges

Aus dem Englischen
von Silvia Schröer

cbj

Kinder- und Jugendbuchverlag
in der Verlagsgruppe Random House

MIX
Papier aus verantwortungsvollen Quellen
FSC® C083411

Verlagsgruppe Random House FSC® N001967
Das für dieses Buch verwendete FSC®-zertifizierte Papier
Super Snowbright liefert Hellefoss AS, Hokksund, Norwegen.

1. Auflage
Erstmals als cbj Taschenbuch Oktober 2015

Zuerst erschienen 2013 unter dem Titel »The Hypnotists«
bei Scholastic Press, New York
Übersetzung: Silvia Schröer
Lektorat: Kerstin Kipker
Umschlaggestaltung: semper smile, München
Umschlagmotive: © Shutterstock (Angela Hawkey, mandritoiu, idea for life)
CK · Herstellung: cb
Satz: Uhl + Massopust, Aalen
Druck: CPI books GmbH, Leck
ISBN 978-3-570-22553-0
Printed in Germany

www.cbj-verlag.de

Für Aviel und Daniel

1

Der Bus auf der Third Avenue hatte etwas Bösartiges an sich. Fast schon höhnisch stand er da, als Jackson Opus über den Bürgersteig hetzte, Fußgänger anrempelte und brüllte: »Hey! Hey! Warten Sie!«

Er hatte sich dem Bus bis auf zwei Meter genähert, als die Türen sich schlossen, die Luftdruckbremsen zischten und das lange, akkordeonartige Fahrzeug sich nahtlos in den Verkehr einfädelte.

Jax bremste ab. Verloren. Gleich darauf rumste von hinten Tommy Cicerelli in ihn hinein, dem gerade noch genug Puste blieb, um der Pickelcreme-Werbung auf dem Busheck ein paar deftige Schimpfwörter hinterherzubrüllen.

»Wir kommen zu spät«, prophezeite Jax. »Der Trainer wird uns so was von umbringen.«

»Wir können doch nicht zum Endspiel zu spät kommen!«, zeterte Tommy. »Vielleicht kommt gleich noch einer.«

Und tatsächlich erklomm noch ein M33 die Anhöhe.

Die Jungs rasten zur Haltestelle … und schauten verzweifelt zu, wie der Fahrer an ihnen vorbeifuhr, ohne sie auch nur des geringsten Blickes zu würdigen.

Tommy drosch mit seiner Trainingstasche auf den Pfosten ein. »Hey, Mann, und wir?«

»Jetzt kommt bestimmt kein Bus mehr«, jaulte Jax auf. »Nicht nachdem zwei hintereinander gekommen sind.«

Aber knapp eine Minute später tauchte doch noch einer auf – auf der Frontscheibe stand deutlich die Liniennummer M33. Sogar vom anderen Ende der Straße aus konnten Jax und Tommy sehen, dass er gerammelt voll war. Der Fahrer konzentrierte sich auf den Horizont und schaute nicht einmal zu der Haltestelle hinüber, an der sie warteten.

»Er lässt uns einfach stehen!«, jammerte Tommy.

Verzweifelt trat Jax auf die Straße und winkte wie verrückt, bis er den Fahrer auf sich aufmerksam gemacht hatte. Während er dort auf der Fahrbahn stand, schoss ihm plötzlich ein Bild durch den Kopf, wie er auf jemanden im Bus wirken musste – ein zwölfjähriges Kind mitten in der Spur einer tonnenschweren röhrenden Maschine. Das Bild war lebendiger als ein Tagtraum. Für einen Augenblick *sah* er sich tatsächlich selbst durch das Glas der Windschutzscheibe, wie er größer und größer wurde, während der Bus auf ihn zuhielt.

Er rührte sich nicht von der Stelle. Hier ging es um kein normales Spiel, es ging nicht mal um die Play-offs. Hier ging es ums Finale.

Metall kreischte auf Metall und das riesige Fahrzeug kam schlingernd zum Stehen. Jax und Tommy warfen sich ihre Taschen über die Schultern und quetschten sich hinein.

»Opus, du bist ein Held!«, rief Tommy bewundernd.

»Ja, schon gut, aber Held hin oder her. Wenn wir nicht bis halb acht in Uptown sind, bin ich ein *toter* Held.« Als Jax sich vorbeugte, um seine Monatskarte durchzuziehen, fiel sein Blick auf den Fahrer. Der Mann starrte ihn mit ausdruckslosem Gesicht an.

»Dem Typen hast du einen ganz schönen Schrecken eingejagt«, flüsterte Tommy. »Sogar in New York tritt nicht alle Tage irgendein Idiot vor einen fahrenden Bus.«

Jax wurde rot. »Entschuldigen Sie, Mister. Wir sind nur echt spät dran. Sie müssen uns so schnell wie möglich zur Neunundsechzigsten Straße bringen.«

Die Türen schlossen sich zischend, und der Bus fuhr los Richtung Norden, immer schneller und schneller. An der Vierzehnten fuhr er über eine gelbe Ampel und brauste die Straße hinauf. Mehrmals läutete die Haltewunschtaste, aber der Fahrer fuhr weiter.

»Hey!«, meldete sich eine Stimme. »Sie sind an meinem Block vorbeigefahren!«

Der Fahrer gab keine Antwort. Er kauerte hinter dem großen Steuer, schlängelte sich durch den Abendverkehr und beschleunigte bis zur Geschwindigkeitsbegrenzung und weit darüber hinaus. Hupen ertönten, und Reifen quietschten, als verschreckte Autofahrer ausscherten, um sich in Sicherheit zu bringen. Fußgänger rannten um ihr Leben.

Jax starrte den Fahrer mit großen Augen an. War er durchgedreht? Das war ein Ziehharmonika-Bus und kein Rennwagen! Die Straßen in der Stadt waren überfüllt, Ampeln an jeder Ecke, und der Kerl drückte das Gaspedal voll durch!

»Alter, das ist der beste Bus in ganz New York!«, rief Tommy. »Vielleicht schaffen wir es doch noch rechtzeitig.«

Wortlos sah Jax aus dem Fenster, während die Blocks nur so vorbeirauschten. Ampeln sprangen auf Rot, aber der Fahrer mähte geradewegs über sie hinweg. Querverkehr kam quietschend zum Stehen. Es schepperte, als ein Taxi versuchte, dem rasenden M33 rückwärts auszuweichen, und auf den Kühlergrill eines SUVs prallte.

Die Reaktion der Fahrgäste wechselte von Erstaunen über Wut zu totaler Panik.

»Sind Sie verrückt geworden, Mister?«

»Sie haben da hinten einen Unfall verursacht!«

»Sie sind anderthalb Meilen an meiner Haltestelle vorbei!«

»Sie werden uns alle umbringen!«

»Ich rufe die Polizei!«

Als sie über die Neunundfünfzigste walzten, rumpelte ein langsamer Müllwagen ihnen direkt in den Weg. Der Fahrer riss das Steuer so abrupt herum, dass sein Kopf gegen die Seitenscheibe prallte. Sitzende Fahrgäste wurden von ihren Plätzen geschleudert, und die stehenden schwankten und hielten sich fest, als würde ihr Leben davon abhängen. Schreie ertönten und Handys krachten zu Boden. Jax klammerte sich am Geländer fest, um nicht die Treppen an der Eingangstür hinunterzufallen. Tommy wurde gegen die Tür gequetscht. Der ganze Innenraum vibrierte wie eine Gitarrensaite.

Der Bus schoss in die Lücke zwischen dem Müllwagen und einer Reihe Taxis, ratterte über ein paar auf der Straße liegenden Abeckplatten an einer Baustelle vorbei und fuhr in raketenartiger Geschwindigkeit weiter. Jetzt war das Fahrzeug vollends der König der Straße. Fußgänger und Autos stoben auseinander, um ihm Platz zu machen. Ein kurzer Blick in den Rückspiegel reichte aus, und schon fasste ein Autofahrer oder eine Autofahrerin den Entschluss, sich besser nicht mit diesem rasenden schweren Brummer anzulegen, der die Straße entlangpflügte und dabei sein am Ziehharmonika-Gelenk befestigtes Hinterteil wie eine Haifischflosse schwang.

Im Inneren war die Hölle los – Wutschreie, Todesangstgebrüll und sogar Gebete konnte man hören. Ein Mann war von seinem Sitz aufgesprungen und versuchte, dem Fahrer das Lenkrad zu entreißen. Aber der hielt ihn mit steifem Arm von sich fern.

Jax und Tommy machten große Augen. Basketball war inzwischen das Letzte, was sie interessierte. Was war hier los? Wie viel Angst mussten sie haben? Beide waren Stadtkinder, schwer zu beeindrucken. Aber sie hatten Geschichten von Leuten gehört, die durchgedreht sind und verrückte Dinge angestellt haben. War es das, was gerade mit dem Fahrer passierte? Und hatten sie einfach Pech gehabt, dass sie genau an dem Tag in den Bus gestiegen sind, an dem irgendein Tropfen sein Fass zum Überlaufen gebracht hatte und er ausrastete?

Das Kreischen der Bremsen war ohrenbetäubend. Bücher und lose Gegenstände flogen durch die Luft. Geschäftsmänner kippten um wie Dominosteine. Jax wurde gegen eine Trennwand geschleudert. Tommy fiel auf ihn drauf. Im letzten Moment riss Jax seine Trainingstasche hoch und verhinderte eine Kopf-an-Kopf-Kollision, die sie beide k. o. geschlagen hätte. In wenigen verheerenden Sekunden war der Bus ruckartig von raketenartiger Geschwindigkeit zu einem vollständigen Halt gekommen.

Die Türen fuhren zischend auf. »Neunundsechzigste Straße«, verkündete der Fahrer freundlich.

Schmerzensschreie und Angstgewimmer erfüllten das lange Fahrzeug. Begraben unter Tommy und mit hämmerndem Herzen, brachte Jax nichts weiter hervor als ein einfaches »Hä?«.

»Neunundsechzigste«, wiederholte der Mann. »Einen schönen Tag noch.«

Jax und Tommy stiegen aus – sie waren nicht die Einzigen. Scharen von keuchenden und vor Erleichterung schnaufenden Fahrgästen flohen in die Sicherheit des Bürgersteigs. Dass die meisten von ihnen sich weit weg von ihrem eigentlichen Ziel befanden, störte sie nicht mehr. Sie hatten dem Tod ins Auge geblickt. Am Leben zu sein, war ein klarer Pluspunkt an diesem Tag.

Als der Bus komplett leer war, fuhr der Fahrer mit einem freundlichen Winken weiter, was von seinen ehemaligen Fahrgästen mit einem Chor aus wütendem Gebrüll quittiert wurde.

Jax hörte Sirenen in der Ferne. Er bemühte sich immer noch, wieder normal zu atmen. »Wie abgefahren war das denn?«

Doch Tommy warf nur einen Blick an ihm vorbei auf die Turmuhr an der Ecke. »Wir können es noch schaffen! Los, lauf!«

2

»Noch später ging's nicht, was?«, blaffte Coach Knapp der *Furchtlosen Westside Bullen,* als Jax und Tommy in die Umkleide der Sporthalle kamen.

»Auf der Third Avenue war Chaos«, verteidigte sie Tommy und fing an, seine Straßenklamotten auszuziehen.

»Wir gehen raus zum Aufwärmen«, teilte Knapp ihnen mit. »Zieht eure Trikots an. Wir treffen uns auf dem Feld.«

Jax streifte sein Hemd ab und zog sich sein Trikot über den Kopf. Er warf einen kurzen Blick in den Spiegel. Seine Augen waren wieder blau auf dem Weg zu blassgrün. Er war sich aber ganz sicher, dass seine ständig wechselnde Augenfarbe im Bus fast violett gewesen war. Stress brachte den Lila-Farbton hervor. Manchmal war es ihm peinlich, dass er durch seine Augen wie ein Stimmungsring sein Innerstes offenbarte. Den meisten Leuten fiel der Farbwechsel nicht auf. Und doch merkten viele, dass etwas anders war. Oft fragte jemand: »Warst du beim Friseur?« oder »Hast du abgenommen?« oder sogar »Hattest du sonst nicht immer eine Brille auf?« Es war echt gewöhnungsbedürftig, ständig angestarrt oder angesprochen zu werden. Vielleicht war Tommy deshalb der ideale Freund – er war farbenblind und sah es nicht.

Wer aber auf jeden Fall etwas sah, als die Zuspätkommer auf dem Spielfeld einliefen, war Rodney Steadman, der Topscorer der *Treffsicheren Schädlingsbekämpfenden Scharfschützen*. Als Flügelspieler war es Jax' Aufgabe den besten Spieler der Gothamer Liga zu decken. Obwohl der Sprungball noch nicht mal stattgefunden hatte, starrte Rodney ihn bereits an. Der Spieler mit der Doppelnull hatte bestimmt keine Angst vor dem schmächtigen Jackson Opus. Im Gegenteil: Rodney würde ihn wahrscheinlich schwindlig spielen. Davon ging zumindest Coach Knapp aus. Er hatte Jax die ganze Trainingswoche hindurch aufgebaut mit Motivationssprüchen wie: »Wenn du Steadman unter dreißig halten kannst, haben wir eine Chance« und »Egal, was du tust, lass ihn nicht sehen, dass du Angst hast. Diese Typen riechen Angst, wie ein Hai Blut im Wasser riecht«.

Also, falls man Angst riechen konnte, dann hatte Rodney die Witterung längst aufgenommen, denn Jax' Augen hatten wahrscheinlich die Farbe von Lollis mit Traubengeschmack. Plötzlich blitzte vor Jax ein Bild auf und er sah sich *selbst* in seinem Basketballtrikot am Rande des Kreises stehen und auf den Sprungball warten.

Genauso war es gewesen, als er auf die Straße getreten war, um den Bus anzuhalten – ein kurzes Bild von sich selbst, als würde ihn jemand anders anschauen. Bei der Busgeschichte war das eindeutig dadurch ausgelöst worden, dass er Angst gehabt hatte, überfahren zu werden. Aber jetzt gerade hatte er nicht wirklich Angst, oder? Okay, er befürchtete, dass Rodney ihn im Spiel blamieren würde, aber das ließ sich ganz sicher nicht vergleichen mit der Aussicht, zerquetscht zu werden.

Jax hatte diese seltsamen Visionen jetzt schon seit mehreren Monaten – zu lange, um sie als Tagträume abzutun. Halluzinierte er? Vielleicht. Aber sah man bei Halluzinationen nicht Dinge, die *nicht* da waren? Er sah sich *selbst*, genau da, wo er gerade war, und genau das tun, was er gerade tat. Es war fast, als würden seine Augen von Kameras gespeist, die auf ihn gerichtet waren.

Jax hatte von etwas gehört, dass man außerkörperliche Erfahrungen nannte. War es das, was hier vor sich ging? Es war ziemlich gruselig, aber seine Internetrecherche hatte ergeben, dass so etwas jedem Zehnten schon mal passiert war. Menschen berichteten davon, dass sie ihren eigenen Körper gesehen haben, als hätten sie über ihm geschwebt, aber das war Jax noch nie passiert. Außerkörperliche Erfahrungen wurden manchmal durch Nahtod-Erlebnisse ausgelöst. Zum Beispiel, wenn man von einem Bus überfahren wird.

Aber durch Lampenfieber vor einem Spiel? Das war ja wohl total lahm.

Jax blickte Rodney finster an, tat so, als wäre er nicht eingeschüchtert, und sagte: »Was glotzt du so, Mann? Du hast Schiss – so sieht's aus.«

Diese Taktik ging nach hinten los. Rodney sah nicht weg. Der beste Spieler der Liga wusste, dass er von solchen Typen wie Jackson Opus nur wenig zu befürchten hatte.

Ein scharfer Pfiff aus der Pfeife holte ihn zurück aufs Spielfeld. Der Sprungball, der das Spiel eröffnete, war in der Luft, und die beiden Center sprangen danach. Die *Scharfschützen* sicherten sich den Ball und natürlich ging der Pass an Rodney. Jax stellte sich vor seinen Gegner, federte leicht auf den Fußsohlen. Seltsamerweise konzentrierte sich der Spieler mit der Doppelnull aber mehr auf den Verteidiger als auf den Ball. Er schien abgelenkt, dribbelte langsam und zu hoch, ganz klar über dem Hosenbund.

Jax ging dazwischen und nahm ihm den Ball ab. Er war von seiner Leistung so überrascht, dass er sich den Zeh auf dem Boden anstieß und hinfiel. Zum Glück schnappte Tommy sich den Ball und passte ihn quer über das Spielfeld zu Dante Marsh, dem Kapitän der

Bullen, der einen Korbleger machte und den ersten Punkt im Spiel erzielte.

Die *Bullen* waren den hoch favorisierten *Scharfschützen* weit unterlegen, und doch wurde es ein ebenbürtiges Spiel, bei dem die Führung immer wieder hin und her wechselte. Es lag nicht daran, dass die *Westside Bullen* so gut oder die *Scharfschützen* so schlecht spielten – mit einer Ausnahme: Rodney Steadman. Er schien sich in Zeitlupentempo zu bewegen und war eindeutig nicht bei der Sache. Zwar landete er ein paar Treffer. Aber zur Halbzeit, wenn der beste Spieler der Liga normalerweise längst im zweistelligen Zahlenbereich unterwegs war, hatte er mickrige vier Punkte gemacht, und sein Team klammerte sich an eine 32:31-Führung.

»Was ist mit Steadman los?« Dante rang nach Luft und trank in großen Schlucken. »Er spielt, als würden seine Füße in Treibsand stecken!«

»Ja«, fügte der Aufbauspieler Gus Mayo hinzu. »Wir haben Glück, dass wir ihn an einem schlechten Tag erwischt haben.«

»Mit Glück hat das nichts zu tun«, widersprach Tommy. »Mein Kumpel Jax hier schaltet ihn komplett aus.«

»Ja, astreine Arbeit, Opus«, mischte Trainer Knapp sich ein. »Du scheinst echt mitzukriegen, was in seinem Kopf abgeht.«

Und Jax stimmte zu. Die Frage war nur: *Wie?* Wie

gelang es ihm, den Spieler zu neutralisieren, der die ganze Saison über Hackfleisch aus der Verteidigung gemacht hat?

Als die Spieler sich fürs dritte Viertel bereit machten, legte Tommy seinen Arm um Jax. »Vier Punkte! So viel macht Steadman normalerweise, während er sich die Schnürsenkel bindet. Hat dir jemand ein vierblättriges Kleeblatt in deine Cornflakes geschmuggelt, oder was?«

Jax war beleidigt. »Eben hast du davon gesprochen, dass ich ihn komplett ausschalte!«

»Ich musste doch zu meinem besten Kumpel halten«, erklärte Tommy. »Aber wir beide wissen genau, dass du nicht so gut bist. Er sieht dich an, als wärest du LeBron.«

»Ich kapier's nicht«, gab Jax zu. »Eigentlich sollte er mich zermalmen und ausspucken. Stattdessen sorgt er dafür, dass ich richtig gut dastehe.«

»Irgendwie starrt er dich an«, bemerkte Tommy. »Wahrscheinlich steht er auf Pickelgesichter.«

»Vielen Dank auch!«

»Hey, ich find's klasse«, fügte Tommy schnell hinzu. »Solange du Steadman nicht punkten lässt, kannst du von mir aus Miss Amerika sein.«

Der Trainer der *Scharfschützen* erinnerte seinen Star daran, dass er sich in den Angriff einzubringen hatte. Und Rodney gehorchte, warf öfter und zog zum

Korb. Und wenn er das tat, kam es einem so natürlich und mühelos vor, dass Jax sich unwillkürlich fragen musste, warum der Topscorer es nicht jedes Mal so machte, wenn er im Ballbesitz war. In vollem Tempo konnte Jax Rodney Steadman nicht aufhalten. Keiner konnte das – jedenfalls nicht in der Gotham Liga.

»Vielleicht hast du doch nicht so viel Schiss, wie ich dachte«, sagte Jax mit einem verdrießlichen Lächeln.

Rodney starrte ihn an, als würde er versuchen, ein besonders verwirrendes Rätsel zu lösen.

Aber egal, ob der beste Spieler nun Angst hatte oder nicht, etwas hielt ihn jedenfalls zurück. Erst weit im letzten Viertel schaffte er es, in den zweistelligen Zahlenbereich vorzudringen. Bis dahin hätte das Selbstbewusstsein der *Bullen* in ihre Konkurrenzfähigkeit nicht höher sein können. Es ging nicht mehr länger darum, einen Kantersieg zu vermeiden. Zu gewinnen war nun eine reale Möglichkeit.

»Okay, Jungs«, feuerte Trainer Knapp sie an, als sie die letzten zwei Minuten mit einer Führung von 63:62 antraten. »Macht einfach weiter so und wir gehen hier als Sieger raus.«

Aber beim Basketball ist ein Vorsprung von einem Punkt hauchdünn. Rodney übernahm mit einem Sprungwurf aus drei Metern Entfernung wieder die Führung. Die *Bullen* legten nach, aber der Spieler mit der Doppelnull schlug wieder zu und erhöhte seine Gesamtpunktzahl auf vierzehn. Die *Scharfschützen* lagen mit einem Punkt vorn, und was vielleicht noch schlimmer war, ihr bester Spieler schien endlich warm zu werden.

»Was machst du da, Mann?«, zischte Tommy. »Warum lässt du ihn punkten?«

»So spiele ich sonst auch«, keuchte Jax. »Das *davor* hat keinen Sinn gemacht!«

Trainer Knapps Gesicht war hochrot. »So tu doch *jemand etwas*!«

Die Verteidigung der *Scharfschützen* wurde enger, und für einen Moment sah es aus, als würde die Zeit ablaufen, während die *Bullen* den Ball hin und her passten und auf eine Gelegenheit warteten, durch eine Lücke zum Korb zu ziehen.

»Wiiiiiiirf!!«, brüllte der Trainer.

Der Schrei versetzte Gus in Aktion. Er setzte zu einem Verzweiflungswurf an, der von der Hand abprallte, die der Spieler der gegnerischen Mannschaft zur Abwehr hochgerissen hatte, in einem kraftlosen Bogen gegen das Brett eierte und in den Korb fiel. 67:66 für die *Bullen*. Es blieben noch genau fünf Sekunden.

Da keine Auszeiten mehr verblieben, schnappte Rodney Steadman sich den Ball nach dem Einwurf und rannte das Spielfeld hoch, den Siegeswurf in seinen Händen. Jax wusste sofort, dass er nicht passen würde. Die ganze Saison über waren die *Scharfschützen* erfolgreich gewesen, weil sie ihr Schicksal in die Hände des Spielers mit der Doppelnull gelegt hatten, und genau das taten sie auch heute Abend.

Die Uhr tickte. 4 … 3 … 2 …

Einen Schritt hinter der Freiwurflinie setzte Rodney zum Wurf an. Jax, der einen halben Schritt hinter seinem Mann auf der Strecke geblieben war, wusste, dass es nur einen Weg gab, um ihn aufzuhalten. Mit einem Hechtsprung warf er sich gegen den Schützen, genau in dem Moment, als die Uhr auf null sprang. Wäre das hier Football, dann wäre es ein Tackle wie aus dem Bilderbuch gewesen.

Aber es war kein Football. Foul.

Der Anschreiber setzte die Zeit um 0,1 Sekunden zurück und Rodney bekam zwei Freiwürfe. Die *Bullen* waren verzweifelt. Es war Jax' einzige Möglichkeit gewesen, doch die Aktion hatte alles nur noch schlimmer gemacht. Rodney war nämlich nicht nur der beste Spieler der Liga, sondern auch der König der Freiwürfe. Der erste Freiwurf würde das Unentschieden bringen, der zweite den Sieg.

Der Spieler mit der Doppelnull stellte sich an der Freiwurflinie auf und machte sich bereit, sein Team zum Meister zu krönen. Jax konnte nichts weiter tun, als seinen Platz einzunehmen und zuzuschauen, wie die Welt unterging. Rodney warf ihm einen Blick zu, als wollte er sagen: Netter Versuch, aber jetzt reicht's.

Und ausgerechnet in diesem Moment kam die Vision. Jax sah sich selbst an der Linie neben dem Center der *Scharfschützen* stehen.

Jetzt? Warum hatte er ausgerechnet jetzt eine Vision? War die Aussicht zu verlieren wirklich so furchtbar?

Er schüttelte den Kopf, um ihn freizubekommen, und tat das Einzige, was er in dieser Situation tun konnte.

»Wirf daneben!«, murmelte er. »Wirf daneben!«

Der Ball flog hoch. Ein lautes *Klonk* war zu hören, als er das Metall traf und abprallte.

Beide Teams schnappten so vernehmlich nach Luft, dass kaum noch welche in der Sporthalle verblieb. Das änderte alles! Jetzt war das Beste, worauf die *Scharfschützen* hoffen konnten, Verlängerung. Und dafür musste Rodney immer noch einen Freiwurf versenken.

»Mach schon! Wirf daneben!«, flüsterte Jax wieder. »Wirf daneben, wirf daneben, *wirf daneben*!«

Die letzten beiden Worte hatte er so eindringlich hervorgestoßen, dass alle auf dem Spielfeld, Rodney eingeschlossen, zu ihm hinüberschauten.

Er wurde rot und nuschelte: »Entschuldigung.«

Er ließ den Kopf hängen und sah es deshalb nicht: Rodney Steadman, der beste Spieler der Liga, warf einen Airball, der den Korb so weit verfehlte, dass er fast außerhalb der Sporthalle landete. Endstand: 67:66

für die *Furchtlosen Westside Bullen*, die neuen Meister der Gotham Liga.

Eltern und Freunde stürmten auf das Spielfeld. Die Bänke leerten sich. Limo spritzte in alle Richtungen, als die Sieger sich gegenseitig die Flaschen über ihre Köpfe kippten. Der Freudentaumel war der reinste Wahnsinn – ein jubelnder Orkan aus Schulterklopfen und Highfives.

Jax erlebte das alles aus zwei verschiedenen Perspektiven. In einer befand er sich mitten drin auf der Bank der *Bullen,* hüpfte und brüllte mit seinen Teamkameraden und Trainern. Und dann hatte er noch ein Bild von sich selbst im Kopf, wie er im Zentrum des Tumults stand – als wäre er nicht Teil des Ganzen, sondern als würde er von der Mittellinie aus zuschauen.

Es war nicht nur die Vision, die ihn schockierte, sondern die Andeutung von Gefühlen, die in ihr mitschwang. Inmitten des Durcheinanders sprudelte er über vor lauter Freude über den großartigsten, unwahrscheinlichsten Sieg, den David gegen Goliath je in der Geschichte der Gotham Liga vollbracht hatte.

Wie konnte es also sein, dass er, gleich daneben in seiner Halluzination, ein bisschen traurig darüber war?

3

Der Bentley war eine edle, schnelle, leistungsstarke Maschine, was aber im Nachmittagsverkehr von Manhattan keinen Unterschied machte. Es war ein paar Tage nach dem Final-Spiel der Gotham Liga und Ashton Opus steckte auf der Achtundzwanzigsten Straße fest. Mehr um Spannung abzulassen als irgendetwas anderes, drückte er auf die Hupe. Die Autofahrerin vor ihm konnte weder vor noch zurück, und ebenso ging es dem Fahrer vor *ihr*, und so weiter und so fort durch den gesamten Verkehrskollaps hindurch. Begriff denn niemand, dass er zu seinem Sohn musste?

Viele frustrierende Blocks später hielt er vor dem Ärztehaus, gerade in dem Moment, als seine Frau Monica eilig die Subway-Station verließ.

»Hast du noch etwas gehört?«, keuchte sie atemlos vom Rennen.

»Ich bin auch gerade erst angekommen.« Jax' Eltern hasteten in das Gebäude und ließen den Bentley im

Halteverbot stehen. Mr Opus machte sich keine Sorgen, dass das Auto einen Strafzettel bekommen oder abgeschleppt werden könnte. Ein Dreihunderttausend-Dollar-Wagen flößte eine Menge Respekt ein. Er gab vor, jemand Einflussreichen in dieser Stadt zu gehören, und Leute mit Einfluss zahlten keine Strafzettel. Doch wie der Zufall es wollte, hatte Jax' Vater sehr wenig Einfluss. Er war einfach nur der Verkaufsleiter in einem Bentley-Autohaus.

»Ich kann es nicht glauben!«, flüsterte seine Frau, als sie den Fahrstuhl in den dreizehnten Stock nahmen. »Warum sollte Jax sich bei einem Arzttermin danebenbenehmen? Ich verstehe nicht mal, was er eigentlich ausgefressen hat!«

Als sie in der Augenarztpraxis ankamen, war das Wartezimmer leer, bis auf ihren Sohn, der sich in Begleitung des Sicherheitsdienstes befand. Die Praxis war bis auf Weiteres geschlossen und Dr. Palma hatte man nach Hause gebracht.

»Es war nicht meine Schuld, Mom«, verteidigte sich Jax. »Der Arzt war's. Er ist ausgeflippt! Ich habe nichts gemacht! Ehrlich!«

Jax' Eltern sahen zum Sicherheitsdienst, der mit den Schultern zuckte. »Fragen Sie nicht mich. Bis ich hier oben war, rannten bereits alle durchs Wartezimmer, die Patienten suchten das Weite, und die Sprechstundenhilfen saßen auf dem Arzt.«

»Steckt Jax in Schwierigkeiten?«, fragte Mrs Opus besorgt.

»Niemand erstattet Anzeige«, antwortete der Mann. »Aber an Ihrer Stelle würde ich mich nach einem neuen Augenarzt umsehen. Man hat mir nur gesagt, dass ich bei dem Jungen warten soll, bis seine Eltern auftauchen. Das sind Sie doch, oder?«

Die Opus fackelten nicht lange und schoben ihren Sohn aus dem Gebäude hinaus in ein Café in der Nähe. Über einer dampfenden Tasse heißer Schokolade versuchte Jax die Ereignisse des Nachmittags wiederzugeben. »Er hat mir mit diesem blauen Licht in die Augen geschaut und plötzlich hat er sich einfach nicht mehr bewegt. Ich meine, richtig lang. Also habe ich ihm gesagt, dass ich noch Hausaufgaben machen muss, und ihn gefragt, ob es ihm etwas ausmachen würde, sich zu beeilen. Ich war nicht unhöflich – ich habe sogar Bitte gesagt. Aber da ist er ausgerastet, ist im Zimmer rumgerannt wie ein Irrer und hat dabei Sachen umgeworfen. Als er mit Augentropfen auf mich zukam, habe ich Angst gekriegt und gerufen: ›Lassen Sie mich in Ruhe‹. Na ja, und da ist er total durchgedreht. Er wollte niemanden in meine Nähe lassen. Jedes Mal wenn eine Arzthelferin ins Untersuchungszimmer kam, hat er sie gepackt und zu Boden geworfen. Und da haben sie den Sicherheitsdienst gerufen.« Er warf einen Blick auf seine Eltern, seine Augen verblassten gerade von

Lila zu Königsblau. »Ich glaube, er ist einfach übergeschnappt.«

Mr Opus kratzte sich am Kopf. »Es wird dich keiner für den Nervenzusammenbruch eines anderen verantwortlich machen können.«

Mrs Opus legte eine Hand auf die Schulter ihres Sohnes. »Liebling, es tut mir so leid, dass du so etwas durchmachen musstest.«

»Warum musste ich überhaupt zum Augenarzt?«, beschwerte sich Jax. »Ich sehe gut.«

Seine Mutter sah verlegen aus. »Du weißt doch, wie die Farbe deiner Augen wechselt. Ich wollte nur sichergehen, dass dein Sehvermögen dadurch nicht beeinträchtigt ist.«

Wütend sah Jax sie an. »Ja, warte nur, bis du hörst, was er *dazu* gesagt hat. Er hat gesagt ›Das kann nicht sein‹. Wenn du mich schon zum Augenarzt schickst, hättest du wenigstens einen raussuchen können, der was von seinem Job versteht.«

»Natürlich kann es sein!«, rief seine Mutter. »Es liegt in der Familie deines Vaters. Stimmt's, Ashton?«

Mr Opus wandte den Blick ab. »Na ja, es *liegt* nicht wirklich in der Familie, aber es gibt da ein paar Geschichten. Der Cousin meines Großvaters – der hatte es auch, wurde mir gesagt.«

»Und sein Sehvermögen war bestimmt ganz normal«, fügte seine Frau triumphierend hinzu.

»Ja, doch.« Ihr Mann klang ausweichend. »Sein Sehvermögen. Völlig uneingeschränkt.«

»Aber?«, ermunterte Jax ihn und spürte, dass es da noch etwas gab.

»Na ja, was weiß ich?«, sagte Mr Opus. »Ich habe den Kerl nie getroffen. Er starb, als ich ein Baby war. Es sind nur dumme Familiengerüchte, damit die alten Damen etwas zum Tuscheln hatten. Lasst uns jetzt nach Hause gehen.«

»Erst musst du mir diese sogenannten Gerüchte erzählen«, beharrte Jax.

»Es ist nicht der Rede wert. Es heißt, er sei verrückt gewesen.«

Jax wurde blass. »Wegen seinen Augen?«

»Natürlich nicht!«, rief seine Mutter. »Entschuldige, dass wir das überhaupt angesprochen haben. Wie kannst du so etwas denken?«

»Na ja«, gab Jax zu, »ich habe ... neuerdings Probleme. Ich habe ... Dinge gesehen.«

Sein Vater schaute alarmiert hoch. »Was für Dinge?«

»Meistens mich selbst«, versuchte Jax zu erklären. »Als wäre ich ein anderer und würde mir selbst zuschauen. Es dauert immer nur ein, zwei Sekunden, aber langsam mache ich mir deswegen Sorgen.«

Seine Eltern tauschten beunruhigte Blicke aus.

»Ich glaube«, sagte Mr Opus endlich nachdenklich,

»dass wir alle uns irgendwann selbst sehen. Es ist keine echte Vision, aber wir reden uns ein, es sei eine.«

Jax schüttelte den Kopf. »Das glaube ich nicht, Dad. Ich hatte gehofft, dass es aufhört, aber es kommt immer wieder. Heute in der Arztpraxis ist es auch passiert – kurz bevor Palma durchgedreht ist.«

»Mach dir keine Sorgen«, sagte Mrs Opus. Sie war Chiropraktikerin und der festen Überzeugung, dass es für alles ein Heilmittel gab. »Wir werden dem Ganzen auf den Grund gehen.«

4

Neben den gerahmten Diplomen aus Harvard, Oxford und der Universität von Wien hing ein signiertes Schwarz-Weiß-Foto von Sigmund Freud, dem Vater der modernen Psychoanalyse. Dr. Gundenberg war der beste Kinderpsychiater in ganz New York und der teuerste zudem. Niemand zuckte auch nur mit der Wimper, wenn einer seiner Patienten in einem Bentley vorfuhr. Jax' Mutter hatte zwar zu Jax gesagt, dass er sich keine Sorgen zu machen brauche, aber allein die Tatsache, dass die Familie gewillt war, so viel Geld zum Fenster rauszuwerfen, um für ihren Sohn einen Seelenklempner zu bezahlen, zeigte, dass sich irgendwer sehr wohl jede Menge Sorgen machte.

Egal, wie viel Dr. Gundenberg tatsächlich in Rechnung stellen würde, Jax war überzeugt davon, dass es die reinste Abzocke war. Mehrmals hatte Jax versucht, seine Visionen zu beschreiben. Aber alles, worüber der Psychiater reden wollte, waren seine *Träume*.

»Aber Dr. Gundenberg«, protestierte er, »mit meinen

Träumen habe ich keine Probleme. Meine Träume sind toll. Der Ärger geht erst los, wenn ich wach bin.«

»In deinen Träumen liegt der Schlüssel zu deinem Unterbewusstsein, junger Mann.« Dr. Gundenberg schien zwar kein Ausländer zu sein, aber trotzdem redete er mit einem künstlichen Akzent. Anscheinend glaubte er, ein besserer Psychiater zu sein, wenn er nicht nur Freuds größter Fan war, sondern zudem klang wie er.

»Ja, aber kann das Unterbewusstsein einem vorgaukeln, sich selbst aus zehn Metern Entfernung zu sehen?«, beharrte Jax.

Dr. Gundenberg beugte sich vor, sodass er Jax direkt ins Gesicht schaute. Das Licht spiegelte sich auf seiner Stirn, die sich über seinen kahlen Schädel bis hin zu seinem gestärkten Kragen zog. »Zweifelsohne ist es physikalisch völlig unmöglich, sich in einer Position zu befinden, von der aus man sich selbst aus der Entfernung beobachten kann.«

Jax wehrte sich. »Wollen Sie sagen, dass ich lüge?

»In dieser Praxis gibt es keine Lügen. Selbst, wenn du die Unwahrheit sprichst, offenbaren sich mir dadurch tiefere Wahrheiten.«

»Welche denn zum Beispiel?«

Der Arzt rieb seine Endlos-Stirn. »Wenn du dich dazu entschließt, dich aus der Perspektive eines anderen zu sehen, ist das vielleicht ein Hinweis darauf, dass du nicht weißt, wer du bist.« Er beugte sich noch weiter vor. »Antworte nicht. Dein Bewusstsein ist nicht in der Lage, das Gesamtbild zu sehen. Hör jetzt zu ...«

Also hörte Jax zu ... und hörte zu, aber Dr. Gundenberg sagte nichts. Der Psychiater war verstummt, sein riesiger kahler Schädel befand sich knapp zwanzig Zentimeter vor Jax und nahm ihm die Sicht auf die Diplome und den größten Teil des Raumes.

Genau hier, in der Praxis, in die er gekommen war, um seine Visionen loszuwerden, hatte er wieder eine. Diesmal handelte es sich um eine Nahaufnahme, und sie war so deutlich, dass er sogar seine Augen sehen konnte – weit aufgerissen vor Zorn und von der Farbe eines Amethyst-Kristalls. Das brachte das Fass endgültig zum Überlaufen. Vierhundert Dollar die Stunde, um mitten in der Heilung von dem Problem überfallen zu werden, wegen dem er da war! Und was hatte dieser Typ anzubieten? Heiße Luft.

»Es passiert!«, keuchte Jax. »Jetzt gerade! Ehrlich!«

Der Arzt antwortete nicht, gab keinen Ton von sich, zuckte nicht einmal. Hörte er überhaupt zu? In seiner Verzweiflung versuchte Jax mit allen Mitteln die Aufmerksamkeit des Mannes zu erregen. »Ich spring jetzt aus dem Fenster, Doc.« Immer noch nichts. »Oder noch besser, *Sie* springen aus dem Fenster.«

Wortlos stand Dr. Gundenberg von seinem Sessel auf und marschierte los.

Jax sah rot. »Hey, erinnern Sie sich noch an mich? Ich bin der zahlende Kunde. Ich bin immer noch hier, wissen Sie ...«

Mit offenem Mund sah er zu, wie der Psychiater die Jalousien hochzog, das Fenster öffnete und ein Bein über das Fensterbrett schwang.

Der Schrei aus Jax' Kehle war fast nicht menschlich. »Was machen Sie da?« Er sprang hinüber, packte den Mann am Arm und hielt ihn wie in einem Schraubstock eisern fest. Von einem Moment auf den anderen war aus diesem langweiligen, total überteuerten Termin nichts Geringeres als ein Gerangel um Leben und Tod geworden. Und der Tod hatte die besseren Karten!

Der Arzt widersetzte sich, versuchte angestrengt den kritischen Punkt zu erreichen, an dem er fallen würde.

»Wir sind im vierunddreißigsten Stock!«

Aber Dr. Gundenberg interessierte das anscheinend nicht. Er war entschlossen, einen Riesensatz zu machen.

Jax stemmte sich mit den Turnschuhen gegen den Teppichboden und versuchte den Psychiater vom Rand wegzuzerren, er zog mit aller Kraft an der Schulter des Mannes, an seinem Ärmel, seinem Ärmelaufschlag – an allem, woran er ihn vielleicht in der Praxis halten könnte. Doch Dr. Gundenberg streifte sein Jackett ab, befreite sich aus dem Griff seines Patienten und rollte seinen Körper über das Fensterbrett.

Es war zu spät. Gleich würde er fallen. Jax kniff die Augen zu, um die Gedanken an den rasanten Sturz aus seinem Kopf zu verbannen, die Bilder des schnell näher kommenden Asphalts ...

»Nein!«, brüllte er. »Stopp!«

Da trat Dr. Gundenberg zurück in seine Praxis und klopfte den Schmutz von seinem makellosen weißen Hemd. Er nahm sein Jackett von seinem zitternden Patienten entgegen und setzte sich zurück in seinen Sessel, als wäre nichts passiert.

»Ist mit Ihnen alles in Ordnung?«, flüsterte Jax beinah tonlos.

»Natürlich«, antwortete der Arzt. »Aber ich sehe, dass unsere Zeit um ist. Wir machen nächste Woche weiter.«

»Falls Sie sich bis dahin nicht umgebracht haben.«

Der Psychiater sah schockiert aus. »Jackson, wie kannst du so etwas auch nur denken?«

Jax starrte ihn nur an. War es tatsächlich möglich, dass der Mann sich nicht an seinen furchtbaren Selbstmordversuch erinnerte? Konnte einem so etwas einfach entfallen?

Erst Dr. Palma und nun das. Es gab nur eine Schlussfolgerung, die Jax daraus ziehen konnte. Er war immer davon ausgegangen, dass nur er ein Problem mit Halluzinationen hatte. Aber jetzt machten Menschen um ihn herum verrückte Sachen. Irgendwie musste es da einen Zusammenhang geben.

Hatten seine seltsamen Visionen etwas damit zu tun, dass die anderen sich seltsam benahmen?

*

»Hast du es nie gemerkt, Opus?«, fragte ihn Tommy am nächsten Tag in der Schule. »In deiner Nähe benehmen sich alle ein bisschen seltsam. Das ist schon seit der Vorschule so.«

Die beiden Siebtklässler liefen durch die Flure der I.S. 222 und steuerten die Cafeteria an.

»Aber es ist noch nie jemand aus einem Fenster im vierunddreißigsten Stock geklettert«, beharrte Jax. »Meine Eltern sind der Meinung, dass er eine Art Schocktherapie ausprobieren wollte, aber ich bin mir ziemlich sicher, er hat es ernst gemeint. Wenn ich ihn nicht am Arm festgehalten hätte, wäre er jetzt ein Fettfleck auf der Park Avenue.«

»Ja, das ist ziemlich krank«, gab Tommy zu. »Aber dir gegenüber verhalten sich die Menschen *anders*. Es ist, als gälten verschiedene Gesetze auf der Welt – die für dich und die für den Rest von uns.«

»Nenn mir nur ein Beispiel, wann das jemals so war«, verlangte Jax.

»Wie wär's mit Steadman? Der Typ ist die reinste Bestie, hat die ganze Saison im Durchschnitt vierzig Punkte pro Spiel gemacht. Aber wenn er gegen dich spielt, trifft er nicht mal ein Scheunentor, auch wenn er direkt davor steht.«

»Vielleicht habe ich ihm hart zugesetzt«, schlug Jax vor. »Vielleicht war er nicht in Form. Alles ist möglich.«

»Kann schon sein.« Tommy sah skeptisch aus. »Aber findest du es nicht seltsam, dass du in der Schülervertretung sitzt?«

»Viele Leute sind in der Schülervertretung!«

»Ja, weil sie sich um das Amt beworben haben! Du hast das nie, aber trotzdem haben so viele Schüler deinen Namen aufgeschrieben, dass du gewählt wurdest.«

»Sie dachten halt, dass ich gute Arbeit leisten würde«, schlug Jax lahm vor.

»Richtig. Genau wie der Debattierklub ... für den du dich auch nie beworben hast. Im Debattieren bist du eine totale Niete, Kumpel! Wie war das noch, als du vorgeschlagen hast, dass wir alle Vegetarier werden sollten? Und falls die Leute in der Fleischindustrie ihre Jobs verlieren ...«

»Okay, das war nicht gerade eine meiner Sternstunden«, gab Jax zu.

»Weißt du noch, was du gesagt hast?«, setzte Tommy noch eins oben drauf. »Mit welchem verblüffenden Argument du die gegnerische Seite in deiner schieren Brillanz und Logik außer Gefecht gesetzt hast? Du hast gesagt, falls Leute aus dem Schlachthaus entlassen werden, sei das keine große Sache, denn alles, was sie tun müssen, sei …«

»… eine Tüte Samen kaufen und Land bewirtschaften«, beendete Jax den Satz einstimmig mit seinem Freund. »Mir ist nichts anderes eingefallen. Und außerdem haben wir die Debatte gewonnen!«

»Genau das meine ich doch!«, rief Tommy. »Alle im Raum haben dich angestarrt, als hättest du gerade alle Probleme dieser Welt gelöst. Und das ist immer so!«

»Niemand starrt mich an …«

»Hi, Jax.«

Ein dunkelhaariges, zierliches Mädchen namens Jessica Crews gesellte sich zu ihnen. Obwohl sie von beiden Jungen gleich weit entfernt stand, war es eindeutig, dass sich ihre volle Aufmerksamkeit auf Jax konzentrierte. Tommy formte mit den Lippen das Wort *starren*.

Jax wich ihrem Blick aus. »Hi, Jess. Wie läuft's?«

»Willst du bei dem Ausflug morgen im Bus neben mir sitzen?«, fragte sie. Als Teil einer Unterrichtseinheit über die »Wilden Zwanziger« sollte die siebte Klasse in Gemeinschaftskunde eine historische Varietévorführung besuchen.

»Er hat schon einen Sitznachbarn«, mischte Tommy sich ein.

Erst da schien Jessica ihn zu bemerken. »Oh, hey, Tommy.« Dann wandte sie sich wieder an Jax. »Na ja, wenn er krank wird oder so, dann sag mir Bescheid.« Sie verschwand in die Cafeteria.

»Siehst du?«, triumphierte Tommy. »Ich hätte genauso gut eine Kakerlake oben auf einem Schließfach sein können.«

Jax holte tief Luft. »Okay, manchmal kommt es also tatsächlich vor. Die Frage ist: *Warum*?«

»Das ist leicht«, sagte Tommy im Brustton der Überzeugung. »Weil dir ein riesiges Hufeisen mit in die Wiege gelegt wurde. Du bist ein Glückspilz, Mann.«

»Aber klar doch. Deswegen bin ich auch bei einem Psychiater gelandet, der verrückter ist als ich selbst.«

»Ernsthaft, bei dir klappt immer alles. Wenn du nicht mein bester Freund wärst, würde ich dich auf den Tod nicht ausstehen können. Warum nach Gründen suchen? Lehn dich einfach zurück und genieß es.«

»Abgesehen davon, dass ich Sachen sehe und Menschen in meiner Nähe ausflippen.«

»*Ich* flippe nicht aus und ich bin vierundzwanzig Stunden am Tag in deiner Nähe. Wahrscheinlich bin ich einfach robuster als alle anderen.«

Sie gingen in die Cafeteria und stellten sich in die Schlange fürs Mittagessen. Mindestens ein Dutzend Leute winkten und riefen: »Hi, Jax.« Nicht einer rief: »Hi, Tommy.«

Tommy verbeugte sich spöttisch. »Ich bin auch hier.« Zu Jax sagte er: »Vielleicht wollen sie nur nachsehen, welche Farbe deine Augen heute haben. Mich interessiert das nicht die Bohne, weil für mich alles nur grau ist.«

Jax lud sich Kartoffelbrei auf. »Und deswegen bist du der Einzige, der kapiert, dass man in seinem Apartment im zehnten Stock keine Landwirtschaft betreiben kann und dass mein Argument kompletter Mist war? Weil du farbenblind bist?«

Tommy klatschte einen Schlag Kartoffelbrei auf sein Tablett und leckte den Löffel ab, bevor er ihn zurücksteckte. »Nö, das liegt daran, dass ich begabt bin. Gib mir mal den Pfeffer.«

5

Es wird wild: New Yorker Varieté in den Zwanzigern lief in einem neu renovierten Theater in der Upper West Side. Es war halb Varietéshow und halb Museumsausstellung. Man hatte weder Kosten noch Mühe gescheut, um New York City in den Zwanzigerjahren nachzustellen, von dem antiken Stutz Bearcat, der vor dem Eingang parkte, bis hin zum Ragtime-Piano und den Fünf-Cent-Eiswaffeln, die am Imbissstand verkauft wurden. Die Platzanweiser trugen reich verzierte Uniformen und reagierten erstaunt auf Smartphones, iPods und sogar Plastikflaschen. Ein paar Geräte mussten konfisziert werden, da die Siebtklässler untereinander darum wetteiferten, wer dem Personal die umwerfendste und/oder anstößigste App vorführte. Sie schienen komplett zu vergessen, dass die Angestellten genauso wenig wie die Schüler selbst aus der Vergangenheit stammten und unter den goldenen Troddeln und glänzenden Schulterklappen ihrer Kostüme wahrscheinlich selbst Handys dabeihatten.

Irgendwann hatten sich alle niedergelassen und die Show konnte beginnen. Es gab Sänger, Stepptänzer und Jongleure. Der Komiker war überhaupt nicht komisch, aber vielleicht war das auch gewollt und sollte zeigen, wie Humor in den Zwanzigern aussah. Die Pfiffe und Buhrufe wurden so laut, dass die Lehrer die Sitzreihen auf und ab laufen und flüsternd Warnungen verteilen mussten. Aber dann wurde der unglückselige Schauspieler mit einem Lasso eingefangen und von der Bühne gezogen, und es war klar, dass das alles zum Varietéprogramm gehört hatte.

Nach einer kurzen Stummfilm-Wochenschau über die Wahl von Calvin Coolidge, die Ernennung von J. Edgar Hoover zum FBI-Chef und die erste Thanksgiving Parade von Macy kündigte der Zeremonienmeister den Fantastischen Ramolo an, der »Sie mit seinen erstaunlichen Geisteskräften verblüffen wird«.

Ramolo entpuppte sich als Hypnotiseur mit einer schwingenden goldenen Taschenuhr, die im Rampenlicht glänzte. Als er unter den Zuschauern nach Freiwilligen fragte, wurden die lärmenden Siebtklässler sehr still. Niemand glaubte, dass Ramolo tatsächlich besondere Kräfte hatte. Aber sicherheitshalber war es vielleicht doch besser, wenn er erst mal den Verstand von jemand anderem raubte.

Schließlich meldete sich Mrs Baker, die Mathelehrerin. Der Fantastische Ramolo und seine Taschenuhr brauchten nur ein paar Minuten, um die Lehrerin in tiefe Trance zu versetzen. Mit geschlossenen Augen stand sie da und wartete auf Anweisungen.

»Sie nehmen an einem königlichen Ball teil«, intonierte der Hypnotiseur. »Ihr Kleid ist blütenweiß und glitzert wie ein Diamant. Der Erzherzog persönlich bittet Sie um einen Tanz. Ihre Füße bewegen sich bereits zur Musik und Sie wirbeln in einem anmutigen Walzer über die Tanzfläche. Tanzen Sie jetzt, junge Dame. Eins, zwei, drei; eins, zwei, drei ...«

Alle sahen erstaunt zu, wie ihre Mathelehrerin anfing auf der Bühne einen Walzer zu tanzen und sich an einem unsichtbaren Partner festhielt.

Tommy versetzte Jax einen so heftigen Stoß mit dem Ellbogen, dass er ihm fast die Rippen brach. »Das ist ja total abgefahren!« Plötzlich wedelte er mit der Hand in der Luft. »Das muss ich ausprobieren! Dieser Typ wird mich auf keinen Fall dazu bringen, mit mir selbst zu tanzen!«

»Tu es nicht«, riet Jax. »Er will dich nur lächerlich machen.«

Mrs Baker kreiste immer noch mit seligem Ausdruck über die »Tanzfläche«. Jetzt konnte Ramolo sich vor Freiwilligen nicht mehr retten. Er weckte Mrs Baker und wählte sechs von den Schülern aus, die sich lautstark darum rissen, auf die Bühne zu kommen.

Tommy stieß einen Freudenschrei aus, als er gewählt

wurde. »Pass auf und lern was daraus, Opus. Ich werde ein Star sein!«

Mit einem resignierten Seufzer ließ Jax sich zurück auf seinen Platz fallen. Wenn Tommy sich einmal etwas in den Kopf gesetzt hatte, war er nicht mehr davon abzubringen.

Kurz darauf hatte Ramolo seine Freiwilligen in Trance versetzt und führte vor, welche Macht er über sie hatte. Caytha Markakis fegte die Bühne mit einem nicht vorhandenen Besen. Rupert Jones sang mit Leidenschaft »Alle meine Entchen«. Jessica Crews glaubte wirklich, dass sie die Einzige war, die im Unterricht eine schwierige Frage beantworten konnte. Sie rutschte auf ihrem Stuhl hin und her, meldete sich, winkte wie verrückt und murmelte: »Ich! Ich! Nehmen Sie mich dran!«

Das Publikum war hin und weg, klatschte und jubelte und rief gelegentlich: »Nicht drannehmen, Herr Lehrer! Sie soll warten!«

Dann war Tommy an der Reihe. Vielleicht war es der übereifrige, leicht belämmerte Gesichtsausdruck des Jungen oder wie hart er darum gekämpft hatte, auf die Bühne geholt zu werden. Egal, was der Grund war, der Hypnotiseur beschloss bei seinem letzten Opfer ein wenig kreativer zu werden.

»Flauschige Federn bedecken deinen Körper und du stolzierst im Stall umher, suchst im Dreck nach vereinzelten Körnern und kleinen Käfern. Du bist ein Huhn – genauer gesagt ein Hahn –, und der Hühnerstall ist dein Schloss, der Bauernhof dein Königreich.«

Mit einem »Kikeriki!« ging Tommy in die Hocke, watschelte über die Bühne, winkelte die Arme an, als wären sie flatternde Flügel, und gackerte aus Leibeskräften. Durch das Basketballtraining war er so beweglich, dass er mit seinem »Schnabel« bis fast auf den Boden kam, um Futter zu picken.

Die Menge wurde von Lachsalven geschüttelt. Sogar Jax konnte sich ein Lächeln nicht verkneifen. *Ich hab ihn ja gewarnt*, dachte er.

»Pass auf, Hahn!«, triezte ihn Ramolo. »Der Bauer kommt! Und er hat seine Axt dabei!«

Tommy reagierte panisch, flatterte mit hohem Tempo über die Bühne und warf Jessica von ihrem Stuhl. Das Publikum tobte.

Der Hypnotiseur weckte nach und nach Caytha, Rupert und Jessica aus ihrer Trance. Sie kehrten auf ihre Plätze zurück, wo sie mit Highfives und gutmütigem Spott begrüßt wurden. Tommy jedoch blieb ein Hahn.

Jax wartete darauf, dass Ramolo auch sein letztes Versuchsobjekt erlöste, aber das tat er nicht. Es war einfach zu lustig, einem aufgeschreckten Hahn zuzuschauen, der wie verrückt vor einem unsichtbaren, axtschwingenden Bauern davonlief. Die Menge war aufgesprungen, feuerte ihn johlend an und brüllte vor Lachen.

»Schneller, Cicerelli!«

»Er ist direkt hinter dir!«

»Nein, mach langsam! Ich will zusehen, wie er dir den Kopf abhackt!«

Es hatte seine lustige Seite. Sogar Jax musste das zugeben. Aber Tommys Reaktion war nicht lustig. Er schien ehrlich um sein Leben zu fürchten und weinte in Angst und Schrecken. Sein Gackern verwandelte sich zu Schluchzen.

Wütend trat Jax nach vorn ins Rampenlicht und starrte böse hinauf zu Ramolo. »Hey!«

Der Hypnotiseur warf einen Blick zu ihm nach unten.

»Hören Sie, Mister, lassen Sie ...«

Bevor er den Satz beenden konnte, brach wieder eine Vision über ihn herein – von ganz weit oben sah er sich selbst vor dem Bühnenrand stehen. Das Bild war so plötzlich aufgetaucht und war so lebendig, dass er für einen Moment vergaß, was er hatte sagen wollen und warum. Aber dann sah er Tommy aus dem Augenwinkel und fuhr Ramolo an: »Probieren Sie doch mal selbst die Geflügel-Nummer aus. Mal sehen, wie Ihnen das gefällt!«

Mit lautem Krähen hüpfte Ramolo über die Bühne, seine Imitation von Tommy war nahezu perfekt. Die

Menge war total aus dem Häuschen. Die Schüler sprangen von ihren Plätzen auf und rannten wie die Groupies bei einem Rockkonzert nach vorn. Die Lehrer versuchten ihre Schützlinge zu bändigen, aber das war aussichtslos. Wildes Chaos regierte.

Der Krawall riss Tommy aus seiner Trance. Erstaunt sah er sich um und grinste Jax triumphierend an: »Siehst du? Ich hab dir doch gesagt, dass er mich nicht hypnotisieren kann.« Und da sah er Ramolo krähend über die Bühne stolzieren. »Wow! Sieh dir diesen Trottel an!«

Für die Siebtklässler der I.S. 222 war es der beste Ausflug seit Ewigkeiten. Wenn die Varietés der Zwanzigerjahre tatsächlich so ausgesehen hatten, dann muss das super gewesen sein. Nur eine Sache war seltsam – der Fantastische Ramolo wollte irgendwie nicht aufhören. Als das Gelächter erstarb und unbehagliches Gemurmel aufkam, stolzierte und gackerte er immer noch Flügel schlagend durch die Gegend.

Die Bühnenhelfer kamen mit dem Lasso, um ihn einzufangen, aber das erschreckte ihn noch mehr, und tänzelnd lief er vor ihnen weg. Schließlich waren zwei kräftige Männer nötig, die nicht in Kleidern aus den Zwanzigern steckten, um den um sich tretenden und gackernden Ramolo in die Ecke zu drängen und von der Bühne zu treiben.

Danach sollten noch ein Jongleur und ein Verrenkungskünstler auftreten, aber nach dieser Nummer war das Publikum einfach nicht mehr zu beruhigen – besonders weil das Krähen immer noch hinter der Bühne zu hören war.

»Glaubst du, das gehört zur Vorstellung?«, fragte Jessica unbehaglich. »Seine Nummer ist doch schon längst vorbei!«

»Er ist durchgedreht«, beschied Rupert.

»Entweder das oder er hat sich selbst hypnotisiert, als er Tommy in Trance versetzt hat«, mischte Caytha sich ein.

»Was erzählst du denn da für einen Quatsch?«, spottete Tommy. »Er hat mich überhaupt nicht hypnotisiert.«

»Klar! Es hat nur noch gefehlt, dass du ein Ei legst!«, fauchte sie.

Tommy schaute zu Jax, damit der ihm hier den Rücken stärkte, erntete aber nur ein trauriges Nicken.

»Das ist nicht wahr!«, heulte er auf. »Oder doch?«

Aber Jax war in Gedanken versunken. Wieder eine Vision, gefolgt von einem Ausraster – genau wie beim Augenarzt und beim Psychiater. Natürlich konnte es sein, dass Ramolo Tommy nur nachahmte, weil es zu seinem Auftritt gehörte. Auf jeden Fall war seine Nummer dadurch zum Publikumshit geworden. Aber reichte es jetzt nicht mit der Geflügel-Imitation?

Anfangs waren diese Vorfälle so selten gewesen, dass Jax sie einfach verdrängen konnte. Aber jetzt kamen sie jede Woche vor – praktisch jeden Tag. Irgendetwas stimmte ganz und gar nicht.

Nur was?

*

Man brauchte einen Eimer Wasser, damit der Fantastische Ramolo wieder zu sich kam. Zitternd und prustend erwachte er aus seiner Trance und stellte fest, dass zwei kräftige Männer vom Sicherheitsdienst des Theaters links und rechts neben ihm standen und ihn fester hielten, als anscheinend notwendig war.

»Willkommen zurück«, sagte Joe, der größere der beiden. »Colonel Sanders von KFC hat angerufen. Wir haben ihm gesagt, dass Sie kein Interesse haben.«

»Wissen Sie, wer Sie sind?«, fragte sein Partner Frank.

»Ich bin der Fantastische Ramolo«, sagte der Hypnotiseur wütend. In Wirklichkeit hieß er Ray Finklemeyer, aber das wusste nur der Buchhalter, der ihm seine Schecks ausstellte.

Er hastete in seine Garderobe und kramte sein Handy hervor.

Was sollte er sagen? Wie sollte er es erklären? Wie konnte er das bemerkenswerte Phänomen beschreiben, das er gerade erlebt hatte? Mit zitternden Fingern wählte er die Nummer.

»Ich bin's«, sagte er in den Hörer. »Gerade ist etwas passiert. Ich habe die Kraft noch nie stärker gespürt.«

6

Der Brief traf eine Woche später bei der I.S. 222 ein.

Sentia-Institut
Dr. Elias Mako, Gründer und Direktor

Sehr geehrter Direktor Orenstein,

herzlichen Glückwunsch!

Wir freuen uns, Sie davon in Kenntnis setzen zu können, dass einer Ihrer Schüler, Jackson Opus, als Kandidat für unser Programm ›Neue Horizonte‹ ausgewählt wurde. Sentia sucht nach den besten und vielversprechendsten unter unseren Jugendlichen. Jackson hat außergewöhnliche Fähigkeiten im Bereich der Kommunikation bewiesen, und wir freuen uns darauf, sein Talent auf ganz besondere Art und Weise zu fördern.

Unser Programm wird der exzellenten Ausbildung, die Jackson zurzeit an der I.S. 222 erhält, nicht im Wege ste-

hen. Seine Anwesenheit in unserem Institut wird jeden Nachmittag nach der Schule und außerdem jeden Samstag erforderlich sein. Wir freuen uns, Jackson diese einmalige Gelegenheit bieten zu können. Wir hoffen, die Arbeit mit ihm so bald wie möglich beginnen zu können.

Mit freundlichen Grüßen
Dr. med. Dr. phil. Dr. theol. Elias Mako

Stirnrunzelnd gab Tommy den Brief zurück. »Seit wann bist du auf der Suche nach zusätzlichem Unterricht?«

»Seit noch nie«, sagte Jax heftig. »Ich habe mich bei keinem Sonderprogramm beworben. Bevor das hier in Orensteins Büro gelandet ist, habe ich noch nie von einem Institut namens Sentia gehört.«

»Klingt nach einem Haufen schlauer Leute, die sich für was Besseres halten, weil sie mehr wissen als wir«, kommentierte Tommy verdrießlich. »Was bedeutet *Sentia* überhaupt?«

»Ich habe es gegoogelt«, sagte Jax. »Sentia war eine römische Göttin, die den Babys ein erstes Bewusstsein gegeben hat.«

Tommy nickte wissend. »Diese Römer hatten alle möglichen verrückten Götter. Ich glaube, es gab sogar einen Kack-Gott, aber der hat wahrscheinlich nie sein eigenes Institut gekriegt. Wie sind diese Typen auf dich gekommen?«

Jax zuckte mit den Achseln. »Ich bin gut in Kommunikation.«

»Ja, klar. Die Hälfte von dem, was du sagst, verstehe ich nicht mal – und ich bin dein bester Freund.« Tommy kniff die Augen zusammen und schielte oben auf den Briefkopf. »Elias Mako. Wer ist das?«

Jax lächelte. »Dr. Elias Mako hat sein Leben der Bildung und Erziehung in New York City gewidmet und ist eine Inspiration für jeden Einzelnen von uns.«

»Was bist du ... sein Pressesprecher?«

»Das hat Orenstein meinen Eltern erzählt«, erklärte Jax. »Du hättest sie sehen sollen. Sie haben praktisch unter der Decke geschwebt. Es ist, als hätten sie endlich den lang ersehnten Beweis dafür gekriegt, dass ich nicht verrückt bin.« Jax warf sein Schließfach zu und schwang sich seinen Rucksack über die Schulter. »Normalerweise würde ich sagen ›Bis später‹, aber ich kann für nichts garantieren. Ich hab jetzt fünfundzwanzig Stunden am Tag zu tun.«

»Vielleicht schmeißen sie dich raus, wenn du zu spät kommst«, schlug Tommy hoffnungsvoll vor.

»So viel Glück hab ich nicht.«

*

Die Büros des Sentia-Instituts waren in einem siebenstöckigen Sandsteinhaus an der Fünfundsechzigsten East untergebracht, in der Nähe der Park Avenue. Geflügelte Greife starrten mit bösem Blick vom Dach herab und dorische Säulen stützten das Vordach über dem Eingang. Das Schild war klein und diskret, als würde das Institut Wert auf seine Privatsphäre legen:

Sentia
Dr. Elias Mako,
Gründer und Direktor

Das Institut nahm die obersten drei Stockwerke ein. Jax fuhr mit dem getäfelten Aufzug nach oben in den vierten Stock. Hier sah es nicht aus wie in einem öffentlichen Gebäude, sondern eher wie in einer total luxuriösen Privatwohnung – zumindest wie in einer aus dem Jahr 1890. Allerdings gab es Sachen, die man 1890 noch nicht gekannt hat, wie Computer und Flachbildfernseher.

»Ich habe einen Termin mit Dr. Mako«, sagte Jax zu der Dame am Empfang und zeigte seinen Brief vor.

»Jackson Opus«, begrüßte ihn die Empfangsdame herzlich. »Wir haben dich erwartet. Dr. Mako ist gerade nicht in seinem Büro, aber er freut sich sehr, dass du mit uns zusammenarbeiten wirst.«

»Äh … danke«, stotterte Jax. »An was genau werden wir eigentlich zusammenarbeiten? Im Brief stand etwas von Kommunikation, aber das kann viel bedeuten.«

»Jackson«, ertönte eine Stimme hinter ihm, »wie schön, dich kennenzulernen.«

Als er sich umdrehte, erblickte er eine Frau, die auch in einer riesigen Menschenmenge im Zentrum der Aufmerksamkeit gestanden hätte. Sie war groß, schlank und von umwerfender Supermodel-Schönheit. Sie war nicht nur einfach hübsch, sondern *perfekt*, angefangen bei ihren langen blonden Haaren, die sich an ihre Schultern schmiegten, bis hin zu dem Schatten, den ihre Wimpern auf ihre perfekten Wangen warfen. Sogar ihr konservatives Kostüm war so geschnitten, dass es faltenfrei an ihr saß.

Sie streckte ihm eine manikürte Hand entgegen. »Ich bin Maureen Samuels, die stellvertretende Direktorin hier.«

Als er ihre Hand schüttelte, roch er ihr Parfüm. »Jax.«

Sie sah ihm tief in die Augen, und für einen Moment spürte Jax, wie eine seiner Visionen anfing. Oder vielleicht war es nur die Anziehungskraft der stellvertretenden Direktorin – sie sah wirklich verdammt gut aus. Egal, was der Grund war, das Gefühl war jedenfalls schnell wieder vorbei.

Sie sagte nur: »Du bist echt.«

»Echt?«, wiederholte er.

Sie rückte ihren Kragen zurecht, der, wie alles andere an ihr, genau richtig saß. »Du kannst es bestimmt kaum erwarten, anzufangen und herauszufinden, was wir hier machen. Kira, kannst du Jax zum Testraum bringen?«

Ein Mädchen in Jax' Alter trat nach vorn und Jax fuhr erschrocken zusammen. Die Gegenwart der stellvertretenden Direktorin war so vereinnahmend gewesen, dass er nicht mal bemerkt hatte, dass sie dort schon eine Weile gestanden hat. Es war, als würde man versuchen, sich auf eine Geburtstagskerze neben der Sonne zu konzentrieren.

»Hi«, sagte sie. »Folge mir.«

Als sie den Flur zur Hälfte durchquert hatten, drehte sie sich mit einem Blick zu ihm um, der halb belustigt, halb verärgert war. »Du magst die neueste Neuheit sein, aber wie ich sehe, reagierst du genauso auf Miss Universum wie der Rest der Jungs.«

Jax spürte, wie seine Wangen glühten. »Was ist die neueste Neuheit?«

Sie zuckte mit den Schultern. »Lass es dir nicht zu Kopf steigen. Das Neuste ist hier immer das Beste. Dr. Mako ist vielleicht ein Genie, aber er glaubt ehrlich bei jedem unverbrauchten Talent, dass es der Eine sein wird.«

»Der Eine *was*?«

»Das wirst du schon noch früh genug herausfinden«, versprach sie.

An den Wänden auf dem langen Flur hingen viele Bilder von Stars, Sportlern und Politikern, die Sentia besucht hatten. All diese berühmten Gesichter schienen um einen beeindruckenden Mann mit dunklen Augen, auffälligen Augenbrauen und einer starken Hakennase zu kreisen.

»Ist das Dr. Mako?«, fragte Jax.

Kira nickte. »Er ist ein bedeutender Mann. Es gibt viele merkwürdige Sachen in Sentia, aber er ist kein Aufschneider. Er wird die Welt verändern.«

Jax runzelte die Stirn, als sie an einer halb offenen Tür vorbeikamen. Drinnen saß ein Mann allein auf einem Stuhl mit gerader Rückenlehne, hielt sich selbst umschlungen und zitterte. Jax hörte tatsächlich, wie seine Zähne klapperten.

»Verändert Dr. Mako die Welt, indem er sie kälter macht? Was ist mit dem Typen los?«

Kira lachte. »Oh, ihm ist nicht kalt. Das glaubt er nur.«

Es war das erste Mal, dass Jax sie hatte lächeln sehen. Es veränderte ihr ganzes Gesicht, ließ es offener und freundlicher wirken.

Es hielt nicht lange an. Sie trat zurück und schloss wieder ernst die Tür. Sie bog mit ihm um eine Ecke und führte ihn in ein kleines, fensterloses Büro. Von den Wänden lächelte ihnen Sentias Direktor entgegen, seine Arme lagen um die Schultern der letzten zwei lebenden Beatles.

»Dr. Mako lässt sich eindeutig gerne fotografieren.«

Missbilligend sah sie ihn an. »Dr. Elias Mako hat sein Leben der Bildung und Erziehung in New York City gewidmet und ist eine Inspiration für jeden Einzelnen von uns.«

Jax blinzelte. Orenstein hatte exakt dieselben Worte zu Mom und Dad gesagt. Dieser Mako hatte nicht nur eine Menge Fans, sie waren sich auch alle einig, wenn es darum ging, zu erklären, warum er so toll war.

Kira durchwühlte eine Schublade und zog ein dickes Bündel Papiere hervor. Mit einem heftigen *Wumms* knallte sie den Stapel auf den Tisch. »Das hier sind deine Tests.«

»Am ersten Tag?«

»Zum größten Teil psychologische Tests. Jeder muss sie machen. Es gibt zwar kein Zeitlimit, aber du solltest es nicht ewig in die Länge ziehen.«

Schicksalsergeben glitt Jax auf seinen Platz, nahm seinen HB-Bleistift und fing an, die Ovale auszufüllen. Die Fragen waren meistens sinnlos:

15) Morgens wache ich auf und …

O a) fühle mich ausgeschlafen und kann den neuen Tag kaum erwarten.

● b) bin immer noch müde und wünschte, ich könnte weiterschlafen.

O c) habe Angst, dass heute etwas Schlimmes passieren könnte.

O d) keine Ahnung.

87) Wähle die Aussage, die am besten dein Verhältnis zu Essen beschreibt:

● a) Ich freue mich über das abwechslungsreiche Essen, aus denen meine Mahlzeiten bestehen.

O b) Alles schmeckt gleich.

Vielleicht konnte man an diesem Test ablesen, ob jemand verrückt oder depressiv oder so was war. Aber er half Dr. Mako bestimmt nicht dabei, »die Welt zu verändern«.

Eine tiefe Stimme vermeldete von der Tür: »Das ist also der Goldjunge.«

Jax sah auf. Ein großer, muskulöser Teenager musterte ihn und schien nicht sehr beeindruckt von dem, was er sah.

Kira tauchte hinter dem Neuankömmling auf. »Lass ihn in Ruhe, Wilson. Er macht seine Tests genau wie der Rest von uns auch.«

Wilson trat ins Büro. Obwohl er nur ein paar Schritte machte, lag etwas Stolzes in seinem Gang. »Dieser Typ? Was muss *der* schon beweisen? Er wird den Laden retten. Er braucht keine Tests.« Er warf einen kritischen Blick auf die ausgefüllten Blätter. »Jeder kann sehen, dass er etwas Besonderes ist.« Mit einer einzigen Handbewegung fegte er den ganzen Stapel zu Boden.

Kira war empört. »Echt erwachsen, Wilson.«

Jax sprang auf. »Offenbar hast du ein Problem mit mir. Und das kann nur an dir liegen, denn ich kenn dich noch nicht mal, Mann!« Er stand direkt vor dem Bully und starrte ihn böse an.

Plötzlich wich Wilson einen Schritt zurück und dann noch einen. Das war gut so, denn Jax spürte, wie sich eine Vision ankündigte, diesmal eine Nahaufnahme von seinem eigenen wutentbrannten Gesicht. Sie verblasste schnell, und als er wieder zu sich kam, stand Kira bereits zwischen ihm und Wilson.

»Echt jetzt, Jungs?«, fragte sie. »Ihr wollt euch mitten in Sentia schlagen? Dr. Mako wäre stolz auf euch.«

»Ich begrüße nur das neue Talent«, murmelte Wilson, machte dann auf dem Absatz kehrt und stürmte davon.

»Danke.« Jax kochte vor Wut. »Es ist wirklich toll, hier zu sein!«

»Komm wieder runter«, riet Kira ihm matt. »Er will dir nur klarmachen, dass er zuerst hier war. Es gibt noch etwa zehn andere, die dich genauso willkommen heißen werden.«

Jax wollte das nicht hören. »Ich weiß selbst, dass ich heute zum ersten Mal hier bin. Das muss mir niemand erklären.«

Kira bückte sich, um die Blätter einzusammeln, die Wilson vom Tisch geworfen hatte. Es war so was wie ein Friedensangebot, und Jax ging in die Hocke, um ihr zu helfen.

»Weißt du«, fuhr sie fort, »Überflieger sind sehr konkurrenzorientiert. Jeder Neuling wird zunächst als Bedrohung wahrgenommen.«

Jax war auf der Hut. »Woher willst du wissen, dass ich ein Überflieger bin?«

»Dr. Mako weiß es. Er hat dich ausgewählt.«

Von der Wand sah Elias Mako herab, seine Arme um Paul und Ringo gelegt. Er sah auf alle Fälle wie ein Mann aus, der einen Überflieger erkennen würde, wenn er einen sah.«

Aber ein Überflieger worin?

Wie kann ich gut sein, wenn ich nicht einmal einen Schimmer hab, in was ich gut bin?, fragte sich Jax.

7

Jeden Tag nach der Schule fuhr Jax mit der Subway zu Sentia. In demselben kleinen Büroraum pflügte er sich weiterhin seitenweise durch Fragebögen. Vielleicht hatte Dr. Mako ihn persönlich ausgewählt, aber anscheinend hielt er es trotzdem nicht für nötig, mal vorbeizukommen und Hallo zu sagen. Jax begann sich zu fragen, ob der Direktor überhaupt mal hier vorbeischaute oder ob er den größten Teil seiner Zeit damit beschäftigt war, Politiker und Stars zu finden, mit denen er posieren konnte.

Während Dr. Makos Abwesenheit hatte Maureen Samuels das Sagen. Sie musste Jax also ausquetschen, wenn er wissen wollte, was für eine Funktion das Institut eigentlich hatte und was er hier sollte. Aber jedes Mal, wenn Jax sich ihr näherte, verblasste die Umgebung ein wenig. Ihre Schönheit war so lähmend, dass alles andere durch ihre Anwesenheit unwichtig wurde, sogar seine brennende Neugier in Bezug auf Sentia und seine Rolle hier.

Die Hinweise waren spärlich und selten. Zwischen den vielen Starfotos hingen eine Handvoll gerahmte Zeitungsartikel, aber die meisten schienen von Dr. Mako und seinen wichtigen Beziehungen zu handeln – Mako im Kapitol, Mako mit Bill Gates, Mako, wie er vor der Europäischen Union spricht, Mako bei den Academy Awards. Ab und zu gab es einen Hinweis auf die »bahnbrechende« Forschung des Instituts oder die »revolutionären« Ideen, die dort ausgebrütet wurden. Sogar der Eintrag des Instituts auf Wikipedia verriet nur seinen Namen und seine Adresse, gefolgt von einer langen Namensliste seiner Gründer und Direktoren.

Sie hörte auf mit *Dr. Elias Mako hat sein Leben der Bildung und Erziehung in New York City gewidmet und ist eine Inspiration für jeden Einzelnen von uns.*

Richtig, dachte Jax. *Hab ich schon mal gehört.*

Egal, was für einen Zweck Sentia haben mochte, es schien ein ungeschriebenes Gesetz zu geben, Neulinge darüber im Unklaren zu lassen. Jax versuchte, Fragen zu stellen, und wurde ausnahmslos an Ms Samuels verwiesen – wenn er überhaupt eine Antwort bekam. Die Hälfte der Zeit taten die Mitarbeiter so, als hätten sie extrem viel zu tun, und eilten davon, um in einem anderen Teil des Gebäudes bahnbrechend und revolutionär zu sein.

Was war hier los? Jax schnappte ein paar Anhaltspunkte auf, aber sie ließen sich zu nichts Konkretem zusammenfügen. Einmal, als er auf der Suche nach der Männertoilette war, stieß er auf drei Leute, die barfuß auf und ab hüpften und »*Oh!*« – »*Au!*« –» *Ah!*« schrien, während ein Beobachter danebensaß und sich Notizen in einen Spiralblock machte. Ein anderes Mal, als er von der Cafeteria zurückkam, öffnete er eine Tür und fand eine Gruppe Leute mit eingezogenen Köpfen und angstverzerrten Gesichtern bäuchlings über den Boden kriechen.

»Bleibt unten!«, befahl einer von ihnen. Er brüllte, als würde er angestrengt versuchen, sich in diesem stillen Raum Gehör zu verschaffen. »Feindlicher Beschuss!«

Mehrere Mitarbeiter sahen aus einem abgetrennten Nebenraum durch eine Glasscheibe zu. Darunter auch Ms Samuels, weshalb die meisten anderen Details verschwommen waren. Aber Jax hätte schwören können, dass die Person zu ihrer Linken ein Doppelgänger des Fabelhaften Ramolo war.

Am Mittwoch stolperte Jax über einen Mann, der auf einem Laufband rannte – allerdings trainierte er nicht. Jax hätte schwören können, dass er um sein Leben lief. Er war vollständig angezogen, mit Anzug und Krawatte, und schaute immer wieder panisch nach hinten über seine Schulter.

Wilson DeVries bediente das Laufband. Mit wutentbranntem Gesicht drehte er sich zu Jax um. »Raus hier!«

Der scharfe Ton brachte den Läufer aus dem Rhythmus. Er blieb plötzlich stehen und das schnelle Band schleuderte ihn runter und gegen die Wand.

Der Tumult veranlasste Ms Samuels aus ihrem Büro zu kommen. Nachdem sie die Situation erfasst hatte, eilte sie sofort zu der Versuchsperson, die verwirrt auf dem Boden lag.

Wilson zeigte auf Jax. »Er ist hier reingeplatzt und hat mein Experiment ruiniert!«

»Gar nichts habe ich ruiniert!«, fauchte Jax. »Du hast ihn aus dem Konzept gebracht, als du mich angebrüllt hast! Was soll das hier alles überhaupt? Wieso will mir niemand sagen, was hier vor sich geht?«

Die stellvertretende Direktorin betrachtete Jax mit ihren strahlend blauen Augen. »Das gehört zu Dr. Makos Plan«, beruhigte sie ihn. »Wenn Dr. Mako findet, dass du so weit bist, wird er dir alles erklären.«

Doch ihr Supermodel-Aussehen hatte diesmal keine beruhigende Wirkung auf ihn. »Dr. Mako hat nicht gesehen, was ich gerade gesehen habe! Dieser arme Kerl ist um sein Leben gerannt, als wäre ein Wolfsrudel hinter ihm her!«

»Es war ein Tiger!«, platzte Wilson wütend hervor.

»*Was?*«

Samuels legte ihre Hand auf Jax' Schulter. »Du solltest zurück zu deinen Tests gehen. Wilson, ruf die Krankenschwester. Alles ist unter Kontrolle.«

*

Es war ein Tiger.

Die Worte hallten in Jax' Ohren nach. Hatte Wilson sich über ihn lustig gemacht? Das wäre nicht das erste Mal. Der Typ verhielt sich allen gegenüber wie das reinste Arschloch, aber das Beste hob er sich immer für Jax auf.

Doch ein anderer Gedanke nagte an ihm. Was, wenn Wilson die Wahrheit gesagt hatte? Natürlich war der Mann auf dem Laufband von keinem Tiger gejagt worden. Aber vielleicht hatte er *geglaubt*, dass da einer war. Grundlos hatte man nicht solche Angst.

Halluzination – konnte das das fehlende Bindeglied zwischen Sentia und Jax sein? Bisher waren seine Visionen nur Spiegelbilder seiner selbst gewesen, aber das hieß nicht, dass sie nicht schlimmer werden konnten. War das nur der Anfang und irgendwann würde er vor nicht vorhandenen Raubtieren flüchten?

Außergewöhnliche Fähigkeiten im Bereich der Kommunikation, hatte in Makos Brief gestanden. Aber vielleicht war das nur ein Köder gewesen. Der Direktor würde nicht viel Frischfleisch anlocken, wenn seine Einladung beginnen würde mit *Lieber Irrer …*

Konnte es sein, dass Jax hier *Patient* und nicht Teilnehmer war? Was, wenn es sich bei Sentia um eine Art experimentelle Irrenanstalt handelte? War dieser Ort deswegen so unglaublich bahnbrechend und revolutionär? Das würde auf jeden Fall erklären, warum niemand den wahren Zweck des Instituts zu erkennen geben wollte.

Wenn das stimmte, waren Mom und Dad dann eingeweiht? Jax bezweifelte das. Okay, sie hatten ihn wegen seiner seltsamen Visionen zu einem Psychiater geschickt. Aber nachdem Dr. Gundenberg versucht hatte, aus dem Fenster zu springen, war die Familie von dieser Idee abgekommen. Und wenn seine Eltern ihn mit Fragen über seine Nachmittage bei Sentia löcherten, klangen sie immer interessiert und fröhlich.

Wenn sie mich für verrückt hielten, würden sie sehr viel weniger lächeln.

✳

»Geisteskrank? Du?«, war Tommys Reaktion, als Jax ihm am nächsten Tag von seiner Theorie erzählte. »Nichts für ungut, Opus, aber so interessant bist du nun auch wieder nicht.«

»Es macht keinen Sinn! Sie lassen mich total allein im Testraum und kümmern sich nicht um mich. Ich könnte das halbe Institut mit meinen Zehen lila anmalen, bevor es jemandem auffallen würde. So behandelt man keinen echten Verrückten, oder?«

»Was ist denn mit den anderen?«, fragte Tommy. »Sind die auch Patienten?«

Jax zuckte mit den Achseln. »Ich bin mir ziemlich sicher, dass ich der Einzige bin, der immer noch nicht über Sentia Bescheid weiß. Ich glaube, dass die anderen mehr wissen – aber da könnte ich auch falschliegen. Ich könnte mit allem falschliegen.«

»Wie sind sie so?«, bohrte Tommy nach. »Sind sie alle so schlimm wie dieser Wilson?«

»Er ist zwar der Schlimmste, aber keiner ist wirklich nett«, antwortete Jax. »Wahrscheinlich dürfen sie nicht mit mir reden, damit ihnen nichts rausrutscht, was ich nicht wissen darf. Jedes Mal, wenn ich in den Aufenthaltsraum komme, brechen sie ihre Unterhaltungen ab. Es ist, als hätte ich Lepra.«

Irgendwie klangen die nächsten Worte seines Freundes triumphierend. »Nur, weil du für etwas ausgewählt wurdest, heißt das noch lange nicht, dass es nicht 'ne lausige Sache ist«, belehrte ihn Tommy. »Das ist nicht anders als mit dem Debattierteam oder der Schülervertretung. Du bist nicht verrückt; du hast dich nur bei einem lausigen Institut angemeldet.«

*

Am Donnerstagnachmittag fand ein freudiges Ereignis in Sentia statt.

1409) Für wie wichtig hältst du einen Job, bei dem man Feuerkörbe unter Obstbäumen anzündet, um den Frost fernzuhalten?

○ a) Sehr wichtig.
○ b) Ein bisschen wichtig.
● c) Kaum wichtig.
○ d) Keine Ahnung.

Es war die letzte Frage. Jax' Bleistift war am Ende und seine Geduld auch. Er eilte zum Büro, um seine Arbeit abzugeben und zu sehen, was als Nächstes kam. Jetzt würde bestimmt langsam alles einen Sinn ergeben.

Ms Samuels schenkte ihm ein bezauberndes Lächeln. »Danke, Jax. Wir wissen deine Bemühungen wirklich zu schätzen.« Sie verschwand in einer Abstellkammer und kam mit einer Armladung frischer Blätter heraus. »Jetzt musst du nur noch den zweiten Teil ausfüllen und dann geht's los.«

Jax sagte nur ein Wort: »Nein.«

Sie runzelte die Stirn. »Das ist die Voraussetzung. Dr. Mako sagt …«

»Ich bin jetzt schon seit einer Woche hier und bisher hat Dr. Mako nichts zu mir gesagt. Wenn Sie mich fragen, dann gibt es keinen Dr. Mako, und Sie haben ihn in die ganzen Fotos hineinretuschiert. Ich hau ab! Ich hau doppelt und dreifach ab!«

Es fiel ihm ein bisschen schwer auf dem Absatz kehrtzumachen, weil er sich nicht von ihrem Anblick lösen konnte. Aber die Mühe war es wert.

»Dr. Mako hat dich noch nicht interviewt«, protestierte sie, als er auf den Fahrstuhl zusteuerte.

»Deshalb hau ich ab!«

Als er das Gebäude verließ und zur Subway lief, fühlte er sich um zwanzig Kilo leichter. Es ärgerte ihn zwar etwas, dass er nun nie erfahren würde, was sich wirklich hinter diesem blöden Institut verbarg. Aber er war sich ziemlich sicher, dass er besser dran war ohne es – egal, was es auch war. Sollte er verrückt werden, würde er es noch früh genug herausfinden. Doch das glaubte er nicht. Alles hinzuwerfen war das Vernünftigste gewesen, was er je getan hatte.

Seine Eltern würden heute Abend was zu hören bekommen. Sie würden enttäuscht sein, dass ihr einziger Sohn nicht mehr besonders ist und wahrscheinlich auch nie war. Er war sich nicht mal sicher, wie er ihnen das Ganze beschreiben sollte – der Ort war entweder total irre oder total dumm. Seine Jury tagte noch.

Als er wieder zu Hause war, winkte er dem Türsteher zu und fuhr wild entschlossen mit dem Fahrstuhl nach oben in die siebte Etage. Vielleicht würden Mom und Dad ihm nicht alles glauben, aber sie würden seine

Entscheidung akzeptieren müssen. Er wusste Besseres mit seiner Zeit anzufangen, als Ovale mit einem HB-Bleistift auszumalen.

Als er die Tür zum Appartement 7J öffnete, hatte er seine Gegenargumente bereits vorbereitet, für den Fall, dass sie ihn wieder hinschicken wollten.

Er hörte seine Mutter am Telefon in der Küche. »Es war mir ein Vergnügen, mit Ihnen zu reden. Es bedeutet mir eine Menge, dass Sie persönlich angerufen haben ... Ja, so sehen wir das auch ... Vielen Dank. Bis morgen.«

Jax schleuderte seinen Rucksack in die Ecke. »Wer war am Telefon?«

»Das war Dr. Mako.«

Jax war sprachlos. »Das kann nicht sein!«

»Ich weiß!«, sprudelte sie hervor und errötete wie ein Groupie. »Was für ein außergewöhnlicher Mann!«

»Machst du Witze? Der Typ hat sich kein einziges Mal in seinem Institut blicken lassen! Wahrscheinlich ist er bloß ein Schauspieler, den sie angeheuert haben, damit er für Fotos posiert. Jetzt haben sie ihn anrufen lassen, weil ich heute alles hingeschmissen hab!«

Sie sah böse aus. »Weißt du, ich verstehe deinen Sinn für Humor wirklich nicht. Dr. Mako hat deine Arbeit in den höchsten Tönen gelobt.«

»Weil er keine Ahnung hat!«, protestierte Jax. »Ich habe die ganze Woche lang nichts getan!«

»Na ja, jeder fängt mal klein an«, erwiderte sie. »Aber Sentia erwartet große Dinge von dir. Das hat Dr. Mako mir gegenüber betont.«

»Das glaube ich nicht«, sagte Jax rundheraus.

»Nun, er wird es dir persönlich sagen können. Wir haben morgen einen Termin mit ihm – du, ich und dein Vater – morgen um halb fünf.«

Jax spielte mit dem Gedanken, sich zu weigern. Aber seine Neugier siegte. Er musste mit eigenen Augen sehen, ob es den Mann, den Mythos, die Legende wirklich gab.

8

Maureen Samuels erwähnte die unschöne Situation, als Jax gestern aus dem Institut gestürmt war, mit keinem Wort. Sie bat die Familie Opus in einem eleganten Vorzimmer Platz zu nehmen.

»Dr. Mako freut sich wahnsinnig, dass Sie sich die Zeit genommen haben, herzukommen und sich mit ihm zu treffen«, versicherte sie ihnen. »Er ist gleich mit seinem letzten Termin fertig. Er wird sofort bei Ihnen sein.«

Jax verspürte eine gewisse Genugtuung, dass die stellvertretende Direktorin seinen Vater genauso umzuhauen schien wie ihn selbst. Pop-Diven, weltberühmte Schauspielerinnen und prominente Multimillionärinnen gingen bei ihm im Autohaus ein und aus, aber Ms Samuels war eine Klasse für sich.

Mrs Opus war von den vielen Bildern an den Wänden fasziniert. »Da ist er mit dem Präsidenten von Burundi. Und ist das nicht Justin Bieber? Und der Dalai Lama … mit Bob Dylan! Das ist so aufregend!«

Kurz darauf öffnete sich die Tür zum Allerheiligsten und heraus trat der große Mann selbst. Dr. Elias Mako war größer, als er auf den Fotos aussah, und viel imposanter. Seine dichten Augenbrauen wölbten sich über schwarzen, stechenden Augen und zwei identische silberne Strähnen zogen sich zu beiden Seiten seiner Schläfen wie Schwingen durch sein dunkles welliges Haar. In seiner Begleitung befand sich ein anderer gut gekleideter Mann, jemand, der Jax vage bekannt vorkam.

Mrs Opus quetschte den Arm ihres Mannes. »Ashton, das ist Senator Douglas!«

»Wer ist Senator Douglas?«, flüsterte Jax.

Sein Vater sah ihn ärgerlich an. »Trey Douglas ist der führende Kandidat im Nominierungsrennen um die Präsidentschaftskandidatur der Demokraten! Wenn du und Tommy eure Blicke mal ab und zu von der Xbox lösen könntet, würdest du ihn wiedererkennen.«

»Ah, endlich, die Familie Opus.« Dr. Mako trat vor und schüttelte ihnen die Hand, sein Lächeln offenbarte blendend weiße Zähne. »Darf ich Ihnen Senator Trey Douglas vorstellen, einen der wichtigsten Förderer des Sentia-Instituts. Trey, Jackson Opus ist mein Senkrechtstarter hier. Merk dir seinen Namen.«

Senator Douglas schüttelte Jax mit festem Politiker-Griff die Hand. »Du hast Glück, junger Mann, dass du Dr. Mako auf deiner Seite hast. Er hat sein Leben der

Bildung und Erziehung in New York City gewidmet und ist eine Inspiration für jeden Einzelnen von uns.«

»Als ob ich das nicht wüsste«, brach es aus Jax heraus. Mal wieder diese alte Leier.

Der Senator verabschiedete sich und Dr. Mako führte die Familie Opus in sein Büro. Der Direktor starrte Jax ganz besonders intensiv in die Augen. Jax nahm ein unbekanntes Gefühl wahr, als würde er ein Schluck Wasser in die falsche Kehle kriegen – und doch war es nicht in seiner Kehle, sondern eher in seinem Kopf. Er erwiderte den Blick, starrte in die fast schwarze Iris und das beunruhigende Gefühl ließ nach.

»Ja, ich sehe es auch.« Dr. Mako schien erfreut.

»Was sehen Sie?«, fragte Jax gereizt.

Der Direktor antwortete nicht sofort. Umständlich bugsierte er sein langes Gestell in den gepolsterten schwarzen Ledersessel hinter seinem Schreibtisch.

»Was ich dir gleich sagen werde, ist vielleicht ein wenig schwer zu verdauen. Deswegen sage ich es am besten rundheraus, ohne lange um den heißen Brei zu reden.«

Erwartungsvoll sahen sie ihn an.

»Hier in Sentia beschäftigen wir uns mit ... Hypnose.«

»Hypnose?« Mrs Opus rutschte auf ihrem Stuhl nach vorn. »Sie meinen, wie wenn man jemanden dazu bringen will, mit dem Rauchen aufzuhören? Oder um Flugangst zu besiegen?«

Mako schüttelte den Kopf. »Das ist keine echte Hypnose, sondern höchstens eine von einem Psychiater angewendete Therapie. Was wir in Sentia untersuchen, ist die angeborene Fähigkeit, in die Gedanken von Menschen einzudringen und sie zu beeinflussen ... Ich selbst bringe auf diesem Gebiet ein gewisses Maß an Fertigkeiten mit, aber im Vergleich zu dem, was ihr Sohn praktiziert, ist das kaum der Rede wert.«

Jax fiel die Kinnlade runter. »*Ich?* Ich habe noch nie jemanden hypnotisiert! Ich habe es noch nicht mal versucht!«

Der Direktor lächelte nachsichtig. »Oh doch, du hast ... und sogar ohne es zu merken. Hast du schon mal jemandem in die Augen gesehen, und plötzlich ist das Phänomen aufgetreten, dass du dich aus der Perspektive eines anderen siehst?«

Jax war schockiert. »Woher wissen Sie das?«

»Es bedeutet, dass du angefangen hast, diese Person zu hypnotisieren. Zwischen euch ist eine hypnotische Verbindung entstanden, und du befindest dich im Geist der Zielperson, siehst, was sie sieht.«

Jax war sprachlos. Er war hierhergekommen, um das Institut als einen einzigartigen Schwindel zu entlarven. Und in weniger als einer Minute hatte der Direktor ihn nicht nur eines anderen belehrt, sondern auch das Unerklärliche erklärt ... die seltsamen Visionen, die Jax fast den Verstand gekostet haben. Die Basketball-Meisterschaft ... Hatte Steadman die Würfe vermasselt, weil Jax *Wirf daneben* geflüstert hatte? Wie viele andere seltsame Vorfälle ließen sich so erklären? Was hatte er in Dr. Gundenbergs Praxis gesagt? *Noch besser, Sie springen aus dem Fenster.* Oder bei der Varietéshow: *Probieren Sie doch mal selbst die Geflügel-Nummer aus. Mal sehen, wie Ihnen das gefällt!* Er hatte geglaubt, dass der Seelenklempner und Ramolo den Verstand verloren haben. Aber in Wahrheit hatten sie seine Befehle bis ins Detail befolgt. Er hatte sie *hypnotisiert*!

»Der Fantastische Ramolo ...«, flüsterte er. »Arbeitet er ... hier?«

Dr. Mako lächelte verständnisvoll. »Leider will unser Ray seine kleine Karriere auf der Bühne nicht aufgeben. Zwar kann ich das nicht unbedingt gutheißen, aber ich kann mich auch nicht wirklich beschweren. Schließlich war er derjenige, der mir von dir erzählt hat.«

Mrs Opus hatte in Vorfreude auf dieses Treffen den ganzen Tag gestrahlt. Jetzt strahlte sie nicht mehr. »Sie wollen also sagen, dass unser Sohn ... übernatürliche Kräfte besitzt?«

»Das kommt darauf an, wie Sie das Wort *natürlich* definieren«, beruhigte Mako sie. »Im menschlichen Verstand gibt es so vieles, was wir nicht wissenschaftlich nachweisen können. Dadurch wird es aber weder magisch noch übernatürlich. Wir haben es einfach noch nicht erforscht. Und dieser Forschung hat Sentia sich verschrieben. Wir haben schon viel darüber gelernt, wie Hypnose funktioniert. Zum Beispiel wissen wir, dass die Verwendung eines Pendels oder eines Anhängers zu Hypnosezwecken reiner Mythos ist.«

»Ramolo macht das aber so«, bemerkte Jax.

Der Direktor tat das mit einer Handbewegung ab. »Effekthascherei. In Wahrheit sind die Augen das Werkzeug. Du musst nur in den nächstbesten Spiegel sehen, um zu wissen, was ich meine. Es stimmt auch nicht, dass nur willige Versuchspersonen hypnotisiert werden können. Einige lassen sich leichter hypnotisieren als andere, aber alle müssen sich der Kraft beugen … sogar Hypnotiseure. Man kann nie wissen, wer die Gabe besitzt. Aber wir haben festgestellt, dass sie oft in der Familie liegt …«

Bis jetzt hatte Mr Opus geschwiegen, aber nun stöhnte er verzweifelt auf. »Ich wusste es! Es ist meine Schuld! Es ist alles meine Schuld!«

Seine Frau und sein Sohn starrten ihn an.

»Dad?«, fragte Jax beunruhigt.

»Ich hätte nie heiraten dürfen!«, jammerte Ashton Opus. »Ich hätte nie ein Kind haben dürfen!«

»Ashton, was erzählst du da?«, sagte seine Frau fast

tonlos. »Du bist kein Hypnotiseur; du bist Autoverkäufer!«

»Nicht ich!«, würgte ihr Mann hervor. »Meine Familie! Die Geschichten reichen Jahrhunderte zurück! Der ganze Massachusetts-Zweig der Familie Opus wurde während der Hexenjagd in Salem auf dem Scheiterhaufen verbrannt!«

Mako nickte. »Ja, das haben wir bei unseren Nachforschungen auch festgestellt. Schlimme Geschichte. Es kann schwierig werden, der Versuchung zu widerstehen, hypnotische Kräfte für die persönliche Bereicherung einzusetzen – vor allem bei Tiefsttemperaturen in einer Kolonie während eines langen Winters in New England. Sie wissen bestimmt Bescheid über Bertrand Opus, der Napoleon in der Schlacht um Waterloo in Trance versetzt und zu schwerwiegenden militärischen Fehlern verleitet hat. Und natürlich haben Sie auch von Harriet Opus-Berman gehört.«

Jax' Vater schluckte schwer. »Ist sie diejenige, die die Borglums hypnotisiert hat, damit sie Teddy Roosevelt anstelle von Alexander Hamilton in den Mount Rushmore schnitzen?«

»Das ist alles Hunderte von Jahren her, Ashton!«, mischte Mrs Opus sich ein. »Das hat nichts mit dir heute zu tun.«

»Meine eigenen Eltern!«, klagte er. »Ist dir das nah genug? Weißt du, wie es ist, aufzuwachsen und nie zu wissen, ob du Brokkoli isst, weil du ihn magst, oder nur deshalb, weil deine Mutter dich hypnotisiert hat?«

»Ashton, du liebst Brokkoli!«

»Tu ich das? Das werden wir nie herausfinden, oder?«

»Hört auf!«, rief Jax. »Wen interessiert schon Brokkoli?«

»Es geht nicht um Brokkoli«, versuchte sein Vater zu erklären. »Es geht um freien Willen und darum, nie zu wissen, ob man ihn wirklich hat. Früher hatte ich Höhenangst. Habe ich diese Angst überwunden oder wurde nachgeholfen? Dein Großvater besaß ein Café. Er hatte eine treue Kundschaft. Oder vielleicht war sie auch nicht so treu, bis er sie dazu gemacht hat.« Er sah seinen Sohn an. »Jax, es tut mir *so* leid! Ich dachte, dieser Fluch würde dich überspringen, weil er mich auch übersprungen hat. Mit dieser Annahme lag ich wohl falsch.«

Dr. Mako nickte mitfühlend. »Ich verstehe, warum Sie es als Fluch bezeichnen, aber das ist es nicht, wissen Sie. Es ist ein herrliches Geschenk. Und wir bei Sentia glauben, dass es weitreichende Auswirkungen auf die Zukunft haben wird. Ihr Sohn wird daran teilhaben.«

»Es ist ein wenig beängstigend«, warf Mrs Opus ein, »aber wenn man darüber nachdenkt, ist es auch ziemlich aufregend.«

»Wirst du dich uns anschließen, Jackson?«, lud

Dr. Mako ihn ein. »Wirst du einer meiner Hypnos werden?«

»Was muss ich machen?«, fragte Jax. »Ich meine, Sie behaupten zwar, dass ich dieser tolle Hypnotiseur bin, aber ich weiß nicht, wie man jemanden hypnotisiert.«

»Wir werden es dir beibringen«, versprach der Direktor. »Wir werden deine Gabe in jeder Hinsicht pflegen und weiterentwickeln. Und gemeinsam werden wir die Welt verändern.«

9

Herauszufinden, dass man hypnotische Kräfte besitzt, war eine Sache. Aber sie tatsächlich anzuwenden, war eine ganz andere, wie sich bald herausstellte.

Gleich am Samstagmorgen ließ Dr. Mako Jax in einem Raum namens Labor 2 mit der Arbeit beginnen. Der Direktor setzte ihn einer Dame an einem kleinen Tisch gegenüber, die er vorstellte als »Mrs Park… nicht ihr richtiger Name.« Er erklärte ihm, dass sie eine Freiwillige im Institut sei und selbst keine hypnotischen Kräfte besitze.

Das brauchte sie auch nicht, fand Jax. Mrs Park war eine Bärin von einer Frau, mit tiefen Furchen auf der Stirn und einem großen auffallend geformten Muttermal direkt oberhalb des Nasenrückens. Gegen dieses beeindruckende Gegenüber sollte er seine Karriere als Hypnotiseur beginnen.

»Was muss ich tun?«, fragte er.

»Wenn es so weit ist, wirst du es wissen«, versicherte Dr. Mako ihm. »Vergiss nicht, deine Augen sind dein Werkzeug.«

Also starrte er … und Mrs Park starrte geradewegs zurück. Sie war vielleicht keine Hypnotiseurin, aber sie war ganz schön Furcht einflößend, sie starrte ihn so böse an, als wäre sie wütend, weil er ihre Zeit verschwendete. Er wusste, dass er sich auf ihre Augen konzentrieren sollte, aber sein Blick schweifte immer wieder zu ihrem Muttermal ab, das eine verblüffende Ähnlichkeit mit dem Umriss des Bundesstaates Texas hatte, wenn man ihn seitlich kippte. Zwanzig Minuten später hatte er noch nicht mal das entfernteste Anzeichen für eine Vision verspürt, von der Dr. Mako ihm versichert hatte, dass sie ein Hinweis für eine Hypnose-Verbindung sei.

Der Direktor saß mit unbeteiligtem Ausdruck nicht weit entfernt. Sollte er die Geduld mit seinem neuesten Schüler verlieren, so ließ er es sich nicht anmerken.

Zum x-ten Mal wandte Jax seinen Blick von Texas ab und konzentrierte sich auf die schwarzen Kreise von Mrs Parks Pupillen. Wem machte er hier etwas vor? Er war kein Hypnotiseur! Das war alles nur ein Missverständnis! Nur weil Dr. Mako mit Stars abhing, hieß das noch lange nicht, dass er sich nicht auch mal in jemandem täuschen konnte!

Jax musste einer unbestreitbaren Tatsache ins Auge blicken: Egal, was die Ursache für seine seltsamen Visionen war, Hypnose war es jedenfalls nicht.

Schließlich hielt er es nicht länger aus. Er wandte

sich von Mrs Park ab, drehte sich zum Direktor und bettelte darum, aufhören zu dürfen.

»Vielleicht sollten wir tatsächlich eine kurze Pause machen«, stimmte Dr. Mako ihm zu.

Jax flüchtete aus Labor 2. Im Hinausgehen vernahm er deutlich Mrs Parks grelle Stimme: »Bezahlt werde ich aber trotzdem, oder?«

Versagt. Er hatte total versagt. Gerade als es so ausgesehen hatte, als gäbe es eine Erklärung für alles Seltsame in seinem Leben, stand er wieder ganz am Anfang. Er stolperte in den Waschraum. Erschrocken sah er sein Spiegelbild im Neonlicht des Spiegels. Seine schweißglänzende Haut war kreidebleich und seine Augen hatten die Farbe von Auberginen.

»Ich kann das nicht!«, rief er laut und spritzte sich Wasser ins Gesicht.

»Ach, das hätte ich dir gleich sagen können.« Eine Kabinentür wurde geöffnet und heraus trat Wilson mit niederträchtigem Grinsen.

Jax war so am Boden zerstört, dass er sich nicht mal die Mühe machte, sich zu verteidigen. Es gab nichts zu verteidigen. Wilson war zwar ein Idiot, aber er hatte recht.

»Es ist nicht deine Schuld«, fuhr der muskulöse Hypno gespielt großmütig fort. »Mako hisst bei jedem dahergelaufenen Trottel, der mit ein Paar Glupschaugen ausgestattet ist, die Flagge und kündigt das nächste große Ding an. Ich wusste schon, dass du eine Niete bist, als ich dich zum ersten Mal gesehen habe.«

Jax hatte schon kapiert, dass er eine Niete war, aber es aus Wilsons Mund zu hören, machte ihn wütend. »Ich hab dich durchschaut«, feuerte er zurück. »Du hast eine Heidenangst, dass du auf der Straße landest, wenn das nächste große Ding wirklich auftaucht! Kann schon sein, dass das nicht ich bin, aber früher oder später wird er da sein. Deine Zeit hier ist gezählt, genau wie meine!«

Mit erhobenen Fäusten trat Wilson bedrohlich einen Schritt nach vorn. Trotzig reckte Jax sein Kinn vor. Ein Teil von ihm wusste, dass seine Chancen gegen Wilson etwa genauso groß waren wie die Wahrscheinlichkeit, durch die Luft zu schweben. Aber nach dem Desaster in Labor 2 hatte er das Gefühl, nichts mehr verlieren zu können. Er fühlte sich verwegen und mutig. Zwar würde er eine Tracht Prügel einstecken, aber er war entschlossen, auch ordentlich auszuteilen, bevor es vorbei war.

In diesem Moment öffnete sich die Tür und Dr. Mako trat zwischen sie. Er überragte Jax und war auch größer als Wilson. Der Streit war sofort entschärft.

»Es ist nicht so, wie es aussieht«, murmelte Wilson.

»Ausgezeichnet«, befand der Direktor. »Denn es sieht

sehr, sehr schlecht aus. Also, ich bin mir sicher, dass eure vielfältigen Talente anderweitig gefragt sind.«

Wilson räumte hastig das Feld.

»Es tut mir leid«, sagte Jax zum Direktor. »Ich habe mir mit dieser Dame da drin Mühe gegeben. Wirklich. Aber es ist sinnlos.«

Dr. Mako lächelte kaum merklich. »Wie merkwürdig, dass du nach weniger als einer Stunde mehr weißt als ich nach zwanzig Jahren.«

»Ich weiß, wenn jemand nicht hypnotisiert ist«, antwortete Jax. »Und sie ist es einfach nicht.«

»Das hier funktioniert nicht wie beim Bäumefällen, wo ein bisschen mehr Muskeln zu einem besseren, schnelleren Ergebnis führen. Du kannst es nicht erzwingen.«

Jax war verzweifelt. »Sagen Sie mir, was ich tun soll, und ich tue es.«

Der Direktor war ruhig. »Als du aus Versehen hypnotisiert hast, musstest du dich gar nicht anstrengen. Es ist einfach passiert. Genau das musst du jetzt auch zulassen.«

Jax sah scheinbar total erledigt aus, denn Dr. Mako lenkte ein. »Geh spazieren. Schnapp frische Luft. Mach deinen Kopf frei.«

»Mrs Park …«, fing Jax an.

«Wird auf dich warten. Mach eine Viertelstunde Pause. Wir treffen uns dann wieder im Labor 2.«

Draußen auf der Fünfundsechzigsten East vergrub Jax seine Hände in seinen Taschen und holte ein paar Mal tief Luft. Seine Lungen wollten sich nicht füllen und sein Kopf wollte sich nicht klären. Am liebsten wäre er losgegangen und immer weiter gelaufen ... bis zur Subway und dann nach Hause. Egal, was in Sentia abging, mit ihm hatte es nichts zu tun. In seinem Leben warteten dringendere Angelegenheiten auf ihn ... seine Halluzinationen und das unberechenbare Verhalten der Menschen um ihn herum. Sich mit etwas zu beschäftigen, das es gar nicht gab, war nicht nur verrückt, sondern auch reine Zeitverschwendung, Zeit, die er lieber dazu nutzen sollte, echte Probleme zu lösen.

Er ließ sich auf eine Bank plumpsen und versuchte, sich einen guten Grund zu überlegen, warum er zurück ins Labor 2 gehen sollte.

»Hey, Junge, hast du 'n bisschen Kleingeld?«

Jax sah zu dem Mann vor ihm auf. Er war unrasiert und schlecht gekleidet mit einem rot-schwarz karierten Baumfällerhemd. Zwar sah er nicht bedrohlich aus, aber trotzdem rieten Jax' Instinkte als Stadtkind ihm, sich nicht mit diesem Fremden einzulassen.

Er wandte sich ab. »Tut mir leid, Mister.«

»Komm schon, ein betuchtes Kind wie du ... Rück was rüber.«

Es war das i-Tüpfelchen auf einem echt miesen Vormittag. Erst versagte er bei Sentia, und jetzt musste er auch noch seine Bank räumen, um diesen Schnorrer loszuwerden. Er stand auf und dabei geriet er in Blickkontakt mit dem Mann.

Es passierte fast im selben Augenblick. Gerade noch hatte er den Störenfried angestarrt und im nächsten Moment sah er sich plötzlich selbst von außen.

Eine Vision! Laut Dr. Mako war das ein Zeichen von Hypnose! Wenn er nur sicher sein könnte …

»Ihre Nase juckt«, sagte Jax zögerlich.

Erstaunt sah er zu, wie der Schnorrer sich wie verrückt unter der Nase kratzte.

»Jetzt ist es wieder besser.«

Das Kratzen brach ab.

»Setzen Sie sich einen Moment hin. Sie sind müde.«

Der Mann setzte sich auf die Bank.

Eine Welle der Aufregung durchlief Jax. Er hatte es geschafft! Er war ein Hypnotiseur! Jetzt wollte er nichts dringlicher, als es Dr. Mako zu erzählen. Er machte sich auf den Weg zurück zum Gebäude, aber dann zögerte er. Etwas gefiel ihm nicht – trotz des Erfolgsrauschs. Dieser Bettler stand immer noch in seiner Macht. Jax war ein Anfänger. Wer wusste, welche Signale er unbeabsichtigt aussandte? Der arme Kerl könnte auf die Straße treten und überfahren werden!

»Ich zähle bis drei und dann wachen Sie auf, okay?« Das ergab keinen Sinn. Der Bettler schlief nicht mal.

»Ich meine, dann befinden Sie sich nicht mehr in Trance. Sie werden sich gut fühlen. Wirklich. Und Sie werden sich in Zukunft besser um sich selbst kümmern und keine Dummheiten machen. Die Stadt kann tough sein, wissen Sie …« Er merkte, dass er anfing zu schwätzen … etwas, was die anderen Hypnos nicht taten. Die Hypnose-Kommandos, die er von ihnen gehört hatte, waren klar und auf den Punkt. »Also, viel Glück, Mister. Eins, zwei, drei.«

Und als er sicher war, dass seine erste echte Versuchsperson aus ihrer Trance aufgewacht war und sich glücklich auf der Bank entspannte, rannte Jax über die Straße und rein zu Sentia.

»Dr. Mako!« Seine Füße berührten kaum den Boden, als er den Gang entlanglief und gleichzeitig wie auf Wolken schwebte.

Kira Kendall steckte den Kopf aus dem Aufenthaltsraum, um zu sehen, was los war.

Jax packte sie an den Schultern. »Ich habe jemanden hypnotisiert!«

Sie schüttelte ihn ab. »Das ist Sinn und Zweck hier«, sagte sie mit einem verständnisvollen Lächeln.

Jax entdeckte den Direktor draußen vor Labor 2 und ließ Kira stehen. »Dr. Mako! Sie werden es nicht glauben! Irgend so ein Obdachloser hat mich um Geld angebettelt und ich habe ihn hypnotisiert! Ich habe es zugelassen, genau wie Sie gesagt haben!«

Der Direktor nickte. »Bist du so weit, dieses Selbstvertrauen auch mit ins Labor zu nehmen?«

Jax' Hochgefühl sank ein wenig bei dem Gedanken, Mrs Park und Texas zu bezwingen. Aber dennoch war er momentan gewillt, Dr. Mako überallhin zu folgen. »Los geht's!«

Sie schüchterte ihn immer noch ein und Texas lenkte ihn ab. Er versuchte, das Muttermal nicht zu beachten, und konzentrierte sich auf die Augen, bemühte sich seinen mentalen Zustand von der Bank draußen wieder heraufzubeschwören. Er hatte nicht versucht zu hypnotisieren: ganz im Gegenteil. Er hatte aufgegeben, hatte daran gedacht, alles hinzuwerfen und nach Hause zu gehen. Alles, was er wirklich gewollt hatte, war in Ruhe gelassen zu werden ... von dem Bettler, von Dr. Mako und vor allem von dem unverständlichen Zeug, das ihm sein Verstand in letzter Zeit auftischte.

Und da war es – während seine Gedanken ihn abgelenkt hatten: ein Bild von sich selbst in Labor 2, als würde er durch Mrs Parks Augen schauen.

Er hatte sie. Er war also doch ein Hypnotiseur. Gewonnen – er fühlte sich genauso gut wie bei einem Dreipunkte-Siegeswurf.

Doch am meisten freute ihn das Lob des großen Mannes persönlich. »Ausgezeichnete Arbeit, Jackson ... obwohl ich anmerken muss, dass es mich nicht überrascht. Du hast die Gabe genau wie Generationen von Opus vor dir. Herzlichen Glückwunsch.«

Jax strahlte. »Danke, Dr. Mako.«

»Aber«, fuhr der Direktor mit feierlichem Gesichtsausdruck fort, »dein sich entwickelndes Talent gehört nicht nur dir, sondern der gesamten Menschheit. Du darfst es niemals zur persönlichen Bereicherung benutzen oder um Rache zu üben oder um einen Vorteil gegenüber einem anderen zu erlangen.«

»So etwas würde ich nie tun …«

Dr. Mako fiel ihm ins Wort. »Die Versuchung wird groß sein. Selbst wenn du glaubst, dass das, was du tust, harmlos ist, darfst du Hypnose nicht leichtsinnig oder zur Unterhaltung einsetzen. Das ist unsere wichtigste Regel hier in Sentia, und sie gilt für uns alle, auch für mich. Es ist eine Nulltoleranzregel. Wer gegen diese Regel verstößt, wird des Instituts verwiesen, ohne Ausnahme.«

»Ich verstehe.« Es war eine ernüchternde Standpauke, aber nichts hätte Jax die gute Laune verderben können. Er hatte viele Tage im Büro an der Fünfundsechzigsten East verbracht, aber jetzt hatte er zum ersten Mal das Gefühl, wirklich hierherzugehören.

Er war auf dem Weg nach draußen, wartete vor dem Fahrstuhl, als er etwas sah, das ihm sogar noch mehr zu denken gab als seine jüngsten Triumphe. Ms Samuels Bürotür stand einen Spaltbreit offen, und er sah jemanden im Besuchersessel, jemanden, der eine Handvoll Geldscheine zählte.

Jemanden in einem rot-schwarz karierten Baumfällerhemd.

10

Tommy hielt das alles für einen Scherz. »Was willst du jetzt machen? Mich in einen Frosch verwandeln?«

»Es ist keine Zauberei«, erklärte Jax geduldig. »Es ist Hypnose. Das gibt es echt. Es liegt schon ewig in der Familie meines Vaters.«

Obwohl Jax hundertprozentig daran glaubte, musste er zugeben, dass es ziemlich schwachsinnig klang. Vor allem für Tommy, der nicht besonders fantasievoll war und nur an das glaubte, was er sah … schwarz auf weiß … mit seinen eigenen Augen.

Langsam rutschten sie in der Cafeteria-Schlange weiter vor. Tommy nahm zwei Tabletts vom Ständer und gab Jax eins. »Nur weil dein Dad eine Menge verrückte Verwandte hat, bist du noch lange nicht der Zauberlehrling. In jeder Familie gibt es ein paar Irre. Du würdest nicht glauben, was einige der Cicerellis damals in der guten alten Zeit angestellt haben.«

»Aber all die Dinge, die mir passieren, können nicht nur Zufall sein«, beharrte Jax. »Die ganzen Visionen, das seltsame Verhalten der Leute um mich herum. Du hast selbst gesagt, was für ein Glückspilz ich bin. Ich glaube nicht, dass ich ein Glückspilz bin. Ich glaube, ich bezwinge Gedanken, ohne es überhaupt zu merken.«

»Gedanken bezwingen?«

»Hypnotisieren«, erklärte Jax. »Man nennt uns auch Gedankenbezwinger.«

»Na schön.« Tommy knurrte fast. »Dann zeig es mir. Bezwinge mich.«

»Was, hier?«

»Warum nicht?«, forderte Tommy ihn heraus. »Du bist doch so mächtig... Es sollte dir nicht schwerfallen.«

»Okay, aber ich bin noch nicht so gut.« Er drehte sich um, schaute Tommy angestrengt in die Augen und war sich nicht sicher, was er, außer ihn anzustarren, noch tun sollte. Schließlich war er noch ein Anfänger, und wenn die hypnotische Verbindung sich nicht von selbst einstellte, dann wusste er nicht weiter. Sogar Dr. Mako gab zu, dass es keinen Gedankenhebel gab, den man umlegen konnte, um die Hypnose in Gang zu setzen – zumindest keinen, den Sentia bisher hätte identifizieren können.

»Ohhhhh!«, raunte Tommy mit gruseliger Stimme. »Ich spüre, wie meine Gedanken bezwungen werden! Mein Verstand ist schon ganz zerquetscht. Was soll ich tun, Master? Mittagessen? Eine Bank ausrauben? Mich selbst in der nächsten Toilette runterspülen?«

»Willst du jetzt oder nicht?«, fragte Jax. Er starrte seinen Freund mit erhöhter Konzentration an. Aber es tauchte keine Vision von ihm selbst durch Tommys Blickwinkel auf. Im Institut hatte Dr. Mako ihm genau beschrieben, wonach er Ausschau halten musste. Es war fast wie eine Bild-im-Bild-Einstellung im Fernsehen. Doch davon war jetzt keine Spur zu sehen. »Es klappt nicht«, gab er zu. »Vielleicht, weil du farbenblind bist.«

»Ich war auch bei diesem Ramolo farbenblind«, erinnerte ihn Tommy, »und trotzdem bin ich unters Geflügel gegangen.«

»Die Augen der Hypnos verschaffen sich auf verschiedenen Wegen Einlass in die Gedanken der Zielperson«, belehrte ihn Jax und zitierte Dr. Mako. »Bei mir sind es die Farben. Ramolos Augen müssen anders funktionieren.«

Tommy stellte ein Tetrapack mit Schokomilch auf sein Tablett. »Also dann mach es bei jemand anderem.« Er zeigte auf ein großes, schlankes dunkelhaariges Mädchen, das zwei Plätze vor ihnen in der Schlange stand. »Wie wäre es mit Lisa Sweeney? Es kann nicht schaden, eine Cheerleaderin aus der Achten in seiner Macht zu haben.«

Dr. Makos Predigt lief noch einmal in Jax' Kopf

ab, vor allem Begriffe wie *Nulltoleranz* und *des Instituts verwiesen*. Aber hier ging es nicht um Leichtsinn oder Unterhaltung. Jax musste seinen besten Freund davon überzeugen, dass das alles wahr war. Nach Mom und Dad war Tommy der wichtigste Mensch in seinem Leben. Sie erzählten sich immer alles. Und außerdem konnte man eine Mutprobe von Tommy Cicerelli sowieso nicht ablehnen. Er würde einem so lange auf die Nerven gehen, bis man es durchzog.

Jax konzentrierte sich auf das hübsche Profil des hochgewachsenen Mädchens. Zuerst war es ein bisschen schwierig, weil Lisa zur Salatbar schaute und nicht zu ihm. Doch langsam, aber sicher brachte er sie dazu, in seine Richtung zu schauen. Er hatte sie!

Böse sah sie ihn an. »Such dir jemand anderen zum Stalken aus, du Loser.«

Tommy lachte ihm frech ins Gesicht. »Du hast es geschafft, Kumpel! Du hast sie per Hypnose dazu gebracht, dich zu beleidigen!«

Jax war verwirrt. Er spürte eine Verbindung, sah sogar das BiB-Bild von sich selbst aus einem anderen Blickwinkel. Aber es konnte nicht Lisa sein …

Plötzlich quetschte Tommy seinen Arm. »Sieh mal!«

Als die Cheerleaderin ihr Tablett nahm und weiterging, sahen sie beide die Frau an der Essensausgabe hinter der Salatbar, reglos, ihre Augen starr auf Jax gerichtet. Sollte sich je jemand in einer hypnotischen Trance befunden haben, dann war es sie.

»Alter!«, zischte Tommy. »Du hast die Frau von der Essensausgabe weggebeamt!«

Jax konnte sich ein dämliches Grinsen nicht verkneifen. Okay, es war zwar nicht die Zielperson, auf die er es abgesehen hatte. Aber er hatte es geschafft! Nicht aus Versehen, nicht unter Laborbedingungen, sondern hier und jetzt, draußen in der wirklichen Welt. Na ja, in der Cafeteria ...

»Okay.« Tommy rieb sich die Hände. »Was lassen wir sie machen?«

»Nichts. Ich darf Hypnose nicht leichtsinnig verwenden.«

»Es ist nicht leichtsinnig!«, beharrte Tommy. »Es ist total cool! Lass sie wie einen Hund bellen!«

»Vergiss es, Tommy. Sie arbeitet hier. Was glaubt du, wie du dich fühlen würdest, wenn sie deswegen gefeuert wird?«

»Dann lass sie eben etwas machen, was zu ihrem Job gehört«, bettelte Tommy. »Sie gibt einem nie genug Soße aufs Steak. Sie geizt mit dem Zeug, als wäre es ihr eigenes Blut. Mach, dass sie mir eine ordentliche Portion gibt. Und auch auf den Kartoffelbrei. Dabei geht es nicht um Leichtsinn, sondern um Kundenzufriedenheit.«

Jax sah seinem Freund in die Augen. »Nur Soße.«

»Und vielleicht einen Schokokeks umsonst.«

»Vergiss es. Du kriegst, wofür du bezahlt hast und nicht mehr.«

Das widersprach zwar eindeutig den Vorgaben von Dr. Mako. Aber solange Jax' Befehl nicht über das Servieren des Mittagessens hinausging, dürfte es eigentlich kein Problem sein. Außerdem war es womöglich das erste Mal, dass ein unschuldiger Zuschauer bei einem fehlgeleiteten Hypnoseversuch in Trance versetzt wurde. Was er hier machte, war also echte Forschungsarbeit.

Als Jax an die Salatbar kam, beugte er sich über den Thekenaufsatz dicht zu der Frau und flüsterte: »Mein Freund hier mag ganz viel Soße. Geben Sie ihm, so viel sie können. Wenn die Schulglocke läutet, erinnern Sie sich nicht mehr an diese Unterhaltung.« Er bekam sein eigenes Mittagessen und trug es zu einem leeren Tisch.

Der erste Bissen hatte seine Lippen noch nicht erreicht, als ein Tumult in der Essensschlange ausbrach.

»Okay! Das reicht! Es ist genug! Stopp! *Stopp*!« Gleich darauf tauchte Tommy mit einem Tablett auf, von dem die Soße tropfte. Die Frau von der Essensausgabe lief direkt hinter ihm, mit einem Schöpflöffel in der einen Hand und dem Soßentopf in der anderen. »Opus, Hilfe! Drück auf den Ausschaltknopf!«

»Stopp!«, sagte Jax eindringlich. Und noch mal lauter: *»Stopp!«*

Aber die Frau folgte Tommy immer weiter, schöpfte eine Kelle nach der anderen auf sein überschwemmtes Tablett. Entsetzt merkte Jax, dass er keine hypnotische Verbindung mehr zu ihr hatte. Er hatte kein BiB-Bild mehr durch ihre Augen. Übrig geblieben war nur sein Befehl: *Geben Sie ihm, so viel sie können*. Er versuchte ihren Blick einzufangen und sie noch einmal zu hypnotisieren. Aber ihr Drang, so viel Soße wie möglich auf Tommys Teller zu schöpfen, war so groß, dass es ihre ganze Konzentration beanspruchte und sie nicht in seine Richtung schaute.

Jax spürte, wie er Panik bekam. Die Situation war total außer Kontrolle geraten. Überall in der Cafeteria unterbrachen die Schüler ihr Mittagessen, um der irren Soßenjagd zuzuschauen. Es war nur noch eine Frage der Zeit, bevor es einem Lehrer auffallen würde. Dann würde diese arme Frau einen Riesenärger bekommen, und alles nur, weil Jax gegen Sentias wichtigste Regel verstoßen hatte.

Das allgemeine überraschte Gemurmel wurde zu Jubel, als die überschüssige Soße seitlich übers Tablett lief. Ein vorbeilaufender Turnschuh rutschte in der Pfütze aus und ein Sechstklässler ging zu Boden. Die Meute in der Cafeteria applaudierte, und als die fliegende Mahlzeit ihre Soße über ein größeres Gebiet verspritzte, weitete sich der Applaus zu Standing Ovations aus. Als die Parade von der Essensschlange die rutschige Stelle erreicht hatte, wurden die Stürze immer spektakulärer. Schuhe schlitterten, Tabletts kippten um. Es herrschte das totale Chaos.

»Würde es dir etwas ausmachen, uns hier ein bisschen zur Hand zu gehen?«, brüllte Tommy.

Jax musste dem Ganzen ein Ende bereiten, bevor es sich zu einem richtigen Krawall ausweitete. Ärger in der Schule war schon schlimm genug, aber was wäre mit Sentia? Sollte Dr. Mako irgendwie davon Wind bekommen, hätte Jax große Schwierigkeiten, ihm zu erklären, wieso das Ganze nicht unter Leichtsinn fiel.

Kaum, dass er diesen Gedanken zu Ende gedacht hatte, wurde ihm Hilfe von unerwarteter Seite zuteil. Die Schulglocke läutete. Die Frau von der Essensausgabe nahm ihre Schöpfkelle und ihren Topf und kehrte seelenruhig auf ihren Posten zurück. Sie hatte eindeutig keinerlei Erinnerung an den gerade beendeten Aufstand.

Tommy setzte sein Tablett spritzend ab und sah auf seine Mahlzeit hinunter, die in einem Meer aus brauner Soße schwamm. »Okay, ich geb's zu. Du bist tatsächlich ein Hypnotiseur. Der schlechteste Hypnotiseur der Welt, aber du kannst es.«

Jax verzog das Gesicht. »Sei still und trink dein Mittagessen.«

11

Die meisten Versuchspersonen bei Sentia waren Freiwillige, die fünfzig Dollar pro Tag für ihre Teilnahme an »Gehirn-Studien« bekamen. So kam eine interessante Auswahl von Collegestudenten und Obdachlosen zusammen, mit denen die Hypnos arbeiten konnten. Die wenigsten, wenn überhaupt jemand, erinnerte sich daran, was ihnen in Sentia widerfahren war. Ray Finkelmeyer – der Fantastische Ramolo höchstpersönlich – war damit beauftragt, den Neuankömmlingen eine posthypnotische Suggestion einzuprägen. Sie erhielten den Befehl, alles zu vergessen, sobald sie das Gebäude verließen.

»Nur einmal«, grummelte Wilson und spähte aus dem Fenster im Aufenthaltsraum, als die Freiwilligen eintrafen, »möchte ich jemanden bezwingen, der nicht schon *benutzt* ist, wenn ich ihn kriege.«

»Benutzt?«, wiederholte Jax.

»Er meint, dass die Versuchspersonen schon eine hypnotische Struktur in sich tragen, wenn wir sie zu

Gesicht bekommen«, erklärte Kira. »Aber das beeinträchtigt unsere Arbeit nicht.«

»Sagt Ray«, widersprach Wilson. »Aber was sollte das Personal daran hindern, eine kleine Spionage-Suggestion einzubauen, die jeden verpetzt, der sich einen Spaß daraus macht, ein bisschen mit dem Verstand der Versuchspersonen herumzuspielen?«

Jax war ehrlich erstaunt. »Wer würde so etwas tun?«

Der bullige Hypno sah ihn böse an. »Du kapierst gar nichts, oder? Man könnte meinen, dass du erst gestern auf die Welt gekommen bist.«

Jax' erste Versuchsperson an diesem Tag war Mr Turm. Sentia-Freiwillige benutzten nie ihren richtigen Namen. Jax wusste nicht warum, aber die Decknamen stammten normalerweise alle vom Monopolybrett – Elise, Rathaus, Chaussee. Mrs Park war die Kurzform von Parkstraße. Jax' Bettler, der Mann mit dem Baumfällerhemd, stellte sich als Stammkunde namens Mr Münchener heraus.

Jax verpasste dem jungen Mann am Tisch gegenüber eine volle Breitseite aus seinen großen, die Farbe wechselnden Augen. Die Wirkung stellte sich fast augenblicklich ein. Er sah sich selbst, das Bild blass, aber absolut klar. Er widerstand dem Bedürfnis, zu Dr. Mako hinüberzuschielen, der die Übung beaufsichtigte.

»Okay«, wies Jax die Versuchsperson an. »Ich will, dass Sie von Ihrem Stuhl aufstehen und auf und ab springen.«

Mr Turm stand langsam auf und begann ruhig und rhythmisch auf der Stelle zu hüpfen.

Diesmal riskierte Jax einen Blick hinüber zum Direktor. Makos Gesicht zeigte zwar keinerlei Regung, aber bestimmt bewunderte er, wie schnell Jax das erwünschte Verhalten hervorgerufen hatte.

Am Nachbartisch ließ ein anderer Hypno, Augie Cunningham, seine Versuchsperson aufstehen und sagte: »Sie stehen auf einem heißen Kohlenbett. Wenn Sie auch nur eine Sekunde stillstehen, werden ihre Fußsohlen schwere Verbrennungen davontragen.« Mehr brauchte es nicht, um Mrs Wiener aufspringen und eilig tanzen zu lassen.

Jax betrachtete Mr Turms halbherzige systematische Sprünge. Obwohl Mrs Wiener eine Frau mittleren Alters war, hatte Augie ein viel höheres Niveau an Energie erzeugt.

Mako schaute anerkennend zu.

Der dritte und letzte Hypnotiseur war an der Reihe. Es war Kira Kendall. »Eine Gruppe Kinder sitzt in einem brennenden Haus fest«, sagte sie mit unbeteiligter Stimme zu Mr Münchener. »Von den Wänden lechzen Flammen nach ihnen und der Raum füllt sich mit Rauch. Nur Sie können sie retten! Mit ihren Füßen setzen Sie eine Pumpe in Gang, die Wasser auf das Feuer spritzt. Schnell! Pumpen Sie! Das Leben der Kinder liegt in Ihrer Hand!«

Die Reaktion war mehr als erstaunlich. Die Beine des Mannes hämmerten wie Fäuste wild drauflos, um die unsichtbaren Kinder zu retten, die Kira in seinen Kopf gesetzt hatte.

Mako lächelte und applaudierte. »Gut gemacht, Kira. Meisterhaft. Du hast uns gezeigt, dass es nicht nur darum geht, jemanden zu hypnotisieren; wichtig ist, was wir in seinen Gedanken konstruieren, während er sich in Trance befindet. Ein einfacher Befehl ist nicht so wirkungsvoll wie ein Gefühl, zum Beispiel von Feuer auf der Haut. Und selbst das ist nicht so wirkungsvoll wie ein Appell an sein moralisches Empfinden, wie zum Beispiel das Leben Unschuldiger zu retten.

Niedergedrückt schlurfte Jax als Versager aus dem Raum, als der Hypnotiseur, der die schlechteste Vorstellung geliefert hatte. Warum war er der Lausigste von allen? Was war aus all dem großen Potenzial geworden, das Mako ihm vorausgesagt hatte?

Der Direktor musste seinen niedergeschlagenen Gesichtsausdruck bemerkt haben, denn im Anschluss zog er Jax beiseite. »Lass dich nicht entmutigen, Jackson. Alles, was dir fehlt, kann man lernen. Aber eine natürliche Gabe kann man sich nicht aneignen, wenn man sie nicht hat.«

*

Samstage bei Sentia waren Marathontage, weil die Hypnos schon früh kamen und erst spät gingen. Das Arbeitspensum war heftig und umfasste weit mehr als praktische Experimente mit Freiwilligen. Jax und die anderen lernten etwas über die Geschichte der Hypnose und das Leben der großen Persönlichkeiten dieser Kunst, zum Beispiel über den Mönch Rasputin und den legendären Dr. Mesmer.

Jax war erstaunt zu erfahren, wie oft Hypnose eine Schlüsselrolle in der Weltgeschichte gespielt hatte. Sir Edmund Hillary hätte den Mount Everest nie erobert, wenn er nicht hypnotisiert worden wäre, um seine Höhenangst zu überwinden. Brahms war unmusikalisch und wäre nicht in der Lage gewesen, auch nur halbwegs brauchbare Musik zu komponieren, wenn seine Frau nicht eine begabte Hypnotiseurin gewesen wäre. Lewis und Clark waren beide Hypnotiseure und hatten sich gegenseitig nicht weniger als siebenundzwanzig Mal bezwungen, bis sie am Pazifik ankamen. Nur deswegen hatten sie durchgehalten.

Die Liste war ellenlang. Einige der wichtigsten Errungenschaften, wie zum Beispiel die Erfindung des Telefons, einige der schrecklichsten Desaster, wie die Hindenburg-Tragödie, und einige der gewagtesten Verbrechen, wie der große Postzugraub, hatten alle mit Hypnose zu tun. Verblüfft stellte Jax fest, wie oft der Name Opus vorkam. Kein Wunder, dass Mako sich Jax für Sentia ausgeguckt hatte. Dads Familie steckte bis zum Hals mit drin. Nur selten gab es eine Generation ohne einen Opus in den Schlagzeilen.

»Wisch dir das Grinsen vom Gesicht, Dopus«, knurrte Wilson Jax während einer Pause im Aufenthaltsraum an. »Du hast vielleicht einen berühmten Namen, aber die Legende stirbt mit dir. Du könntest dich nicht mal aus einer nassen Papiertüte heraushypnotisieren.«

Kira verdrehte die Augen. »Er ist gerade erst hier eingetroffen, Wilson. Wie viele von uns waren in ihrer ersten Woche hier so gut wie Mesmer?«

Wenn es bei Sentia einen Pausenhof-Tyrannen gab, dann war es eindeutig Wilson. Aber alle Hypnos verhielten sich Jax gegenüber eher distanziert. Kira hatte einen angeborenen Sinn für Fairness und ließ es deswegen nicht zu, dass Wilson auf anderen herumhackte. Aber sie war zu ernst und zu sehr ihrer Kunst verschrieben, um wirklich nett zu sein. Sie war die beste Gedankenbezwingerin hier, weil sie sich zehnmal mehr anstrengte als alle anderen. Sie kannte nur Arbeit und kein Vergnüngen. Nicht, dass es viel Gelegenheit für Vergnügen in Sentia gegeben hätte.

Mit siebzehn war Augie der Älteste und war am längsten beim Institut. Obwohl er die meiste Erfahrung hatte, hatte er eindeutig keinen Sinn für Humor. Er lächelte nie, von Lachen konnte gar nicht erst die Rede sein, und einen Witz zu reißen, stand außer

Frage. Jax, der Humor immer mit Intelligenz gleichgesetzt hatte, fragte sich, ob Augie für einen erstklassigen Hypnotiseur überhaupt schlagfertig genug war.

Dann gab es noch die beiden Lancaster Singhs, Cousins ersten Grades, die nach einem gemeinsamen Großvater benannt worden waren. Sie waren beste Freunde und lagen miteinander im Wettstreit bis zum Verrücktwerden. Jeder glaubte, er könne *der* Lancaster Singh werden, indem er den anderen beim Hypnotisieren übertraf. Die Folge war, dass die beiden talentierten Hypnos so viel Energie darauf verwendeten, sich gegenseitig in Trance zu versetzen, dass nur wenig für das Institut übrig blieb. Wilson nannte sie Ding 1 und Ding 2. Der Typ war zwar ein Hohlkopf, aber nie um einen Spitznamen verlegen.

Grace Cavanaugh war eine erfolgreiche Tennisspielerin auf nationaler Ebene und immer nur kurz am Institut, weil sie gleich wieder zu einem Spiel oder einem Turnier musste. Natalie Ziegler war an den Rollstuhl gefesselt, aber ihr stechender Blick öffnete ihr den Weg ins Bewusstsein einer Versuchsperson schneller, als es sonst jemand konnte – mit Ausnahme von Jax vielleicht. DeRon Marcus war Wilsons Handlanger. Er konnte ganz normal bis sogar nett sein. Aber dann betrat Wilson den Raum und DeRon schaltete seine Freundlichkeit aus.

In Jax zweiter Woche bei Sentia hatte er auch ein

rothaariges Mädchen von etwa sechzehn Jahren kennengelernt, aber am Samstag war sie nirgends mehr zu finden.

»Weiß jemand, was mit Clarissa passiert ist?«, fragte er die anderen im Aufenthaltsraum. Zur Antwort bekam er nur ein unbehagliches Murmeln. »Ich hoffe, sie ist nicht schlimm krank oder so was.« Mehr Gemurmel.

Schließlich lieferte Singh 2 eine Erklärung. »Sie ist nicht krank.«

»Na ja, es könnte schon sein, dass sie krank ist«, berichtigte Singh 1. »Aber der Grund, warum sie nicht hier ist, hat nichts mit ihrer Gesundheit zu tun.«

Jax musste verwirrt ausgesehen haben, denn plötzlich platzte Wilson heraus: »Sagt es ihm jetzt einfach irgendwer? Sie ist rausgeflogen, Dopus. Sie haben sie in die Wüste geschickt.«

Jax war schockiert. »Aber warum? Hat sie etwas falsch gemacht?«

»Sie war nicht besonders gut«, erklärte Natalie, »und sie wurde älter.«

Augie, der ein Jahr älter als Clarissa war, rutschte unbehaglich auf seinem Platz hin und her.

»Oder vielleicht ist es hier auch nur ein wenig zu eng geworden«, merkte Wilson sarkastisch an. »Jemand musste gehen, um Platz für Blondie zu machen.«

Jax wurde blass.

»Wir wissen es nicht genau«, mischte Kira sich ein.

»Alles, was Dr. Mako tut, ist zum Besten des Instituts, aber niemand kann genau sagen, was er sich dabei denkt und warum.«

»Da hast du recht«, sagte Wilson mit einem spöttischen Grinsen in Jax' Richtung. »Aber eigentlich ist es auch egal. Wir können sie ja schlecht besuchen und fragen.«

»Wie meinst du das?«, wollte Jax wissen. »Warum können wir das nicht?«

Wilson zuckte mit den Achseln. »Du bist doch das große Genie hier. Finde es doch selber raus.«

»Letztes Jahr«, sagte Grace schüchtern, »wurde Rory rausgeworfen. Etwa einen Monat später bin ich von einem Tennisspiel nach Hause gekommen und habe ihn auf dem Bahnsteig in der Subway entdeckt. Er hat mich ganz bestimmt gesehen – das schwöre ich. Aber er hat direkt durch mich hindurchgeschaut.«

»Das weißt du nicht genau«, meinte Kira. »Vielleicht war er sauer, weil er abserviert wurde, und hat dich deswegen nicht beachtet.«

»Oder vielleicht geht man ohne Erinnerungen, wenn man hier weggeht«, sagte Wilson. »Als sei ein Schreibtisch ausgemistet worden. Nur, dass es in diesem Fall dein Kopf war.«

»Das kann nicht sein!«, beharrte Jax. »Oder doch?«

»Mit den Monopolys passiert das jeden Tag«, bemerkte Singh 1.

»Aber da geht es nur um ein paar Stunden«, wandte Jax ein. »Clarissa war mehrere Jahre hier!«

»Man hätte es langfristig planen müssen«, sagte Augie nachdenklich. »Eine ganze Reihe posthypnotischer Suggestionen, die später aktiviert werden können. Das ist Rays Spezialgebiet. Und wer weiß, wozu Dr. Mako in der Lage ist?«

»Vielleicht hat er den Grundstock dafür bereits in allen von uns gelegt«, grübelte Natalie.

»Darauf kannst du wetten«, warf Wilson ein. »Der Doc ist nicht der Typ, der Dinge dem Zufall überlässt.«

»Aber Dr. Mako würde *uns* doch nie hypnotisieren«, protestierte Jax.

Dafür erntete er nachsichtiges Gekicher und Augenrollen.

»Total ahnungslos!«, stieß Wilson hervor.

Kira war freundlicher. »Wie oft am Tag benutzt du einen Satz wie ›Wenn Sie aufwachen, werden Sie sich an nichts erinnern‹?«.

Jax schluckte schwer.

*

Am Ende eines langen Samstags war Jax auf dem Weg zur Subway, als ihn jemand auf dem Bürgersteig an seinem Jackenärmel zog und zu sich herumriss. Da stand ein untersetzter Mann, der leicht das Doppelte von Jax wog.

»Daddy!«, rief der Mann in tiefem Bass, der trotzdem nach Babystimme klang. »Ich muss aufs Klo!«

Verwirrt wollte Jax weitergehen.

Aber der Mann drängte sich vor ihn und verstellte ihm den Weg. »Ich *muss* mal!«, beharrte er.

»Hören Sie, Mister, ich bin nicht Ihr Daddy ...«

Zu seinem Entsetzen schlang der große Kerl Arme wie aus Stahl um ihn und drückte fest zu. »Komm schon, Daddy, hör mit dem Quatsch auf! Ich *muss* wirklich *dringend*!«

Jax' Beine gaben unter ihm nach, und er ging rücklings zu Boden, wobei er den schweren Mann mit sich zog, sodass er auf ihm zu liegen kam. Der Kerl wog leicht hundertzehn Kilo – wahrscheinlich mehr!

»Jax?« Plötzlich sah das schöne Gesicht von Ms Samuels auf ihn herunter. »Ist alles in Ordnung? Was ist hier los?«

Ganz in der Nähe klingelte es plötzlich. Es musste das Handy des Mannes gewesen sein. Er rollte sich von Jax runter und setzte sich auf den Bürgersteig, sein Gesichtsausdruck war ein einziges Bild der Verwirrung. »Was ist passiert? Bin ich ohnmächtig geworden?«

Jax rappelte sich auf die Füße und sah gerade noch zwei Gestalten die Fünfundsechzigste East lachend und jubelnd hinunterlaufen, Wilson und DeRon.

»Wow, Junge, es tut mir leid! Bist du verletzt?«

»Mir geht's gut.« Jax' Augen waren auf Ms Samuels gerichtet, die die flüchtenden Hypnos nicht bemerkt hatte. Die stellvertretende Direktorin hatte selbst nur geringe hypnotische Fähigkeiten, war aber lang genug bei Mako und Sentia, um zu erkennen, wenn jemand mithilfe von Hypnose Dummheiten anstellte.

Jax musste zugeben, dass es ein brillanter Schachzug war, die Versuchsperson mit ihrem eigenen Handy aus der Trance zu wecken. Wenn man einen erwachsenen Mann durch Hypnose dazu bringen konnte, dass er ein zwölfjähriges Kind für seinen Vater hielt, war es bestimmt nicht schwer, den Typen dazu zu kriegen, seine Handynummer rauszurücken.

Misstrauisch musterte Ms Samuels Jax. »Gibt es etwas, was du dazu sagen möchtest? Etwas, was Dr. Mako wissen sollte?«

Jax zögerte. Der Missbrauch von Hypnose war ein sehr ernstes Vergehen bei Sentia. Wenn sie erwischt wurden, würde man Wilson und DeRon aus dem Institut werfen. Sie waren zwar Idioten, aber das hatten sie dann doch nicht verdient.

»Nein, nichts«, sagte er schließlich. »Dieser Typ muss einen Schwindelanfall gehabt haben.«

12

Das BiB-Bild war schärfer, als Jax es je in den drei Wochen bei Sentia gesehen hatte. Er sah sich selbst aus etwa zwei Metern Entfernung – das war genau der Abstand, der zwischen ihm und Mr Goethe, einem heruntergekommenen Obdachlosen Mitte fünfzig, lag.

Die Versuchsperson – ein Mann – konzentrierte sich so stark auf Jax' Augen – die gerade ein tiefes Aquamarin angenommen hatten –, dass er einer Statue glich. Die einzige sichtbare Bewegung war das Heben und Senken seines Brustkorbs, wenn er atmete.

Dr. Mako saß hinter Jax und überwachte den Vorgang. Normalerweise lief der Direktor im Institut umher und schneite hier und da zu einer Sitzung herein. Doch diesmal hatte er darauf bestanden, die Hypnose persönlich zu beaufsichtigen. »Sorg dafür, dass er entspannt bleibt«, wies Mako ihn an. »Klär seinen Verstand von allen Gedanken.«

»Sie lehnen sich gegen das weichste Kissen der Welt«,

sagte Jax ruhig. »Der Stoff schmiegt sich an Sie und Sie fühlen sich geborgen.«

Die Versuchsperson schien sich gemütlich gegen den harten Holzstuhl zu lehnen.

Da der Mann sich in tiefer Trance befand, riskierte Jax einen Blick zum Direktor, als wolle er fragen: *Was nun?*

»Konzentrier dich«, flüsterte Mako. »Halte ihn in deiner Macht. Verlier ihn nicht.«

Jax war ein bisschen verwirrt. Er könnte diese Versuchsperson nicht verlieren, selbst wenn er es gewollt hätte. Die Verbindung war wasserdicht, das BiB-Bild so lebendig, dass es ihm genauso real wie der Raum um ihn herum erschien. Es war, als würde man in einen Spiegel schauen.

Normalerweise sagte ihm jetzt jemand, was er tun musste, um die Aufgabe zu Ende zu führen – was er den Mann tun oder fühlen lassen sollte. Letzte Woche hatten die Lancaster Singhs zwei Versuchspersonen davon überzeugt, Schachmeister zu sein, obwohl beide das Spiel noch nie gespielt hatten. Nichtsdestotrotz hatten sie sich daraufhin ein erbittertes Gefecht geliefert, das halb Dame und halb Mensch ärgere dich nicht war. Dr. Mako hatte es genial genannt.

Jax hatte eifersüchtig zugeschaut. Wie es sich wohl anfühlte, wenn man von dem großen Mann mit Lob überhäuft wurde? Er wünschte sich nichts sehnlicher, als auch mal an der Reihe zu sein.

Heute könnte es so weit sein! Ich habe die Verbindung noch nie stärker gespürt.

Aber zuerst musste Mako ihm eine Aufgabe stellen. Wartete der Direktor darauf, dass er sich selbst etwas ausdachte?

Vermassele ich es?

Die Angst zu versagen, lastete schwer auf ihm. Zwar hatte er sich Sentia nicht ausgesucht, aber jetzt, wo er hier war, wollte er auf keinen Fall rausfliegen. Kein Wunder, dass er so deprimiert war. Er war ein Loser, allein, verlassen, seine geliebte Frau hatte er für immer verloren …

Frau?

Und dann hatte er plötzlich ein Bild vor Augen: das Gesicht einer Frau – umwerfendes Lächeln, weiches braunes Haar, geschwungene Augenbrauen. Sie lachte, was Jax aus irgendeinem Grund nur noch trauriger stimmte. Plötzlich verblasste das Bild und löste sich in einem Wirbel aus Staub und Rauch auf. Er streckte tatsächlich seinen Arm nach ihr aus, obwohl er wusste, dass es sich nur um eine Vision handelte – irgendeine Nebenwirkung der Hypnose. Und es hatte sowieso keinen Sinn. Sie war weg.

Der wirbelnde Nebel verzog sich und gab den Blick auf ein neues Bild frei: in Marmor gemeißelte Worte, *Geliebte Frau und Mutter …*

Ein Grabstein.

Als Jax zu weinen begann, war es krampfartig – große qualvolle Schluchzer, die ihn zu zerreißen drohten. Nichts, was er in seinen zwölf Jahren erlebt hatte, kam diesem schrecklichen Verlust nahe. Es fraß ihn auf. Nie würde er über diese erschütternde Tragödie hinwegkommen. Es war das Ende der Welt.

Er war so verfangen in seinem Weinen, dass er kaum bemerkte, wie er vom Stuhl glitt und auf die Knie sank. Als die hypnotische Verbindung abbrach, trat keine Erleichterung ein, sondern nur das Gefühl der Orientierungslosigkeit, ähnlich wie dem des Erwachens aus einem schrecklichen Albtraum. Das Bild war verschwunden, aber das Entsetzen war noch da. Er würde nie wieder heil sein.

Sogar als Mr Goethe den Raum verlassen und Jax wieder er selbst war, umgab ihn ein Gefühl von Katastrophe.

»Es tut mir leid«, stammelte er immer noch zittrig. »Was ist passiert?«

»Ich sollte mich bei dir entschuldigen«, sagte Dr. Mako freundlich. »Ich könnte versuchen, dir dieses Phänomen zu beschreiben. Aber es gibt nur einen Weg, es wirklich zu verstehen: Man muss es aus erster Hand erfahren.«

»Phänomen?«, brachte Jax hervor.

»Die hypnotische Verbindung ist eine starke und machtvolle Paarung zweier Geister«, erklärte der Direktor feierlich. »Du hast die Kontrolle, bist aber auch verletzlich. Wenn du durch die Augen einer Versuchsperson »siehst«, lässt du das Bewusstsein eines Fremden in deinen Kopf. Wenn die Verbindung zu lange bestehen bleibt, beginnen die Erinnerungen der Versuchsperson in dein Gehirn zu sickern. Dabei kann es passieren, dass man die Tragödie eines ganzen Lebens in einem einzigen Augenblick nachempfindet.«

»Es war seine Frau, stimmt's?«, fragte Jax. »Seine Frau ist gestorben?«

Mako nickte. »Die emotionalen Höhen und Tiefen einer zwanzigjährigen Ehe, die mit einer Katastrophe endete, in einem kurzen Augenblick aufzusaugen, ist nicht zu ertragen, vor allem nicht für jemanden in deinem Alter. Du musst lernen zu erkennen, wenn die Gefahr besteht, und dann eine Abwehr dagegen errichten. Oder, wenn nötig, das Ganze sogar abbrechen. Für einen Hypnotiseur ist das reiner Selbstschutz.«

»Was passiert, wenn man das nicht tut? Oder nicht kann?«

»Das kann ich dir nicht sagen. Vielleicht gehst du hoffnungslos in dem Bewusstsein eines anderen verloren. Oder vielleicht beginnen die beiden Geister zu verschmelzen. Aber egal, was geschieht, es führt unweigerlich zum Irrsinn.«

Das war ein ernüchternder Gedanke. Bisher hatte er Hypnose für einseitig gehalten – etwas, was man mit einer anderen Person macht. Es war ihm nie in den Sinn gekommen, dass es eine Kehrseite geben könnte – dass seine Versuchsperson *ihn* in Gefahr bringen könnte.

»Danke, Dr. Mako.« Er stand auf, um zu gehen. Doch dann drehte er sich noch einmal um. »Wie ist sie gestorben?«

Der Direktor sah verwirrt aus.

»Mr Goethes Frau«, erklärte Jax. »Was ist mit ihr passiert?«

»Das sollte dich nicht kümmern«, antwortete Mako. »Du musst dich auf deine Kunst konzentrieren und nicht auf das Schicksal der Einzelpersonen, die du in Bann schlägst.«

»Aber ich weiß, dass er sie wirklich geliebt hat«, beharrte Jax. »Sie war noch nicht alt. War sie krank?«

»Das ist eine Schwäche«, warnte Dr. Mako.

»Aber ich habe seine Trauer gefühlt. Nein, mehr als das. *Seine* Trauer war *meine* Trauer. Wir waren ein Geist.«

Der Direktor sah auf seine Notizen und antwortete nicht. Jax nahm an, dass er entlassen war, und ging zur Tür.

»Sie starb beim Terroranschlag am 11. September«, sagte Dr. Mako plötzlich.

Schon halb im Flur blieb Jax wie erstarrt stehen.

»An diesem Morgen ist sie zur Arbeit gegangen und

nicht wieder heimgekommen. Es war ihr Hochzeitstag. Es hat ihn zugrunde gerichtet.« Dr. Mako sah ihn prüfend an. »Fühlst du dich jetzt besser?«

»Sie hatten recht«, sagte Jax mit erstickter Stimme. »Es ist schlimmer, wenn man Bescheid weiß.«

Mit bleichem Gesicht stolperte er auf den Flur hinaus. Er hatte es so eilig, der Erinnerung zu entkommen, die nicht seine war, und es *doch* irgendwie war, dass er Augie und Kira nicht sah und in sie hineinrannte. Ein Stapel Bücher polterte aus Kiras Armen auf den Boden.

»Entschuldigung«, murmelte er und bückte sich, um beim Aufsammeln zu helfen.

Sie bemerkte seine rot geränderten Augen und seine totenbleiche Miene. »Was ist los?« Ihr Blick schweifte zum Direktor, der gerade den Raum verließ. »Nur du und Dr. Mako?«, fragte sie spitz.

»Es war schrecklich«, gestand Jax. »Mr Goethes Frau …«

»Ach, du Ärmster«, sagte sie ungerührt und stürmte davon.

Jax war verwirrt. »Wofür war das denn?«

»Dr. Mako hat dich in der Verbindung stranden lassen«, schlussfolgerte Augie.

»Es ist, als hätte ich ein ganzes Leben in acht Minuten durchlebt.«

Der ältere Junge nickte. »Das macht er nur mit den

vielversprechendsten Hypnos. Deswegen war Kira wütend. Sie war die Letzte, mit der er das gemacht hat. Sie glaubt, dass sie jetzt ersetzt wurde.«

»Um was macht *sie* sich Sorgen? Sie ist bei Weitem die Beste von uns allen!«

»Vielleicht sieht das unser oberster Befehlshaber inzwischen anders.«

Jax musterte Augie und suchte nach Anzeichen dafür, dass der Siebzehnjährige ihn auf den Arm nahm. Augie war ein guter Hypnotiseur und ein brillanter Schüler, aber der Sinn für Humor oder sogar Sarkasmus ging ihm völlig ab.

Jax wusste, dass er Fortschritte bei Sentia machte, aber Kiras Niveau hatte er bei Weitem noch nicht erreicht. Gerade eben hatte er den Beweis dafür geliefert – fast hätte er sich selbst verloren in der Trauer eines Witwers nach den Terroranschlägen vom 11. September. Und bis zu einem gewissen Grad war das sogar tatsächlich passiert. Der Schmerz von Mr Goethes Unglück hatte sich nicht verflüchtigt. Ihre geistige Verbindung sorgte dafür, dass Jax für immer etwas von diesem Schmerz behalten würde.

Seine Ausbildung hatte sich auf grundlegende Weise verändert. Das begriff er jetzt. Bisher hatten sich seine Unterrichtsstunden auf die Mechanismen und die Möglichkeiten von Hypnose konzentriert.

Jetzt war es für ihn an der Zeit, etwas Neues kennenzulernen.

Die Risiken.

13

Corrados Pizza auf der Lexington Avenue war gleich um die Ecke vom Institut. Die Gedankenbezwinger waren der Ansicht, dass die Pizzeria ihnen gehörte, und das stimmte vielleicht sogar. Wilson gab damit an, dass er einmal Corrado höchstpersönlich in Trance versetzt und einen dünneren Teig und weniger Oregano in der Soße verlangt hätte. Auch wenn das niemand bestätigen konnte, war das Essen gut, die Bedienung schnell und die Preise erschwinglich.

Jax aß meistens donnerstags dort, wenn seine Eltern spät von der Arbeit heimkamen und er sich alleine um das Abendessen kümmern musste. Er biss gerade in sein zweites Stück Pizza, als er plötzlich wieder das Gefühl hatte, als würde ihm Wasser in die falsche Kehle laufen. Aber es erschreckte ihn nicht mehr. Er war es gewöhnt – etwas regte sich in seinem Gehirn, erst schwach, dann immer stärker, bis es seine Wirbelsäule hinunterkroch. Er hatte schon längst gelernt, dieses Gefühl zu erkennen. Jemand versuchte, ihn zu hypnotisieren. Bald begann die unbestimmte Regung sich zielgerichteter anzufühlen, als würde eine intelligente Macht versuchen, die Kontrolle über ihn zu erringen.

Automatisch sah er sich nach jemandem aus Sentia um. Eigentlich durften sich die Hypnos nicht gegenseitig in Trance versetzen, aber sie taten es trotzdem sehr oft. So ein Verbot durchsetzen zu wollen, wäre, als würde man versuchen die Handtuchkämpfe in den Schulumkleiden zu verbieten. Die Lancaster Singhs arbeiteten mehr aneinander, als sie zur Forschung im Institut beitrugen. Die Cousins wussten ganz genau, wann sie voneinander ablassen mussten, damit Ray oder Ms Samuels ihre Verbindung nicht bemerkten. Soviel Jax wusste, gingen sie dieses Risiko aber nie vor dem Direktor ein.

Jax runzelte die Stirn. Im Moment war er der Einzige von Makos jungen Zöglingen in der Pizzeria.

Sein Blick fiel auf einen schmächtigen Mann Mitte sechzig mit rundem Gesicht, rosa Wangen und langem grauen Haar, das er zu einem Pferdeschwanz zusammengebunden hatte. Sein Gesichtsausdruck war so freundlich, so gar nicht bedrohlich, dass Jax mehrmals über ihn hinwegsah, weil er sich sicher war, dass von ihm keine hypnotische Kraft ausgehen konnte. Aber das bohrende Gefühl hielt an. Jax musterte die anderen Verdächtigen. Dort saß eine Dame an einem Ecktisch, tief versunken in einen dicken Roman. Ein

Collegemädchen kauerte über ihrem Pizzastück und vermittelte den Eindruck, sich im Tiefschlaf zu befinden. Zwei Männer in Anzügen stritten hitzig über ein Basketballspiel. Es musste der kleine Typ sein, eindeutig.

Also gut, Jax war ja kein Anfänger mehr. Bei Sentia arbeitete er mit Dr. Mako, dem Besten in diesem Geschäft. Er musste keine Angst vor einem trotteligen Opa im kariertem Hemd haben.

Jax richtete seinen Blick wie eine Waffe aus und durchbohrte den kleinen Mann. Das BiB-Bild von ihm selbst tauchte sofort auf – fast schon blitzartig. »Verschwinden Sie«, sagte Jax leise, aber sehr deutlich. Zufrieden sah er, wie der alte Typ aufstand und mit wippendem Pferdeschwanz die Pizzeria verließ.

Gute Arbeit, lobte er sich selbst und war von seinem eigenen Talent beeindruckt. Schade, dass Dr. Mako nicht dabei gewesen war. Äußerst zufrieden aß er sein Abendessen und verließ Corrados in bester Laune.

»Du kannst ganz schön zuschlagen, mein junger Freund«, ertönte eine Stimme von der Ladenfront nebenan.

Jax wirbelte herum. Es war der kleine Mann, der versucht hatte, ihn zu hypnotisieren. Jax' Augenfarbe wurde dunkler und wechselte von Blau zu Lila, als er es noch einmal versuchte und seine volle Konzentration auf sein Ziel ausrichtete, genau wie Mako es ihm beigebracht hatte.

Der Mann zuckte zusammen und grinste dann. »Genau das meine ich. Das ist ein richtiger Schwinger. Einen Sandmann-Kollegen erkenne ich immer.«

Sandmann? »Ich weiß nicht, wovon Sie sprechen, Mister.«

Der alte Typ kicherte. »Na klar weißt du das. Gehirnjockey, Traumweber, Gedankenbezwinger, Synapsensurfer – wie auch immer Elias Mako uns gerade nennt.«

Jax zögerte. Zwar hatte er inzwischen akzeptiert, dass es ganz gewöhnliche Menschen mit hypnotischen Kräften gab. Bis vor ein paar Wochen war er selbst einer von ihnen gewesen und hatte Wildfremde in Bann geschlagen, ohne überhaupt zu begreifen, was er da tat. Aber dieser alte Mann war anders. Er wusste über Mako Bescheid *und* dass Jax mit ihm in Verbindung stand. »Ich … ich glaube, Sie haben den Falschen.«

»Nur weil Mako so tut, als wäre seine Zauberschule topsecret, ist sie das noch lange nicht. Man muss sich nur neben den Fahrstuhl stellen und nachsehen, wer in die obersten drei Stockwerke fährt.« Der Mann griff nach Jax' Hand und schüttelte sie. »Aber wo sind meine Manieren? Ich bin Axel … Axel Hirnbaum, Präsident der Sandmann-Gilde.«

Jax war verwirrt. »Es gab eine Gilde? Wie viel Hypnotiseure laufen denn da draußen herum?«

Hirnbaum zuckte mit den Schultern. »Es könnten Millionen sein. Die meisten von ihnen werden nie erfahren, dass sie diese Fähigkeit besitzen. Um sie müssen wir uns keine Sorgen machen … ihre Kraft ist zu schwach, um etwas zu verändern. Aber jemand wie du, Jackson Opus … der ist eine ganz andere Sardinenbüchse. Es gibt vielleicht ein halbes Dutzend Sandmänner auf der Welt, die dir das Wasser reichen können. Wenn überhaupt. Soviel ich weiß, bist du einzigartig.«

Jax nahm eine abwehrende Haltung ein. »Woher kennen Sie meinen Namen?«

»Die Gilde interessiert sich für Dr. Makos' Zirkustruppe. Ich weiß gern über seine Zombie-Armee Bescheid. Um ehrlich zu sein, sind die meisten von euch nicht gerade beeindruckend. Im Allgemeinen sind wir Sandmänner sehr viel langweiliger, als die Menschen glauben. Aber ich muss es wahrscheinlich nicht extra sagen: Als ich Nachforschungen über dich angestellt habe, hat es mir fast die Dachziegel weggepustet.«

»Ja, ich weiß alles über die Familie Opus«, sagte Jax. »Aber mein Dad hat die Kraft nicht mitbekommen.«

Hirnbaum nickte wissend. »Manchmal überspringt es eine Generation und tritt in der nächsten dafür umso stärker hervor.«

»Mein Vater hatte gehofft, dass es einfach irgendwie verschwindet. Er war nicht sehr glücklich, dass ich es abgekriegt habe.«

»Aber er hat bestimmt damit gerechnet«, sagte Hirnbaum stirnrunzelnd. »Immerhin hat er Monica Woodson geheiratet.«

»Na und? Mom hat damit nichts zu tun.«

Der Alte war erstaunt. »Das kann nicht sein. Willst du etwa sagen, dass dein Vater die wahre Identität seiner zukünftigen Frau nicht kannte?«

Jax wurde immer ungeduldiger. »Er wusste genau, wen er heiratete! Meine Mutter!«

Vor lauter Anstrengung, es Jax klarzumachen, lief Hirnbaum rot an. »Monica Woodson ... Monica Opus ... ist eine *Sparks*!«

»Na und?«

»Wenn es einen Clan gibt, der ein sogar noch größeres hypnotisches Erbe mit sich bringt als die Opus, dann ist es die Familie Sparks!«

»Völlig unmöglich!«, explodierte Jax. »Meine Mutter hat überhaupt keine besonderen Kräfte! Sie kriegt noch nicht mal den Mixer zum Laufen! Sie hatte keine Ahnung von Dads Familie, bis Dr. Mako ihn dazu gebracht hat, alles zu beichten.«

»Das ist nachvollziehbar. Die hypnotischen Fähigkeiten der Familie Sparks sind über die Generationen hinweg schwächer geworden. Einst waren sie genauso begabt wie die Opus, aber sie gehörten einer anderen, wohlhabenderen Schicht an ... sie waren adlig, sogar königlich. Man erzählt sich, dass ein Opus einen

Fleischer in Trance versetzen würde, damit er nicht für sein Schweinekotelett bezahlen muss. Nicht so die Linie der Sparks. Sie waren zwar fähige Sandmänner, aber für sie war die Gabe eine Form der Kunst, die man zur Unterhaltung einsetzte oder um Gutes zu tun. Ein Luxus, keine Notwendigkeit. Vielleicht war es dieser Unterschied, der dazu geführt hat, dass ihre Macht sich verflüchtigt hat.«

»Sie meinen im Sinne von ›Wer rastet, der rostet‹?« Jax war schwindlig.

»Du begreifst schnell«, lobte ihn Hirnbaum. »Vielleicht wäre die Gabe der Sparks für immer verloren gewesen, wenn nicht ein Sparks-Mädchen durch puren Zufall einen Opus geheiratet hätte. Und damit bist du eine Mischung aus den zwei mächtigsten Stammbäumen in der Geschichte der Hypnose.«

Jax schwieg lange. »Mom hat nie eine Familie namens Sparks erwähnt. Und Dr. Mako auch nicht.«

Das runde rosa Gesicht verdüsterte sich. »Ich garantiere dir, dass Dr. Mako alles weiß, was ich weiß, und noch mehr. Wenn er dir Informationen vorenthält, dann nur, weil er nicht will, dass du feststellst, wie besonders du bist. Nimm dich vor ihm in Acht. Er ist ein gefährlicher Mann.«

»Ach ja!«, rief Jax wütend. »Dr. Mako hat zwar *nur* sein eigenes Institut und hängt mit Filmstars und den großen Persönlichkeiten der Welt ab, aber ich soll ihm bloß nicht trauen. Nein, ich soll irgend so einem dahergelaufenen Penner vertrauen, der versucht hat, mich in einer Pizzeria zu hypnotisieren. Für wie blöd halten Sie mich eigentlich?«

Hirnbaum war nicht aus der Fassung zu bringen. »Ich weiß, das ist alles ganz schön viel auf einmal.« Er zog eine Visitenkarte hervor und gab sie Jax:

> *Axel Hirnbaum*
>
> *Mentale Erkundungstouren –*
> *Fälle aller Art*

Er kritzelte eine Adresse in West Village auf die Rückseite. »Nächsten Dienstag um 20 Uhr findet ein Treffen der Sandmann-Gilde statt. Vielleicht wäre das aufschlussreich für dich. Übrigens hast du da ein ziemlich ungewöhnliches Paar Augen. Das kennt man von den Opus – von Grün auf Lila in zehn Sekunden. Bis dann.«

Er mischte sich unter das vorbeiziehende Volk auf der Lexington Avenue und ließ Jax wütend vor Corrados stehen.

Jax' Verstand brodelte. Er würde zu keinem Sandmann-Treffen gehen, so viel stand fest!

14

Maureen Samuels war eine ehemalige Miss Nebraska, die ursprünglich nach New York gekommen war, um ihr Glück als Model zu versuchen. Doch obwohl sie fantastisch aussah, hielten ihre Hypnosefähigkeiten sie stets zurück. Auf dem Laufstieg schien sie unkonzentriert, weil sie versuchte, aus den BiB-Visionen von Zuschauern schlau zu werden, die sie aus Versehen in Trance versetzt hatte. Dr. Mako hatte sie aus dem erbarmungslosen Konkurrenzkampf der Modewelt erlöst und sie ermutigt, ihre hypnotischen Fähigkeiten auszubauen. Doch leider hatten sich die Hoffnungen in ihr Potenzial als Hypnotiseurin nie erfüllt. Und da sie nicht dazu taugte, eine von Sentias Hypnos zu werden, bot der Direktor ihr an, das Institut zu leiten.

Außerdem hielt sie wöchentlich Kurse über die Geschichte der Hypnose. Jax hatte dabei immer Probleme, sich zu konzentrieren, weil es a) ziemlich langweiliges Zeug war und b) sein Gehirn immer ganz benebelt war, wenn er Ms Samuels länger als ein paar Sekunden anschaute. Er gab nur ungerne zu, dass das nichts mit Hypnose zu tun hatte. Eigentlich hätte er sich nach mehr als einem Monat bei Sentia daran gewöhnen sollen, wie schön sie war. Aber dann drehte sie sich in eine bestimmte Richtung, er sah sie aus einem noch unbekannten Blickwinkel, und alles fing von vorne an. Die anderen Jungs hatten das gleiche Problem – vielleicht mit Ausnahme der Lancaster Singhs, von denen der eine immer vom anderen in Bann geschlagen schien. Auch Wilson schien immun zu sein, oder vielleicht war er auch einfach nur so fies, dass man es ihm nicht ansah.

Das Einzige, was Jax aufhorchen ließ, war der Name Opus, der regelmäßig über diese sinnlichen Lippen kam. Dad kannte nicht einmal die Hälfte der Begebenheiten, in die seine berühmte Familie im Laufe der Jahre involviert war. In jeder sozialen Schicht schien ein Opus im Hintergrund seine Hypnosekräfte zu allen möglichen Zwecken eingesetzt zu haben – sei es, um den Lauf der Geschichte zu verändern oder mal schnell nebenher ein paar Kröten zu verdienen. Da gab es Cornelius Opus, den Botschafter; und Lucas Opus, den Spion; und Millicent Opus-Bourne, die Ballerina, die ihr Publikum in den Bann schlug. Sogar wenn sie von Kalben oder Ivanov hießen, stellte sich früher oder später heraus, dass es eine Verbindung zu einem Opus Irgendwem gab. Aber als die Geschichtsbücher geschrieben wurden und die Welt über den Pony-Express, die Russische Revolution, die Erfindung des Telefons oder über Wilt Chamberlains Hundert-Punkte-Spiel las, wurde mit keiner Silbe der Opus erwähnt, der als Drahtzieher im Hintergrund tätig gewesen war.

Doch heute im Unterricht ließ ihn nicht der Name Opus aufhorchen, sondern der Name Sparks.

Nachdem Axel Hirnbaum ihn angesprochen hatte, hatte Jax seine Mutter gefragt, ob sie irgendwelche Verwandte namens Sparks kannte. Ihr Gesichtsausdruck war so ahnungslos gewesen, dass er ihr geglaubt hatte. Aber laut ancestry.de hatte es eine Tante namens Beatrice Sparks-Tremblay gegeben, die im frühen 19. Jahrhundert in einem Schloss in England gelebt hatte. Mehr Informationen waren auf der Webseite nicht zu finden gewesen, aber der Hinweis auf das Schloss schien zu untermauern, was Hirnbaum über den Reichtum der Familie Sparks gesagt hatte.

Sein Vater hatte auch noch nie von den Sparks gehört, reagierte aber ganz anders. »Jedes Mal, wenn ich über meine *eigene* völlig durchgeknallte Familie nachdenke, will mir schier der Kopf platzen. Frag mich also nicht nach der Familie von jemand anderem!«

Eigentlich war es kaum zu glauben: Mom und Dad hatten sich bei einem Blind Date auf einer Rollschuhbahn kennengelernt. Das Letzte, was sie vorgehabt hatten, war die beiden größten Hypnose-Stammbäume der Geschichte zusammenzuführen. Wie groß war die Wahrscheinlichkeit?

Mom wollte den Tatsachen nicht ins Auge blicken. »Es ist Zufall. Es muss Dutzende von alten Familien namens Sparks geben.«

Der arme Dad. Er hatte seine ganze Kindheit in der Angst gelebt, dass seine Eltern an seinem Verstand herumspielten. Man stelle sich vor, wie erleichtert er gewesen sein muss, als er dachte, dass das Familientalent mit seiner Mutter und seinem Vater ein Ende gefunden hatte. Dann, eines Abends, schnürte er sich ein paar Rollschuhe um …

Seit Neustem musste Ashton Opus wieder häufig an seine Kindheit zurückdenken. »Samstags habe ich immer das Auto gewaschen. Ich habe mich die ganze Woche darauf gefreut. Wahrscheinlich bin ich Autohändler geworden, weil ich mich gern um diesen alten Sedan gekümmert habe.« Seine Brauen umwölkten sich. »Oder vielleicht waren deine Großeltern einfach zu geizig, um zur Waschstraße zu fahren …«

Bei keinem dieser Gespräch standen sie sich direkt gegenüber. Dad sprach Jax jetzt lieber von der Seite an. Er hatte Angst, dass sein Sohn ihn womöglich hypnotisieren könnte, genau wie seine Eltern es getan haben. Sogar wenn ihnen keine andere Wahl blieb, als sich gegenüberzusitzen – zum Beispiel vor einem Schachbrett -, konzentrierte sich Mr Opus auf eine Stelle oberhalb von Jax' linker Schulter. Wie abgefahren war das denn? Sein eigener Vater wollte ihn nicht anschauen.

Diese Gedanken spukten gerade durch Jax' Kopf, als Ms Samuels den Namen aussprach, den Hirnbaum erwähnt und den seine Mutter verleugnet hatte.

»Sparks?«, würgte er hervor.

Die stellvertretende Direktorin sah ihn stirnrunzelnd von vorne aus dem Seminarraum an. »Sparks war früher ein sehr geläufiger Name in Hypnose-Kreisen. Im achtzehnten und neunzehnten Jahrhundert trugen die Hypnotiseure der Familie Sparks mehr zur Verfeinerung unserer Kunst bei als alle anderen. Sie haben nie nach Entlohnung gefragt, noch haben sie eine akzeptiert. Es war ein Familienskandal, als Dr. Franz Mesmer anfing, die Gabe zu nutzen, um im Paris des achtzehnten Jahrhunderts Geld zu verdienen.«

»Mesmer!«, pfiff Wilson. »Der große Fisch im Teich war ein Sparks?«

Kein Stern in der Geschichte der Hypnose strahlte heller als der von Franz Mesmer. Eine Menge berühmter Persönlichkeiten waren nebenbei Hypnotiseure, von Winston Churchill bis zu Eminem. Aber Mesmer war mehr als das. Er war berühmt *für* seine hypnotischen Fähigkeiten. Wenn Mom wirklich eine Sparks war, dann war ihre Abstammung vielleicht noch erstklassiger als die von Dad.

»Er wurde als ein Sparks geboren, aber sie haben ihn enterbt«, antwortete Ms Samuels. »Mesmer gilt als der Vater unserer Kunst. Doch die Eingeweihten wissen, dass er nichts weiter war als ein Hausierer. Dieses Benehmen wäre vielleicht bei den Opus akzeptabel gewesen oder bei den Desais oder sogar bei den mysteriösen Petrocellis. Aber die Sparks konnten so etwas nicht tolerieren.«

Kira meldete sich. »Was ist mit der Familie Sparks passiert? Sind sie immer noch in Hypnose-Zirkeln aktiv?«

Die stellvertretende Direktorin schüttelte den Kopf. »Ihr Talent wurde immer schwächer und ihre Nachfahren verloren die Kraft schließlich ganz. Was mit ihnen passiert ist, können wir nur raten.«

Wenn Sie sich die Mühe gemacht hätten, in den Praxen für Chiropraktik nachzusehen, musste Jax unwillkürlich denken, *hätte Ihnen vielleicht eine Sparks den Hals wieder eingerenkt oder die Wirbelsäule begradigt!*

Wusste Ms Samuels das? Wusste es Dr. Mako?

Er dachte an Hirnbaums Worte: *Dr. Mako weiß alles, was ich weiß, und noch mehr. Wenn er dir Informationen vorenthält, dann nur, weil er nicht will, dass du feststellst, wie besonders du bist.*

Ja, klar. Glaub einem alten Knacker mit grauem Pferdeschwanz mehr als einem angesehenen Wissenschaftler.

Und doch …

Jax war sich zu 99 Prozent sicher, dass Axel Hirnbaum ihm den totalen Schwachsinn erzählt hatte. Aber 99 waren nicht ganz hundert.

Es gab nur einen Weg, dem Ganzen auf den Grund zu gehen. Die Sandmann-Gilde traf sich heute Abend. Hirnbaum hatte ihm die Adresse auf der Visitenkarte notiert.

Als hätte er eine Vision, tauchten zwei Worte vor Jax auf: GEH NICHT. War nicht schon genug Seltsames passiert? Glaubte er wirklich, dass ausgerechnet Hirnbaum Ordnung in das Chaos bringen konnte?

Und doch war Jax an diesem Abend nicht erstaunt, als er seinen Zug verließ, um in den Shuttle nach Greenwich Village zu steigen. Die 1 würde ihn bis fast zu der Adresse auf der Visitenkarte bringen.

Jackson Opus ging zu einem Treffen.

15

1-2-3

MÜNZ-WASCHSALON

365 Tage im Jahr geöffnet

Jax starrte von dem Schild auf die Visitenkarte in seiner Hand und wieder zurück. Es war eindeutig die richtige Adresse. Drinnen stopften Kunden Kleiderbündel in riesige Waschmaschinen und Trockner. Ein paar saßen auf Bänken, lasen Magazine und spielten auf ihren Handys, während sie ungeduldig darauf warteten, dass ihre Wäsche fertig wurde. Er warf einen prüfenden Blick auf seine Uhr: 20 Uhr 10. Weit und breit war keine Versammlung zu sehen und schon gar keine von Hypnotiseuren.

Warum drängte ihn Axel Hirnbaum zum Treffen der Sandmann-Gilde zu kommen und schickte ihn dann zum falschen Ort? War Hirnbaum tatsächlich so ein Spinner, dass er sich nicht mehr daran erinnern konnte, wo sein eigenes Treffen stattfand? Vielleicht war das Ganze nur ein Scherz. Aber selbst wenn, dann war niemand hier, um sich über die Pointe zu freuen. Jax sah die Seventh Avenue auf und ab. Keine Spur von dem alten Typen mit dem Pferdeschwanz.

Jax beobachtete, wie ein junger, nervöser Mann den 1-2-3 Waschsalon betrat. Er trug weder einen Wäschesack noch einen Wäschekorb bei sich, seine Hände hatte er tief in der Bauchtasche seines Hoodies vergraben. Verstohlen blickte er über seine Schulter, öffnete eine Waschmaschine und spähte hinein, nur um von einer Dame mit einem Zwergpudel auf dem Arm verjagt zu werden. Er fuhr herum, hob seine Hände zum Zeichen seiner Unschuld und flitzte in einen Flur hinten im Laden. Wenige Minuten später folgte ihm eine sehr große Frau in einem weiten Trenchcoat. Sie tat gar nicht erst so, als wäre sie eine Kundin, sondern fegte an den Maschinen vorbei und verschwand um die Ecke in den hinteren Flur.

Unsicher ging Jax hinein und lief nach hinten. Zwei Türen gingen von dem kurzen Flur ab. Durch eine gelangte man in eine vorsintflutliche Toilette. Hinter der anderen hörte Jax gedämpfte Stimmen. Sie stand einen Spaltbreit auf, und er drückte sein Gesicht gegen den Türpfosten, um einen Blick hineinzuwerfen.

Fast sofort entdeckte er Hirnbaums rosiges Gesicht und seinen grauen Pferdeschwanz. Etwa fünfzehn

Leute saßen im Kreis auf klappbaren Campingstühlen. Jax war sich nicht sicher, was er erwartete hatte, wie die Mitglieder einer professionellen Organisation aus Hypnotiseuren aussehen würden – vielleicht wie Zauberer, Hellseher, Schamanen oder sogar Hexer. Aber die Versammlung von Individuen in Hirnbaums »Gilde« hatte mehr Ähnlichkeit mit einer Horde, wie man sie nachts an Bushaltestellen abhängen sah, als mit einer Gruppe, in der alle dasselbe seltene und machtvolle übernatürliche Talent besaßen. Einige waren direkt von der Arbeit gekommen, in Anzügen und Bürokleidung. Es gab eine Mom, die einen schlafenden Säugling in einer Babytrage auf den Bauch geschnallt hatte. Aber im Großen und Ganzen handelte es sich um eine ziemlich schmuddelige Truppe. Viele Kleidungsstücke passten nicht zusammen und waren zerlumpt; Schuhe waren zerschlissen und abgetragen. Zerrissene Jeans, unrasierte Gesichter.

»... ich habe seit sieben Wochen niemanden mehr in meinen Bann geschlagen«, verkündete ein stämmiger Mann etwa Mitte dreißig mit leuchtend rotem Haar und erntete vereinzelt Applaus.

»Ausgezeichnet, Ivan«, lobte ihn Hirnbaum.

»Abgesehen von meiner Vermieterin«, beendete Ivan.

Der Beifall verstummte augenblicklich.

»Na ja, ich hatte keine andere Wahl. Wenn sie nicht

glaubt, dass meine Wohnung mietpreisgebunden ist, könnte ich sie mir nicht mehr leisten.«

»Wenn du deine Macht einsetzt, um etwas billiger zu bekommen, ist das genauso, als würdest du betrügen oder stehlen«, belehrte ihn der alte Mann mit wippendem Pferdeschwanz streng.

»Ich gehe nicht nach Hoboken«, erklärte Ivan rundheraus.

»Wir alle haben eine Gabe«, predigte Hirnbaum. »Aber wir müssen der Versuchung widerstehen, unsere Fähigkeiten zur persönlichen Bereicherung zu nutzen. Es ist sehr viel befriedigender, seine Brötchen ehrlich zu verdienen. Seht euch Evelyn an. Sie arbeitet jetzt als Kellnerin.«

Die hochgewachsene Frau im Trenchcoat stand auf. »Ich wurde gefeuert«, gestand sie beschämt. »Es gab ... Beschwerden.«

»Hypnose hält einen nicht davon ab, Suppe auf die Gäste zu kleckern.« Ivan hatte Mitleid mit ihr.

Sie schüttelte den Kopf. »Daran lag es nicht. Es waren die Trinkgelder. Sie waren ... großzügig.«

Hirnbaum seufzte. »Wie konntest du nur.«

»Die Menschen sind so *geizig*«, beschwerte sie sich. »Ich habe nur kleine Anregungen gegeben. Fünfzehn Prozent – ist das zu viel verlangt? Ich kann nichts dafür, dass dieser Typ mir seine Lebensversicherung überschrieben hat. Welcher Idiot heftet seinen Lebensversicherungsschein an eine Restaurantrechnung? Und überhaupt, welcher Idiot nimmt seine Lebensversicherung mit in ein Restaurant?«

»So etwas wie eine *kleine Anregung* gibt es nicht«, erklärte der alte Mann geduldig. »Wegen einem Cent zu hypnotisieren ist das Gleiche, wie wegen einer Million zu hypnotisieren.«

»Wenn das so ist«, warf die Mom säuerlich ein, »sollte ich zurück an die Wall Street gehen.«

»Die Wall Street ist die schlimmste Brutstätte fehlgeleiteter Hypnose überhaupt!«, warnte Hirnbaum. »Riskier es nicht! Du hast eine wunderbare Familie. Davon haben du und dein Mann geträumt.«

»Zumindest hat er *geglaubt*, davon zu träumen«, korrigierte sie.

Der alte Mann hob seine Arme, um das Stimmengewirr zu beruhigen. »Sandmänner …«

»Nicht alle hier sind Sand*männer*«, warf Evelyn ein. »Zufällig bin ich eine Sand*frau*. Und übrigens beantrage ich, dass wir unseren Namen in Sand*menschen*-Gilde ändern.«

»Das haben wir doch schon durchgespielt, Evelyn. Wir betrachten alle – Mann oder Frau – als gleichwertige Sandmänner. Außerdem sind wir eine Selbsthilfegruppe und nicht der Treue Orden von Wasserbüffel. Wir stellen keine Anträge. Wir sind nur hier, um uns gegenseitig bei einer besonderen Fähigkeit zu unterstützen, die uns alle manchmal in große Versuchung führt, sie zu missbrauchen.«

»Und wegen der gratis Donuts«, fügte eine Stimme von hinten hinzu.

»Die Donuts wurden letzten November gestrichen«, sagte die Mom traurig.

In dem plötzlich anschwellenden unzufriedenen Gemurmel standen zwei Sandmänner auf und gingen zum Ausgang.

Verzweifelt sah Hirnbaum zu, wie sich seine Reihen lichteten – bis er den Neuankömmling vor der Tür entdeckte. Jax spürte die vertraute Regung, die sich bald zu einem Ziehen ausweitete. Der Präsident der Sandmann-Gilde hielt ihn mit seinem Blick gefangen.

»Ich glaube, wir haben einen Besucher.«

Verlegen betrat Jax den Raum. »Ich war in der Nähe ...«

Hirnbaum eilte zu ihm und führte ihn an einen freien Platz. »Jackson Opus!« Für die anderen fügte er hinzu: »Der Name sagt euch natürlich was ... Opus?«

»Nennen Sie mich Jax. Äh ... ich hoffe, ich störe nicht bei etwas Wichtigem.«

»Willkommen, Willkommen! Jax hat mit Dr. Mako in Uptown gearbeitet. Ich habe ihn zu uns eingeladen, damit er die andere Seite des Gullydeckels kennenlernt.«

Die andere Seite des Gullydeckels war nicht besonders schön. Während Sentia eine angesehene Organisation war, die von einigen der reichsten, fähigsten und berühmtesten Persönlichkeiten der Welt unterstützt wurde, war die Sandmann-Gilde eine zwielichtige Kaffeerunde ohne Kaffee. Der Kontrast hätte nicht größer sein können. Das Institut besetzte die drei obersten Etagen eines wunderschönen Gebäudes im teuersten Viertel von New York City. Die Gilde traf sich im Hinterzimmer eines Waschsalons. Dr. Mako und Ms Samuels hätten gemeinsam das Cover eines GQ-Magazins zieren können; Axel Hirnbaum sah aus wie ein Ex-Hippie, der jetzt Kunden im Supermarkt begrüßte. Aber vor allem war Sentia ein Forschungslabor, das es sich zur Aufgabe gemacht hatte, die Macht der Hypnose zum Guten für die gesamte Menschheit nutzbar zu machen. Die Gilde war eine Schar zweitklassiger Gauner, die versuchte, gegen die Gewohnheit anzukämpfen, ahnungslose Zielpersonen in Trance zu versetzen und zu betrügen.

Als sich die einzelnen Mitglieder vorstellten, kam das immer deutlicher ans Licht. Ivan Marcinko war ein ehemaliger Elektronikverkäufer, der gefeuert wurde, weil er seinen Job zu gut gemacht hatte. Er hatte ein Händchen dafür, Kunden zu überzeugen, teure Fernsehgeräte zu kaufen, die sie nicht wollten oder brauchten. Die Retouren am nächsten Tag ließen ihn auffliegen. Evelyn Lolis hatte ihren Lebensunterhalt verdient, indem sie Schönheitswettbewerbe gewann, bis ihre Fotos in der Zeitung zu viele Beschwerdebriefe zur Folge hatten, die die Jury beschuldigten entweder voreingenommen zu sein oder unscharf zu sehen. Es war ein Leichtes die Jurymitglieder zu hypnotisieren, aber es war unmöglich alle Zeitungsleser zu erreichen.

Es gab einen Bankangestellten, der die Kontoinhaber überredet hatte, die Bank mit etwas weniger Geld zu verlassen, als sie abhoben, und einen Geschworenen, der sich viel zu sehr in den Ausgang von Gerichtsverhandlungen eingemischt hatte. Es gab einen Bettler, in dessen Hut Diamantringe und Rolex-Uhren landeten, und einen neunundvierzig Kilo schweren Armdrücker, der jeden Wettkampf gewann.

Sogar Hirnbaum hatte seine Gabe früher missbraucht – und dabei ging es nicht um Peanuts. Tatsächlich hatte er wegen Kunstraub im Gefängnis gesessen. Er hatte Museumswärter in seinen Bann geschlagen, damit sie nicht bemerkten, wie er Gemälde und kleine Skulpturen unter seinen weiten Regenmantel stopfte. Sogar im Gefängnis hatte er sich zu Gefälligkeiten und Privilegien verholfen, in dem er die Aufseher hypnotisierte. Als es bei einer Anhörung darum ging, seine Haftstrafe auf Bewährung auszusetzen, versetzte er das gesamte Komitee in Trance, damit er früher freikam.

»Kapiert ihr es nicht?« Das Gesicht des alten Mannes

war sogar noch rosiger als sonst. »Weil ich Macht über die Gedanken von Menschen hatte, dachte ich, dass für mich Regeln nicht gelten. Sogar als ich erwischt und bestraft wurde, habe ich einen Weg gefunden, um mich mithilfe von Hypnose herauszuwinden. Ich war jung und dumm, und fast wäre ich wieder einfach so in die Gesellschaft zurückgekehrt, um dieselben Fehler noch einmal zu machen.«

»Wie haben Sie es geschafft, damit aufzuhören?«, fragte Jax interessiert, obwohl diese Geständnisse großes Unbehagen in ihm hervorriefen.

»Im Bus vom Gefängnis nach Hause habe ich versucht, den Busfahrer zu hypnotisieren, damit er mich ohne Bezahlung mitfahren lässt. So arrogant war ich – nicht mal fünfzig Cent war mir ein neuer, ehrlicher Anfang wert. Aber es hat nicht geklappt. Der Busfahrer war auch ein Sandmann – und dazu noch ein mächtiger. Bevor ich wusste, wie mir geschah, steckte ich fröhlich Münzen in den Kasten für die Fahrkarten. Es schien das normalste von der Welt! Als ich wieder zu mir kam, fragte ich ihn, wieso jemand mit seiner Gabe Bus fuhr. Er könnte Millionen in Las Vegas oder an der Wall Street verdienen und dabei zum größten Teil ehrlich spielen und es gegen alle Wahrscheinlichkeit mit nur ein bisschen Hypnose schaffen. Da nahm er zwei Vierteldollar aus seinem Münzgurt und hielt sie mir hin. ›Du willst kostenlos mitfahren? Und du glaubt wirklich, dass es dich nichts kostet?‹«

»In diesem Augenblick«, fuhr Hirnbaum fort, »habe ich begriffen, wie meine Zukunft aussehen würde, wenn ich dieses Geld genommen hätte. Fünfzig lausige Cent, aber sie machten den Unterschied zwischen einem anständigen Leben und dem eines ewigen Gauners aus. Seit diesem Tag sind dreißig Jahre vergangen, und ich kann stolz verkünden, dass ich nicht mal einen einzigen Cent aus jemandem heraushypnotisiert habe.«

Die Gilde spendete spontan Beifall. Jax bemerkte, dass es eine Menge feuchter Augen im Raum gab, ganz zu schweigen von den mehr als ein paar beschämten Gesichtern. Vielleicht war Axel Hirnbaum seit drei Jahrzehnten enthaltsam, aber einige Mitglieder konnten die Zeit, die zwischen ihrem letzten Übergriff und jetzt verstrichen war, in Stunden zählen, vielleicht sogar in Minuten.

»Aber was hat das mit Dr. Mako zu tun?«, wollte Jax wissen. »So ist er ganz und gar nicht. Sentias Ziel ist es, die Welt zu einem besseren Ort zu machen.«

»Zumindest ist es das, was er dich *glauben* machen will«, korrigierte Hirnbaum.

»*Alle* glauben das!«, beharrte Jax. »Haben Sie eine Ahnung, wie viele hohe Tiere und Stars Sentia unterstützen? Raten Sie mal, wer aus seinem Büro kam, als meine Eltern und ich Dr. Mako zum ersten Mal getroffen haben: Senator Trey Douglas – ein Typ, der unser nächster Präsident werden könnte! Wenn er Dr. Mako vertraut, warum tun Sie das dann nicht?«

»Senator Douglas ist Politiker und kein Sandmann.«

»Hören Sie, ist schon klar«, sagte Jax und wurde langsam wütend. »Wenn es nicht diese Treffen mit eurer kleinen Selbsthilfegruppe gäbe, würdet ihr da draußen den Kartengeber beim Blackjack in Trance versetzen und die Verkäufer im Apple-Laden hypnotisieren, damit sie euch iPads für zehn Cent verkaufen. Aber nur weil ihr gegen die Versuchung ankämpfen müsst, Leute zu bescheißen, heißt das noch lange nicht, dass das bei Dr. Mako auch so ist!«

Der alte Mann seufzte schwer. »Nehmen wir mal kurz an, dass du recht hast. Dass Dr. Mako die Wahrheit sagt und er vorhat, die Kraft nur für gute Zwecke zu verwenden. Was genau wären diese ›guten Zwecke‹?«

»Na ja …«, Jax fiel auf Anhieb nichts ein. Im Institut ließen die Hypnos ihre Versuchspersonen hüpfen, lachen, weinen und sich kratzen, obwohl es sie nirgendwo juckte. Es war schwierig zu erkennen, wie die Menschheit davon profitieren sollte. Natürlich war das alles nur Training, um sich auf die eigentliche Sache vorzubereiten – über die nie wirklich viel gesprochen wurde.

Was genau *war* die eigentliche Sache?

»Ich weiß es nicht«, gab Jax schließlich zu. »Aber ich finde, wenn man aus einem richtig schlimmen Gangster oder einem bösen Diktator durch Hypnose einen besseren Menschen machen kann, dann hätte doch die ganze Welt etwas davon, oder etwa nicht?«

»Das stimmt«, gab Hirnbaum zu. »Wenn das funktionieren würde. Tut es aber nicht. Kein Sandmann auf Erden kann ändern, was jemand im Herzen trägt. Man kann dafür sorgen, dass ein Gangster einen Auftragsmord absagt. Aber wenn man versucht, einen gewalttätigen Menschen davon zu überzeugen, dass töten falsch ist, funktioniert das vielleicht für einen Tag, eine Woche oder sogar einen Monat. Aber früher oder später lässt die Suggestion nach.«

»Vielleicht hat sich Sentia das zur Aufgabe gemacht«, wandte Jax ein. »Einen neuen Ansatz zu entwickeln. Für Sie ist die Macht etwas, das kontrolliert werden muss, damit es nicht missbraucht wird. Und das ist okay – Sie bewirken bestimmt eine Menge großartiger Dinge im … äh … Waschsalon. Aber für Dr. Mako ist sie etwas Wunderbares, so wie die Erfindung des Rads oder die Entdeckung der Elektrizität. Etwas, das die Welt revolutionieren wird. Nur weil wir noch nicht herausgefunden haben, wie das funktioniert, heißt das noch lange nicht, dass wir aufhören sollten, es zu probieren.«

Hirnbaum sah Jax mit neuem Respekt an. »Du bist ein schlaues Kerlchen. Du wirst deine Meinung nicht einfach ändern, nur weil ich es sage. Aber du solltest deine Ansichten auch nicht einfach ändern, weil Dr. Mako es sagt. Glaubst du ehrlich, dass er keine Ahnung hat, dass du außer Opus-Blut auch noch Sparks-Blut in dir trägst? Warum verheimlicht er dir das? Hat er vielleicht Angst davor, dass du herausfindest, wie mächtig du bist?«

»Ich? Mächtig? Verglichen mit Dr. Mako? Ich kann ihm nicht das Wasser reichen.«

»Genau das meine ich«, fiel Hirnbaum ihm ins Wort. »Du bist noch zu unerfahren, um zu erkennen, was in diesem Institut vor sich geht. Lass *mich* dich beraten. Erzähl mir alles, was dort passiert, und ich werde es dir erklären.«

Jax war empört. »Das macht Sie nicht nur zu meinem Berater, sondern *mich* gleichzeitig zu Ihrem *Spion*!«

»So kann man es auch nennen«, gab der Anführer der Gilde zu. »Aber wenn Mako so sauber ist, wie du sagst, dann hält er der Inspektion stand.«

Jax stand auf. »Es tut mir leid, dass ich hierhergekommen bin. Sie sind nichts weiter als ein Haufen billiger Gauner. Und Sie wagen es, über Dr. Mako herzuziehen, der sein Leben der Bildung und Erziehung in New York City gewidmet hat und eine Inspi…« Er ertappte sich selbst. »Auf jeden Fall ist er ein besserer Mensch als Sie alle zusammen!«

Und damit stürmte er durch den Waschsalon hinaus in die dämmerigen Straßen von Greenwich Village.

16

Kira Kendall erkannte die junge Frau in der Krankenhauskluft sofort. Es war Miss Schiller, die dort in der Schlange der Freiwilligen stand und auf den Fahrstuhl wartete. Sie kam für ihre Ausbildung als Krankenschwester auf, indem sie sich freiwillig zu jeder Fokusgruppe und für jeden medizinischen Versuch in der Stadt meldete. Aber es war nicht ihre Lebensgeschichte, die die jungen Hypnos aufhorchen ließ.

Miss Schiller ließ sich praktisch nicht in Trance versetzen.

Die Erinnerung daran war für Kira immer noch schmerzlich. Sie hatte Dr. Mako noch nie zuvor enttäuscht. Aber die angehende Krankenschwester war wie eine Mauer aus Stein. Kein Spiegelbild. Keine mentale Verbindung. Rein gar nichts.

Der Direktor hatte zu ihr gesagt, sie solle sich keine Sorgen machen. »Unsere Miss Schiller ist eine harte Nuss.«

»Sogar für Sie?«

Er hatte gelächelt. »Meine Gabe ist ziemlich bescheiden. Ich verstehe mich selbst eher als Wissenschaftler und nicht als Virtuose. Aber ein Hypnotiseur muss auf Versuchspersonen mit unterschiedlich starkem Widerstand treffen, genau wie im wirklichen Leben.«

Kira hatte die Schwesternschülerin schon seit mehreren Monaten nicht mehr bei Sentia gesehen.

»Hat irgend jemand von euch jemals versucht, Miss Schiller zu hypnotisieren?«, fragte sie die anderen im Aufenthaltsraum.

»Du meinst Miss Unbezwingbar?«, fragte Singh 2.

»Ist überhaupt schon mal jemand an sie rangekommen?«, fragte Kira.

»Ich stand schon mal kurz davor«, meldete sich Augie zu Wort. »Eine Sekunde lang habe ich das kurz vor einer Verbindung aufkommende Flimmern gesehen. Dann war es wieder weg. Anschließend habe ich es nie wieder so weit geschafft.«

»Loser.« Wilson schnaubte.

»Als könntest du es besser«, erwiderte Singh 1. »Ich wette, sie haben es dich noch nicht mal probieren lassen.«

»Der Doc verschwendet mein Talent nicht bei einem hoffnungslosen Fall«, knurrte Wilson.

»Vielleicht kriegst du heute die Gelegenheit«, merkte DeRon an. »Sie haben sie nicht zum Teppichschrubben geholt.«

»Da ist was dran«, sagte Kira. »Für wen ist sie hier?«

Prüfend schauten sich die Hypnos um. Es dauerte nicht lange, bis sie feststellten, wer im Aufenthaltsraum fehlte.

»Dopus?«, spottete Wilson. »Das kann nicht sein!«

»Ich weiß nicht«, grübelte Kira laut. Nach außen hin war Jax unerfahren und schüchtern. Er konnte Versuchspersonen im Handumdrehen in Trance versetzen, aber wenn er sie erst einmal bezwungen hatte, kam er leicht vom Weg ab. Dr. Mako hatte sich besonders intensiv um ihn gekümmert, vielleicht weil sein Nachname Opus war. In der Welt der Hypnos hatte das Gewicht. Aber echtes Talent? Kiras Jury war diesbezüglich noch bei der Beratung.

Kira ging aus dem Aufenthaltsraum und ließ die Tür hinter sich ins Schloss fallen. Warum sonst sollte man Miss Schiller noch mal zu Sentia holen, wenn nicht, um sie seinem neuesten aufsteigenden Stern vorzustellen?

Zwei Experimentierräume waren leer; ein dritter wurde sauber gemacht. Das bedeutete, dass das Ganze wahrscheinlich in Labor 1 stattfand, wo es eine offizielle Zuschauerempore gab. Alle wichtigen Sitzungen wurden dort abgehalten.

Sie schlüpfte in den Beobachterstand und stellte fest, dass Dr. Mako, Ms Samuels, Ray Finkelmeyer und das gesamte leitende Personal von Sentia anwesend war. Durch die Glasscheibe sah sie, wie Miss Schiller, um das Gleichgewicht zu halten, mit ausgestreckten Armen den Raum durchquerte und dabei einen Fuß vor den anderen setzte, als würde sie über ein Hochseil laufen.

Kira musste gar nicht erst raten, wer der Hypno war, der die unbezwingbare Versuchsperson in seinen Bann geschlagen hatte.

Jackson Opus.

Das Gefühl, das sie plötzlich übermannte, schockierte und beschämte sie, weil sie wusste, dass sie kein Recht hatte, so wütend zu sein. Wie oft hatte Dr. Mako ihnen erklärt, dass sie nicht mehr Kontrolle über die Stärke ihrer Gabe hatten als über ihre Blutgruppe oder ihren Blutdruck? Es lag nicht an ihr, dass Jax Miss Schiller hypnotisieren konnte und sie nicht. Sie traf auch keinen Basketballkorb. Und fliegen konnte sie auch nicht.

Aber warum tat es dann so weh?

Sie hatte dieses Argument immer akzeptiert, wenn es darum ging, warum sie gewisse Dinge besser konnte als Wilson oder Grace oder Augie. Dabei waren sie alle länger bei Sentia gewesen als sie. Ihnen musste es vorgekommen sein, als wäre sie aus heiterem Himmel gefallen und hätte sich direkt vor ihnen in der Schlange eingereiht.

Es ist gut fürs Institut, hatte sie sich gesagt, um ihre stechenden Blicke abzuwehren.

Kira stand hundertprozentig hinter dem Institut. Sie stand hinter Dr. Mako.

Das hier musste auch gut fürs Institut sein.

Aber warum kam es ihr dann jetzt so anders vor?

Weil ich diejenige bin, die von draußen zuschaut?

In Labor 1 tanzte Miss Schiller jetzt einen Tango mit einem unsichtbaren Partner zu Musik, die nur sie hören konnte.

»Beeindruckend«, kommentierte Ms Samuels. »Glauben Sie, er könnte der Eine sein?«

Dr. Mako nickte zufrieden. »Das werden wir bald wissen.«

*

Die Veränderung war schleichend, aber nicht zu übersehen. Plötzlich kannte das gesamte Personal von Sentia Jax mit Namen, sogar der Reinigungstrupp. Überall wo er hinging, begann man zu flüstern. Er verbrachte mehr und mehr Zeit mit Dr. Mako persönlich. In der Luft lag eine Erwartungshaltung, als würde man mit etwas Großem rechnen. Es war aufregend, aber auch irgendwie Furcht einflößend. Früher oder später würde Jax etwas vorzeigen, etwas liefern müssen. Und er hatte nicht den blassesten Schimmer, was man sich von ihm erhoffte.

In den vergangenen zwei Monaten hatte er sich

langsam einen Platz in der Gruppe der unfreundlichen Hypnos erkämpft. Jetzt grenzten sie ihn wieder aus – und zwar nicht, weil er der Neue war, sondern der Auserwählte. Kira würdigte ihn kaum eines Blickes und Grace und die Lancaster Singhs waren in seiner Anwesenheit verschlossen. Wilson hatte eine Voodoopuppe aus einem Stück Seife geschnitzt und sie an einer Schnur ans Schwarze Brett im Aufenhaltsraum gehängt. An ihrer Brust heftete ein Zettel: *Hokuspokus, weg ist der Dopus*.

Am Samstagmorgen betrat Jax Labor 3 und war überrascht, dass hinter dem Tisch, wo sonst immer die Versuchsperson saß, eine große Videokamera auf einem Dreifuß stand. Fragend sah er von Dr. Mako zu Ray, der hinter dem Sucher kauerte.

»Eine neue Herangehensweise«, erklärte der Direktor. »Wir wollen dich aufnehmen, damit wir deine Technik verbessern können.«

Jax tappte immer noch im Dunklen. »Mich aufnehmen – bei was? Wo ist die Versuchsperson?«

»Die Kamera ist die Versuchsperson«, sagte Ray.

»Natürlich kannst du kein technisches Gerät in Trance versetzen«, erklärte Dr. Mako, »aber es ist wichtig, dass du genauso vorgehst, als säße ein lebendiger, atmender Mensch vor dir. Das bringt viel mehr als eine Live-Hypnose, weil ich mir die Aufnahme mehrmals ansehen kann und mich nicht nur auf meine Notizen stützen muss.«

Jax war unsicher. »Was soll ich zu ihr sagen? Soll ich ihr sagen, dass sie sich wie ein Toaster benehmen soll?«

Der Direktor gluckste. »Ich möchte, dass du eine posthypnotische Suggestion anwendest. Das ist etwas anderes, als eine Versuchsperson davon zu überzeugen, einen Berg zu besteigen oder Schlittschuh zu laufen oder mit einem Bären zu ringen. Eine posthypnotische Suggestion tritt mit *Verzögerung* ein. Zum Beispiel könntest du sagen: ›Wenn Sie das Wort *Schmorbraten* hören, machen Sie zwanzig Liegestütze.‹«

Jax nickte. Er hatte noch nie zuvor posthypnotische Suggestion benutzt, aber in Sentia wurde viel davon geredet. Es war ein sehr mächtiges Mittel, denn wenn die Wirkung einsetzte, musste sich die Person nicht mehr in Trance befinden. Die Reaktion konnte Stunden, Tage, Wochen oder manchmal sogar Monate später, nachdem die Suggestion verankert wurde, eintreten. Der Auslöser musste nicht mal ein Wort sein. Es konnte ein Geräusch sein oder ein Bild oder sogar eine Geste – wie bei dem Werfer während der World Series von 1932, der hypnotisiert worden war, damit er einen geraden Fastball über die Mitte des Schlagmals warf, wenn Babe Ruth mit seinem Schläger aufs Mittelfeld deutete. Es war eine posthypnotische Suggestion, mit deren Hilfe der Bambino seinen historischen Home Run schaffte.

Die Lancaster Singhs waren Meister der posthypnotischen Suggestion in ihrem ständigen Hypnose-Wettkampf. Ab und zu tat einer der beiden etwas Verrücktes und Unvorhergesehenes, wie zum Beispiel auf einem Tisch in der Cafeteria zu steppen oder sich bis auf die Unterhose auszuziehen und dann eine Rede von Abraham Lincoln zu zitieren. Und alle wussten, dass in ihrem Gespräch ein Begriff gefallen sein musste, der lang zuvor als Auslöser geprägt worden war.

»Da du das zum ersten Mal machst«, fuhr Dr. Mako fort, »gebe ich dir einen Auslöser vor – eine Polizeisirene. In diesem Fall soll für dreißig Sekunden strammgestanden und salutiert werden. Denk daran, dass nichts davon in Wirklichkeit passieren wird. Es geht nur darum, die Qualität deiner Arbeit mithilfe einer Aufnahme zu bewerten.«

Es verunsicherte Jax, keinem echten Menschen gegenüberzusitzen, sondern einer Kamera – vor allem, weil sie so dicht vor ihm stand, dass man meinen konnte, die Linse wäre ein schwarzes Loch, das ihn verschlingen wollte. Jax warf einen Blick auf Makos Monitor. Die Einstellung war so nah, dass nur seine Augen zu sehen waren – noch nicht ganz lila, aber ein turbulentes Blau, aus dem man sein Unbehagen ablesen konnte. Er atmete tief durch, fest entschlossen den Direktor nicht zu enttäuschen. Dr. Mako wollte das Ganze, also nahm sich Jax vor, mit Bravour abzuschneiden.

»Kamera läuft«, verkündete Ray.

Jax verbannte die Kamera aus seinen Gedanken und redete sich ein, dass er hinter dem Tisch auf eine von Sentias gefügigste Versuchsperson schaute, Ms Haupt vielleicht oder Mr Bahnhof.

»Entspannen Sie sich ...«, sagte er leise. »Schauen Sie mir in die Augen ... machen Sie Ihren Kopf frei ... Ihnen geht es gut ... Sie sind glücklich ...« Er musste überrascht blinzeln, als das BiB-Bild auftauchte. Wie konnte es von einer Kamera kommen, die keinen Verstand hatte, mit dem er in Verbindung treten konnte? War es nur ein Spiegelbild in der Linse? In seiner Vision sah er sich selbst wie in einem Gemälde gerahmt.

Er machte weiter. »Sie sind jetzt zufrieden und fühlen sich wohl. Wenn ich in die Hände klatsche, werden Sie aufwachen und sich ausgezeichnet fühlen. Sie werden sich an nichts erinnern. Aber ...«, er machte eine Pause, wie er es auch bei einer lebendigen Versuchsperson tun würde, »... ab jetzt werden Sie immer, wenn Sie eine Polizeisirene hören, strammstehen und salutieren – und zwar für dreißig Sekunden.« Da man eine Kamera nicht aufwecken konnte, war er sich nicht sicher, ob Dr. Mako es wollte oder nicht, aber er spulte die ganze Routine bis zum Ende ab und klatschte dann laut in die Hände.

»Ausgezeichnet«, lobte der Direktor. Er gab Ray ein

Signal, damit er aufhörte zu filmen. »Jetzt sehen wir es uns mal an.«

»Alles klar, Boss.« Der Kameramann machte sich am Gerät zu schaffen, um die Aufnahme abzurufen. Plötzlich sprang er auf die Füße und salutierte steif in militärischer Habachtstellung.

Erst da hörten sie draußen vor dem Institut die Polizeisirene auf der Straße.

Jax war wie vom Donner gerührt. »Er ist *hypnotisiert*! Ich habe ihn durch die Kamera bezwungen!«

Dr. Mako lächelte triumphierend. »Es ist ja nicht das erste Mal, dass deine Gabe mit unserem Ramolo in Berührung gekommen ist. Er gibt ein ziemlich glaubwürdiges Huhn ab, wie man mir erzählt hat.«

»Aber er hat *mich* nicht angesehen!«, beharrte Jax. »Er hat mich nur durch die Linse gesehen! Und das Bild, das ich empfangen habe … es hatte einen Rahmen wie der Sucher!«

»Du bist sehr mächtig, Jackson.«

»Ja … Auge in Auge! Ray hat nur auf einen *Monitor* geschaut!« Jax kam ein anderer Gedanke. »Heißt das, dass auch die Aufnahme hypnotisieren kann?«

»Es hat noch nie jemand die Fähigkeit gehabt, aus der Ferne zu hypnotisieren«, belehrte ihn der Direktor. »Diese Tatsache sollte Ms Samuels dir beigebracht haben: Man kann nicht aus der Ferne hypnotisieren!«

»Ich weiß, aber was ist ein Sucher?«, beharrte Jax. »Nichts anderes als ein Bildschirm! Ray wurde von einem Bildschirm bezwungen, der genauso ist wie der eines Fernsehers oder eines Telefons!«

»Ich wünschte, ich hätte eine Antwort für dich«, gab Dr. Mako zu. »Hypnose ist keine exakte Wissenschaft wie Chemie oder Physik. Wir wissen, dass Elektrizität durch die Bewegung geladener Teilchen zustande kommt und dass Licht aus Photonen besteht. Aber niemand versteht auch nur annähernd, wie hypnotische Kraft wirklich übertragen wird.«

In diesem Moment entspannte sich Ray aus seiner Habachtstellung. Als wäre nichts passiert, warf er die Speicherkarte aus und gab sie Dr. Mako. »Wohin damit, Boss?«

»Sollten wir es uns nicht anschauen?«, hakte Jax nach. »Sie wissen schon, damit wir sicher sind, dass es was geworden ist?«

Der Direktor nahm den Chip entgegen und steckte ihn in die Tasche seines maßgeschneiderten Anzugs. »Ich habe es live auf meinem Monitor mitverfolgt. Es ist perfekt. Ausgezeichnete Arbeit.«

Draußen ertönte noch eine Sirene und Ray stand flugs wieder in Habachtstellung.

Dr. Mako lächelte. »Ich hätte wohl besser etwas auswählen sollen, was in New York City nicht so oft vorkommt.

Jax sah verlegen aus. »Ich habe noch nicht gelernt, wie man die Suggestion wieder deaktivieren kann.«

»Ach, da kümmere ich mich schon drum«, versicherte ihm der Direktor. Er schaute hinüber zum Fantastischen Ramolo, der so steif dastand, als hätte er einen Stock verschluckt. »Das ist ein ziemlich guter Salut. Ich frage mich, ob Ray mal bei der Armee gewesen ist.«

17

Tommy knallte die Tür zu seinem Schließfach zu und drehte sich zu seinem Freund um. »Du solltest dich mal hören, Opus. Du machst nichts anderes, als dich zu beschweren. Wenigstens bist du für etwas ausgewählt worden. Wann war das letzte Mal, als man mich für etwas ausgewählt hat? In der dritten Klasse. Fluraufsicht. Ich war so nervös, dass ich mich übergeben musste, bin in meiner eigenen Kotze ausgerutscht und habe mir das Handgelenk gebrochen.«

»Du weißt ja nicht, wie das ist«, sagte Jax. »Mein Dad schaut mich nicht mehr an, weil er Angst hat, dass ich ihn in Trance versetzen könnte. Meine Mutter ist sauer auf Dad, weil er ihr nie etwas von seiner Familie erzählt hat. Und beide würden an die Decke gehen, wenn sie wüssten, dass ich nachts nach Greenwich Village gefahren bin, um mich mit Sandmännern zu treffen.«

Sie setzten sich in Bewegung und gingen durch den Flur zur Unterrichtsstunde in den Naturwissenschaften. »Wenn ich Menschen hypnotisieren könnte, würde ich mir nicht die Beine in irgendeinem Waschsalon in den Bauch stehen«, grummelte Tommy. »Ich wäre da draußen und würde meine magischen Kräfte nutzen. Es wäre wie Weihnachten – vierundzwanzig Stunden am Tag, sieben Tage die Woche.«

»Das ist das Einzige, was die Sandmann-Gilde richtig macht«, widersprach Jax. »Es ist nicht gut, wenn man im Leben alles kriegt, was man will. Genau das haben diese Typen lange genug probiert und ihr Leben ist dadurch aus den Fugen geraten. Die Hälfte von ihnen hat gesessen; sie haben ihre Familien verloren, ihr Zuhause; und jetzt reißen sie sich ein Bein aus, um diese Angewohnheit über Bord zu werfen.«

»Du klingst wie meine Mutter«, sagte Tommy säuerlich. »Wenn du ein echter Freund wärst, würdest du ein bisschen von diesem Hokuspokus rüberwachsen lassen.«

»Die Kraft ist nicht übertragbar.«

»Du könntest Mrs Baker dazu bringen, in der Matheklausur ein paar extra Punkte zu finden«, bettelte Tommy. »Meine Note vielleicht auf eine 3 minus verbessern.«

»Genau wegen so etwas landet man in der Sandmann-Gilde«, warnte Jax.

»Was ist mit Carol Ann Darby?«, ließ Tommy nicht locker.

»Was soll mit ihr sein?«

»Du könntest sie hypnotisieren, damit sie denkt, ich sei heiß. Und cool … ich rede nicht von Temperaturen, ich meine …«

»Vergiss es!«, rief Jax. »So tief würden sogar die Sandmänner nicht sinken! Das war Lektion eins im Hypnose-Ethik-Unterricht!«

»Was ist so schlimm daran?«, wollte Tommy wissen. »Zwei Menschen zusammenzubringen. Das ist nicht anders als bei einer Partnerbörse im Internet.«

Jax war außer sich. »Erstens ist es schäbig. Zweitens funktioniert es nicht wirklich. Früher oder später lässt die Wirkung nach. Aber ich hätte da einen ganz verrückten Vorschlag: Wenn Carol Ann sich in dich verlieben soll, dann führ dich nicht immer wie ein Trottel auf, wenn sie den Raum betritt.«

»Vielen Dank, das ist sehr hilfreich. Du bist ein echter Kumpel.«

Sie setzten sich auf ihre Plätze und schlugen in ihren Büchern die Seite mit dem heutigen Experiment auf. Eine Gruppe Mädchen nahm auf der anderen Seite im Raum Platz, unter ihnen Carol Ann. Jax und ihr Blick kreuzten sich flüchtig, und für einen Moment kam ihm der Gedanke, wie leicht es wäre, sie in seinen Bann zu schlagen. Nicht, damit sie sich wie verrückt in Tommy verliebte. Nur, damit sie Tommy ein bisschen mehr wertschätzte, ihn vielleicht für witzig hielt oder so was in der Art.

Natürlich könnten sie ihn wegen so etwas aus Sentia rauswerfen.

Am Nachbartisch faltete Tommy seine Hausaufgaben zu einem aufwendigen Papierflieger. Jax stieß ihn mit dem Ellbogen in die Rippen und schüttelte missbilligend den Kopf. Aber sein Freund ließ sich nicht entmutigen. Er würde dafür sorgen, dass Carol Ann ihn beachtete – oder bei dem Versuch draufgehen.

Mit einem gekonnten schwungvollen Wurf aus dem Handgelenk ließ er seine Kreation hochsteigen. Ein Aufwind trug den Flieger quer durch den Raum, wo er gegen die Wand knallte und wie ein Bumerang zu ihm zurücksegelte. Gerade wollt er ihn triumphierend aus der Luft pflücken, als eine große Hand ihn ihm wegschnappte, ihn zerknäulte und in den nächsten Papierkorb warf. Der Lehrer, Mr Morrison.

»Hey, das waren meine Hausaufgaben!«, beschwerte sich Tommy.

Die ganze Klasse lachte.

Carol Ann und ihre Freundinnen verdrehten die Augen, als Tommy sich durch den Papierkorb wühlte, um sein Blatt wiederzufinden. Jemand musste Essensreste weggeschmissen haben, denn als er versuchte, das Blatt wieder glatt zu streichen, war die Seite voller Fettflecken. Das trug ihm eine Runde Applaus ein. Tommy verbeugte sich und beschmierte dabei sein T-Shirt.

Wenn er versucht, Carol Anns Aufmerksamkeit zu erre-

gen, dann ist er auf dem richtigen Weg. Wenn er will, dass sie ihn mag, *dann nicht wirklich.*

Jax hatte eine Idee. Zwar konnte er Carol Ann nicht in Trance versetzen, damit sie sich in Tommy verliebte. Aber was wäre so furchtbar daran, wenn er dem Selbstbewusstsein seines Freundes durch ein *klein* bisschen Hypnose auf die Sprünge half? Nichts Aufregendes, nur eine extra Portion Selbstsicherheit, damit der Arme nicht meinte, er müsse sich wie ein Clown aufführen, um ein Mädchen auf sich aufmerksam zu machen. Es war zu Tommys Bestem. Sogar Axel Hirnbaum konnte dagegen nichts einzuwenden haben.

Es gab nur ein Problem: Jax hatte es noch nie geschafft, Tommy in Trance zu versetzen. Aber es konnte bestimmt nicht schaden, es noch einmal zu versuchen.

Tommy saß wieder auf seinem Platz und tupfte mit einem zusammengeknüllten Taschentuch an einem Ketchupfleck herum. Jax' Augen fixierten ihn wie die beiden Mündungen einer doppelläufigen Schrotflinte.

Er stellte seinen stechenden Blick auf volle Leistung. Während des Trainings bei Sentia hatte er gelernt, seine hypnotischen Fähigkeiten so stark zu fokussieren, dass sich normalerweise in Sekundenbruchteilen ein BiB-Bild einstellte. Aber für Tommy waren die lebhaft blau- und lilafarbenen Augen des Hypnotiseurs nichts weiter als Grauschattierungen. Er missverstand das Starren als Kritik an dem Zwischenfall mit dem Papierflieger und antwortete mit einem *Ich-kann-nichts-dafür*-Achselzucken.

Jax ließ nicht locker. »Du bist ein cooler und angesagter Typ«, sagte er leise. »Du musst dich nicht wie ein Idiot aufführen, damit ein Mädchen dich mag …«

»Was redest du da, Opus?«, flüsterte Tommy zurück. »Sogar *ich* finde mich nicht cool.«

Ein BiB-Bild tauchte vor ihm auf.

Das ist unmöglich! Ich habe Tommy hypnotisiert!

Er erinnerte sich an den Vorfall mit der Frau von der Essensausgabe und ließ seinen Blick durchs Labor schweifen, um zu prüfen, ob vielleicht jemand versehentlich in die Schusslinie geraten war. Alle Augen waren auf Mr Morrison gerichtet, der mit dem Unterricht begonnen hatte. Niemand starrte Jax mit diesem leeren, erwartungsvollen Blick an.

Und doch blieb die Vision und wurde immer stärker.

Wen habe ich in Trance versetzt?

Er war sich plötzlich hundertprozentig sicher, dass das unmöglich Tommy sein konnte. Aber laut Dr. Mako konnte man das Bild unmöglich heraufbeschwören, *ohne* jemanden zu hypnotisieren.

Habe ich mich so sehr in Sentia hineingesteigert, dass ich schon nicht mehr weiß, was ich sehe?

Das Bild wurde schärfer. Es zeigte Jax in extremer Nahaufnahme – was an sich schon unlogisch war, da die Zielperson für diesen unverblümten Blick auf seinem Schoß hätte sitzen müssen. Und doch waren das seine Augen, seine Stirn, sein Nasenrücken …

Plötzlich wusste Jax mit absoluter Gewissheit, was er sah.

18

Es war das *Video* – das Video, das Ray hypnotisiert hatte, während er filmte!

Irgendwer sah sich irgendwo die Aufnahme an und wurde in Bann geschlagen. Und die Rückkopplung kam bei Jax an – in meilenweiter Entfernung.

Ich hatte recht! Wenn ein versierter Hypnotiseur wie Ray durch den Sucher bezwungen wird, kann dasselbe mit jedem passieren, der sich den Clip anschaut!

Das war eine wichtige Erkenntnis! Er musste es Dr. Mako erzählen!

»Mr Opus.« Die sarkastische Stimme des Lehrers riss Jax aus seinem Gedankenwirbel. »Hast du einen Anfall oder musst du aufs Klo?«

»Mann, du hüpfst auf und ab wie ein Pingpongball«, zischte Tommy.

»Ich … ich muss mal …!« Er sprang auf und rannte wie aus der Pistole geschossen aus dem Labor. Das BiB-Bild befand sich immer noch genau in der Mitte seines Blickfeldes, daher grenzte es an ein Wunder, dass er es bis aufs Klo schaffte, ohne auf die Nase zu fallen oder volle Kanne gegen die Wand zu rennen.

Er sperrte sich in eine Kabine ein und wartete hyperventilierend darauf, dass die Vision verschwand. Irgendwann tat sie das auch, aber er konnte sich trotzdem nicht beruhigen. Zitternd kramte er sein Handy hervor und wählte die Nummer von Sentia.

»Hier ist Jackson Opus.« Er keuchte. »Ich muss sofort mit Dr. Mako sprechen!«

»Dr. Mako befindet sich in einer geschlossenen Sitzung«, informierte ihn die Empfangsdame.

»Oh, ja, das ist mir auch schon aufgefallen!«, rief Jax. *Er zeigt jemandem mein Video – und er hat keine Ahnung, was für eine Wirkung das hat!*

Wie üblich war es genauso schwierig, sich zum Direktor durchstellen zu lassen, wie im Vatikan anzurufen und den Papst zu verlangen. Da Jax sich aber nicht abwimmeln ließ, stellten sie seinen Anruf schließlich zu Ms Samuels durch.

»Jax … Was ist so dringend, dass es nicht bis heute Nachtmittag warten kann?«

Atemlos stieß Jax hervor, was ihm gerade passiert war und seine Theorie, warum das geschehen ist. »Verstehen Sie nicht? Ich dürfte diese Vision nicht haben, außer ich versetze jemanden in Trance. Aber das habe ich *nicht*! Es muss von dem Video kommen.«

Ms Samuels ließ sich wie immer nicht aus der Ruhe

bringen. »Ich werde versuchen, deine Nachricht an Dr. Mako weiterzuleiten, aber ich kann für nichts garantieren. Er ist absolut und total ausgebucht, und er hat darum gebeten, nicht gestört zu werden.«

»Ja, weil er anderen *meine* Aufnahme zeigt! Und das hypnotisiert sie!«

»Beruhige dich«, beschwichtigte sie ihn. »Wir sehen uns in ein paar Stunden. Im Augenblick können wir nichts tun.«

Der Rest des Tages verlief wie im Nebel. Wer konnte sich auf Robert Frost oder die Stempelsteuer konzentrieren, wenn gerade etwas passierte, das sogar Elias Mako nicht verstand? Der Direktor hatte es klar und deutlich gesagt: *Es hat noch nie jemand die Fähigkeit gehabt, aus der Ferne zu hypnotisieren.* Und doch war genau das gerade geschehen!

Als Ms Samuels Jax nach der Schule bei Sentia begrüßte, war Dr. Mako zu »wichtigen Terminen« außer Haus.

»Wichtiger als *das* hier?«, wollte Jax wissen.

»Ich habe ihm deine Nachricht überbracht und er wird sich darum kümmern«, sagte sie. »Er will nicht, dass du vorschnell Schlüsse ziehst.«

Jax hatte das Gefühl, dass sein Kopf gleich explodieren würde. »Welche andere Schlussfolgerung könnte es denn geben?«

Der Gesichtsausdruck des Supermodels entspannte

sich zu einem mitfühlenden Lächeln. »Dr. Mako kümmert sich darum. Mehr können wir nicht erwarten.«

Die Schule war schon hart genug gewesen, aber es war die reinste Folter, in *Geschichte der Hypnose* zu sitzen, während in seinem Kopf gerade Hypnose-Geschichte geschrieben wurde. Wer interessierte sich schon für das erste verloren gegangene Manuskript von *Herr der Ringe*, in dem Gandalf ein Hypnotiseur und kein Zauberer war? Wer interessierte sich für die Gestapo-Vernehmer, die während des Zweiten Weltkrieges Hypnose verwendeten? Die wichtigsten Schlagzeilen wurden *gerade eben* geschrieben – wenn Dr. Mako sich nur die Mühe machen würde, ihm zuzuhören!

»Natürlich ist niemand Fan der Nazis«, sagte Ms Samuels gerade, »aber diese Offiziere mit ihren Hypnose-Kräften mussten auf keine unmenschlichen Methoden wie zum Beispiel Folter zurückgreifen …«

»Es geht wieder los!«, rief Jax plötzlich, als noch eine Vision auftauchte. Wie bei der ersten war es eine extreme Nahaufnahme seiner Augen, gerahmt von einem Bildschirm. Lauter: *»Es geht wieder los!«*

Ms Samuels starrte ihn an, damit er still war, aber er ließ sich nicht abwimmeln.

»Ich brauche Dr. Mako *sofort*!«

Ein Fuß kickte von hinten gegen seinen Stuhl. »Halt die Klappe, Dopus«, erklang Wilsons Stimme. »Niemand interessiert es, was du brauchst.«

Die Vision erhärtete sich vor seinen Augen und machte ihn halb blind. Schwankend stand er auf.

»Setz dich, Jax«, sagte Ms Samuels freundlich.

»Ich werde ihn finden!« Er stolperte aus dem Seminarraum und begann im Flur eine Tür nach der anderen aufzureißen.

In einem der Labore fuhr Kira auf ihrem Stuhl herum und ihre Verbindung zu Mr Theater riss ab. »Du kannst nicht einfach so hier reinplatzen!«

»Wo ist Dr. Mako?«, fragte Jax stur.

»Raus!«

Jax war auf dem Weg zu Labor 1, als ihm jemand mit einem Hechtsprung die Beine wegriss. Wilson zog ihn am Kragen hoch. »Ich hab ihn!«

»Bring ihn in mein Büro«, rief ihm Ms Samuels zu.

Jax versuchte, sich aus dem eisernen Griff zu befreien. »Lass mich los!«

»Oh, ja«, grinste Wilson. »Bitte, wehr dich. Der Tag wird plötzlich immer besser.«

Er klang so ehrlich begeistert, dass Jax wieder zur Besinnung kam. Diesem Schlägertypen käme eine vorgefertigte Entschuldigung, Jax zu Brei zu schlagen, gerade recht.

Als Jax Ms Samuels gegenüber an ihrem Schreibtisch Platz nahm, war das BiB-Bild verschwunden.

»Danke, Wilson«, sagte sie. »Bitte, entschuldige mich bei der Gruppe. Ich bin gleich wieder im Seminarraum.«

»Ich denke mir das nicht aus«, sagte Jax, als Wilson weg war.

»Ich glaube dir«, antwortete sie. »Aber trotzdem musst du es für dich behalten, bis Dr. Mako Zeit hat, um sich mit dir darüber zu unterhalten.«

»*Wo* ist Dr. Mako?«, wollte Jax wissen. »Alleine werde ich damit nicht fertig.«

Die stellvertretende Direktorin zögerte einen Moment. »Das bleibt zwischen uns, okay? Dr. Mako hilft Senator Douglas bei seiner Kampagne. Wenn er die Vorwahlen in New York gewinnt, hat er die Nominierung zum Präsidentschaftskandidaten in der Tasche. Es ist wirklich aufregend.«

»Ich dachte, Dr. Mako interessiere sich für Hypnose und nicht für Politik.«

»Er interessiert sich für beides«, beschwichtigte sie ihn. »Wenn einer unserer Förderer ein hohes Amt innehätte, würde das uns, die wir hier gute Arbeit leisten, fantastisch den Rücken stärken.«

Da musste Jax ihr zustimmen. Die Frage war nur: *Wie lange würde es noch dauern, bis er dem, was mit ihm passierte, auf den Grund gehen konnte?*

19

Die nächste Vision kam, als Jax am anderen Morgen frühstückte. Es passierte so unerwartet, dass er nach Luft schnappte und sich dabei an seinen Cornflakes verschluckte. Sein Vater klopfte ihm auf den Rücken.

Mr Opus umfasste das Gesicht seines Sohnes mit beiden Händen und spähte ihm besorgt in die Augen – bis es ihm wieder einfiel und er schnell wegschaute. Sogar wenn Jax zu ersticken drohte, konnte er nicht das Risiko eingehen, sich selbst in die Schusslinie des alten Familientalents zu begeben.

»Alles in Ordnung?«, fragte er über die Schulter.

Jax nickte und wischte matschige Cornflakes von seinem Kinn. »Alles klar.« Die Uhr am Herd zeigte 7 Uhr 33. Wer schaute sich *jetzt* sein Video an?

»Dad«, fragte er, »haben deine Eltern sich mal auf Video aufgenommen?«

Mr Opus schüttelte den Kopf. »Das kann ich dir nicht genau sagen, aber ich glaube nicht. Als Videorekorder aufkamen, waren sie schon ziemlich alt.«

»Okay, aber könnte es sein, dass sie damit Menschen ... hypnotisiert haben?«

Mr Opus war entsetzt. »Das funktioniert?«

Jax ruderte zurück. Es war schon schlimm genug, dass sein Dad Angst hatte, seinem eigenen Sohn ins Gesicht zu sehen. Er wollte auf keinen Fall, dass sein armer Vater ab jetzt jeden Nachrichtensprecher und Moderator im Fernsehen verdächtigte.

Es passierte noch mal in der dritten Stunde während eines Tests in Gemeinschaftskunde. Da, wo seine Antwort zu West Virginias Kohleexport hätte stehen sollen, sahen ihm seine Augen entgegen. Er wartete darauf, dass sich die Vision klärte, aber statt schwächer zu werden, wurde sie stärker, bis er schließlich ganz deutlich mitverfolgen konnte, wie sich seine Iris von Königsblau zu Indigo verdunkelte. Das war kein flüchtiger Eindruck. Diese Art von BiB-Bild entstand nur während einer ernsten, dauerhaften hypnotischen Verbindung. Wann war es endlich vorbei?

»Kumpel«, flüsterte Tommy neben ihm, »du siehst aus, als müsstest du deine Unterhose wechseln.«

Also war Jax' Verzweiflung auch für andere sichtbar. Nur dass er sich nicht besonders verzweifelt fühlte. Wütend vielleicht. Besorgt. Und ... eifersüchtig?

Ja, genau! Eifersucht, von der Art, die einen nächtelang wach hält und von innen auffrisst. Aber auf wen war er eifersüchtig? Tommy? Die anderen Schüler, die ungestört ihren Test schreiben konnten?

Plötzlich wusste er es. Es war nicht *seine* Eifersucht. Dieses Gefühl drang durch die hypnotische Verbindung zu ihm durch! Die Eifersucht gehörte zu der Person, die sich das Video anschaute.

Wenn Jax noch Zweifel daran gehabt hätte, dass dieser Clip Menschen in Trance versetzte, dann wären sie jetzt zerstreut. Und zudem sah es nun so aus, als wäre diese ferngesteuerte Hypnose genauso wirkungsvoll wie die von Angesicht zu Angesicht.

Während des Mittagessens rief er bei Sentia an, aber Dr. Mako war immer noch nicht zu sprechen.

»Wie viele Leute schauen sich den Clip an, den ich aufgenommen habe?«, wollte er von Ms Samuels wissen. »Es kann nicht nur im Institut sein. Ich habe eine Rückkopplung gekriegt, als ich heute Morgen um halb acht beim Frühstück saß!«

»Lass uns keine voreiligen Schlüsse ziehen, bis du nicht die Gelegenheit hattest, mit Dr. Mako zu sprechen«, schlug die stellvertretende Direktorin vor.

»Und wann wird das sein?« Jax' Stimme klang verzweifelt. »Ich hatte gerade eine Verbindung, die genauso stark war wie die, die ich sonst im Institut herbeiführe.«

Aber Dr. Mako kam weder an diesem Tag noch den Rest der Woche zu Sentia. Die Visionen gingen weiter, die BiB-Bilder wurden so scharf, dass Jax die Poren seiner eigenen Haut erkennen konnte. Er wurde mit Gefühlen bombardiert, die ihn in der einen Minute vor Glück einen Luftsprung machen ließen und ihn in der anderen an den Rand der Tränen brachten. Eines Tages in Mathe wurde er von einem so heftigen Lachanfall heimgesucht, dass man ihn zum Direktor schickte.

»Was genau war so lustig?«, wollte Mr Orenstein wissen.

»Ehrlich gesagt, weiß ich das nicht«, antwortete Jax. Es war wahrscheinlich das erste Mal in der Geschichte der Schule, dass diese Standardausrede hundertprozentig der Wahrheit entsprach.

Erst als er sich mit vorsichtigen Schritten aus dem Büro tastete, weil seine Sicht immer noch getrübt war, bekam er die Erklärung für sein Gelächter geliefert – das BiB-Bild vor ihm zeigte ihm zwar immer noch seine Augen. Und doch *wusste* er es, so wie man ein Bild in seiner Fantasie heraufbeschwören konnte. Es war Singh 1, der in einen vollen Raum spazierte und von Kopf bis Fuß in einem flauschigen weißen Hasenkostüm steckte. Er hatte noch nie so etwas Urkomisches gesehen.

Korrektur, dachte Jax. *Noch nie hatte die Person, die das dachte, etwas Urkomischeres gesehen.*

Er hatte eine hypnotische Verbindung zu Singh 2! Aber warum schaute der Jax' Video an?

Inzwischen tauchten die Visionen so häufig auf, dass Jax sich nicht mehr die Mühe machte, Ms Samuels davon zu erzählen. Er konnte die Atmosphäre von hartem Konkurrenzkampf förmlich riechen und sah das Bild eines Tennisplatzes vor sich – wahrscheinlich war es Grace. Aber er traute sich nicht, sie zur Rede zu stellen. Solange Dr. Mako nicht offiziell verkündete, dass bei Sentia die Schwelle zur ferngesteuerten Hypnose überschritten wurde, durfte er es nicht rauslassen.

Am Samstag ging er zu Sentia und bekam mitgeteilt, dass Dr. Mako nicht da sei und, nein, auch später am Tag nicht erwartet wurde.

Für Jax war es der Tropfen, der das Fass zum Überlaufen brachte. Er war so frustriert, wie in seiner allerersten Woche hier, in der er endlos Tests ausgefüllt hatte und ihm noch nicht mal jemand den Sinn und Zweck des Instituts erklären wollte. Erst als er gedroht hatte, alles hinzuwerfen, hatte Dr. Mako plötzlich in seinem Terminkalender einen freien Termin für die Familie Opus gefunden.

Okay, vielleicht musste er jetzt etwas Ähnliches probieren.

»Ich gehe nach Hause«, erklärte er Ms Samuels. »Rufen Sie mich an, wenn Dr. Mako bereit ist, mit mir über das, was mir gerade widerfährt, zu sprechen.«

»Jax, das ist wirklich ganz schön unsportlich von dir«, warnte ihn die stellvertretende Direktorin.

Jax rechtfertigte sich. »Nichts von dem, was ich heute hier lernen könnte, ist auch nur halb so wichtig wie das, was ich Dr. Mako zu sagen habe. Selbst wenn ich bleiben würde, hätten Sie nichts davon.«

Die Fahrstuhltür schloss sich hinter ihm.

Als er in der Subway Richtung Downtown saß, überfiel ihn wie aus heiterem Himmel noch eine Vision. Es war wieder dasselbe Bild – inzwischen hatte er sich an die Nahaufnahme seiner Augen genauso gewöhnt wie an das Fernsehsender-Logo in der Ecke des Bildschirms. Aber das darin mitschwingende Gefühl war brandneu und schockierte ihn in seiner Heftigkeit.

Hass.

Jax hielt sich an der Stange fest, an der er lehnte. *Der Clip ist kurz*, sagte er sich. *Gleich ist es wieder vorbei.*

Das Bild wurde immer schärfer und überlagerte die reale Umgebung. Aufgrund der Stärke und der Schnelligkeit, in der es hochploppte, stellte Jax sich auf die bisher heftigste Rückkopplungswelle ein.

Und dann war da das Wort. Er hörte es nicht, es war mehr, als würde es in seinem Verstand sichtbar werden.

Dopus.

Er hätte es wissen müssen. Wer sonst hasste Jax so sehr? Wer sonst konnte so viel ätzende Säure verspritzen?

Wilson.

Wie in einer Parade zogen die Eindrücke an ihm vorbei, eine Slideshow aus Bedrohung und Gefahr.

»… an der Ecke Fünfundvierzigste und Third … zwei Uhr nachts …«

Wilsons Stimme.

»Wir treffen uns an der Ecke Fünfundvierzigste und Third …«

Jax' Verstand überschlug sich. Wilson konnte doch keine Verabredung treffen, während er das Video schaute. Warum also stiegen diese Worte an seine Gedankenoberfläche? Jax fühlte Unruhe und Spannung, gepaart mit einem Hauch von Angst. Egal, um was es hier ging, Wilson fand es gewagt und megawichtig.

»… zwei Uhr heute Nacht … mach deine Sache gut und Jackson Opus gehört der Vergangenheit an …«

»Ich?«, platzte Jax laut heraus.

Die Vision löste sich auf, und er bemerkte, wie die anderen Fahrgäste ihn neugierig anstarrten. Schnell wandte er seinen Blick ab und stellte fest, dass der Zug an der Station Borough Hall angekommen war. Er war in Brooklyn. Er hatte nicht nur seine Station verpasst, sondern auch mehrere andere und außerdem den langen Tunnel in den nächsten Stadtbezirk.

Wilsons Worte fielen ihm wieder ein: *Mach deine Sache gut und Jackson Opus gehört der Vergangenheit an.*

Was sollte das heißen? Ganz offensichtlich hatte er einen Plan. Irgendeine Art Verschwörung gegen Jax.

Aber was hatte er vor? Um zwei Uhr nachts würde er tief schlafen in einem Wohnhaus mit Türsteher und seinen Eltern im Zimmer nebenan. Wie konnte er da in Gefahr sein?

Hatte Wilson einen Weg gefunden, ihn durch Hypnose zu erreichen? Vielleicht durch die Rückkopplungen? Niemand hätte davon wissen dürfen. Aber Jax hatte es Ms Samuels diese Woche immer wieder ins Gesicht geschrien, also konnte es durchaus sein, dass die Neuigkeiten die Runde gemacht hatten.

Aber wie war er verletzbar? Er hatte keine Ahnung. Eigentlich hätte das alles überhaupt nicht möglich sein dürfen, also brachte einen logisches Denken nur begrenzt weit. Laut Dr. Mako gab es so etwas wie ferngesteuerte Hypnose nicht, also dürfte es so etwas wie Rückkopplungen auch nicht geben. Aber das änderte nichts daran, dass beides passierte.

Jax nahm seine fünf Sinne zusammen und seine Schultasche in die Hand und hastete durch die Doppeltüren nach draußen zum gegenüberliegenden Bahnsteig, um den nächsten Zug zu erwischen, der ihn nach Hause, nach Manhattan, brachte. Seine Gedanken wirbelten immer noch wild in seinem Kopf herum. Wie ernst sollte er Wilsons Worte nehmen? Mit wem hatte er gesprochen? Jax wusste nicht, ob er eine tatsächliche Unterhaltung »belauscht« hatte oder nichts weiter als das Wunschdenken eines verdammten Mistkerls. Und doch war er fest davon überzeugt, dass die Bedrohung echt war. Etwas an Wilsons Boshaftigkeit – an seiner heftigen Feindseligkeit – sagte Jax, dass es sich nicht um falschen Alarm handelte.

Er musste mehr herausfinden.

Aber wie?

20

Auf Zehenspitzen lief Jax durch die dunkle Wohnung, Turnschuhe in der Hand, seine Füße berührten kaum den Boden. Zwar hatten seine Eltern einen tiefen Schlaf, aber er hätte nicht gewusst, wie er diesen kleinen Ausflug erklären sollte. Darum musste er alles dafür tun, damit sie nicht aufwachten.

Als er aus der Tür schlüpfte und sie behutsam hinter sich zuzog und abschloss, zeigte die Uhr im Flur 1 Uhr 12. Er nahm den Fahrstuhl und stieg nicht in der Lobby, sondern in der Waschküche unten im Keller aus. Zwar war das Personal an der Rezeption sonst nicht neugierig, aber ein Zwölfjähriger, der mitten in der Nacht das Gebäude verlässt, hätte garantiert das Hochziehen von ein oder zwei Augenbrauen hervorgerufen.

Er schlängelte sich durch die grauen Betonflure und krabbelte auf allen vieren am Eingang zum Heizkeller vorbei, weil er wusste, dass dort eine Sicherheitskamera hing. Am Ende des Gangs befand sich eine schwere Stahltür, durch die man auf die Straße gelangte. Man konnte nicht durch sie hereinkommen, aber man konnte nach draußen entwischen.

Die Straßen waren nicht menschenleer, aber es war sehr viel weniger los als tagsüber. Kaum war er draußen, flitzte Jax drei Straßen weiter und ging bei einem Häuserblock in Deckung, der einst Mietwohnungen aus dem neunzehnten Jahrhundert beherbergt hatte. Die Gebäude waren renoviert worden, aber die altmodischen Feuerleitern gab es immer noch, sie waren frisch lackiert.

Er blieb beim dritten Haus stehen und wartete zwischen den Mülltonnen. Schon bald kündigte ihm ein dumpfes metallisches Scheppern an, dass jemand auf dem Weg nach unten war. Eine schattenhafte Figur tauchte im Licht der Straßenlaternen auf. Die große Gestalt erreichte das Ende der Treppe und pfiff.

»Hier bin ich«, rief Jax leise.

Man konnte die Leiter am Ende der Feuertreppe zwar bis auf die Straße hinunterlassen, aber das quietschende Metall hätte wohl die Leute noch dreißig Blocks weiter aufgeweckt. Stattdessen baumelte der Kletterer von der letzten Stufe, und Jax ging hin, um ihn aufzufangen und ihn langsam zu Boden zu lassen. Zumindest hätte das theoretisch so ablaufen sollen. Tatsächlich plumpsten die beiden der Länge nach in einen Haufen Müllsäcke.

»Gut aufgefangen«, knurrte Tommy.

Jax grinste und half seinem Freund auf die Beine. »Gut, dass sie den Müll erst morgen abholen.«

»Ich kann dich jetzt schon nicht leiden, Mann, und dabei ist es noch nicht mal losgegangen. Weißt du, was mir blüht, wenn mein Alter so laut schnarcht, dass er davon wacht wird und dann in meinem Zimmer nach mir sieht?«

Jax war zerknirscht. »Vielleicht hätte ich dich doch nicht da mit reinziehen sollen.«

»Aber klar doch«, antwortete Tommy. »Zieh lieber alleine los und lass dich umbringen. Immer dreht sich alles nur um dich.«

»Vielleicht dreht es sich auch um nichts«, rief Jax ihm ins Gedächtnis. »Ich hab es noch nicht mal wirklich gehört. Ich hab es dem Typen eher aus dem Hirn gezogen. Es könnte ein Tagtraum gewesen sein und nichts davon ist wahr.«

Gereizt zuckte Tommy mit den Achseln. »Ich weiß nicht, was mir lieber wäre. Wenn nichts ist, dann lohnt sich der ganze Aufwand nicht. Und wenn was ist, dann hab ich eindeutig Schiss.«

»Das werden wir erst herausfinden, wenn wir da sind«, gab Jax zu bedenken. »Komm schon. Wenn wir um diese Uhrzeit einen Zug verpassen, müssen wir ganz schön lange auf den nächsten warten.«

Die beiden fuhren mit der Subway zur Zweiundvierzigsten Straße und liefen bis zur Ecke Fünfundvierzigste und Third. Sie duckten sich in die zurückversetzte Tür zum Laden eines Schlüsselmachers und beobachteten die Kreuzung. Hier war es ruhiger als in Downtown. Die Menschen, die in dieser Gegend arbeiteten, waren selten um diese Uhrzeit noch wach. Bürogebäude, Banken, Geschäfte, Restaurants – alle geschlossen, bis auf einen japanischen Nudelladen, der rund um die Uhr geöffnet war und gerade keine Kundschaft hatte.

»Vielleicht hat dein übersinnlicher Radar aufgeschnappt, wie jemand eine Bestellung zum Abholen aufgegeben hat«, flüsterte Tommy.

»Schhh!« Eine Woge des Verdrusses übermannte Jax. Hypnose war schon unwissenschaftlich genug, so wie Dr. Mako sie erforschte – mit einem ganzen Institut und einer Akribie, als würden sie Atome spalten. Für einen Anfänger wie Jax war es daher ganz schön überspannt, wegen jedem Rülpser, den sein Gehirn von sich gab, loszurennen. Und dann auch noch den armen Tommy da mit reinzuziehen …

»Im Anmarsch«, verkündete Tommy.

Es war Wilson, der sich auf der Third Avenue näherte. Er trug schwarze Jeans und eine schwarze Jacke mit aufgestelltem Kragen, seine Yankee-Baseballkappe hatte er sich tief in die Stirn gezogen. Aber nichts konnte die Arroganz in seiner Haltung vertuschen.

Hab ich's doch gewusst, dachte Jax. Irgendetwas war im Busch.

Sie drückten sich weiter nach hinten in den Eingang, als Wilson an ihnen vorbeilief. Tommy formte lautlos das Wort *Riesenkerl*.

Jax nickte. »Riesiges Ego, kleiner Verstand«, flüsterte er.

Eine zweite ganz in Schwarz gekleidete Gestalt überquerte die Straße und gesellte sich zu Wilson. Jax erkannte ihn sofort.

»DeRon«, flüsterte er Tommy zu. »Wilsons Handlanger. Etwas weniger Muskeln – zumindest am ganzen Körper, aber nicht im Hirn.«

»Können wir jetzt heimgehen?«, fragte Tommy hoffnungsvoll.

»Erst, wenn wir herausgefunden haben, was sie vorhaben.«

Wilson und DeRon wechselten ein paar Worte und liefen dann die Fünfundvierzigste in westliche Richtung. Jax schaute zu, wie sie verschwanden, und stoppte mit einer Geste Tommy, damit er ihnen nicht hinterherrannte. Zwar wollten sie die beiden Hypnos nicht aus den Augen verlieren, aber sie konnten auch nicht riskieren, entdeckt zu werden. Nach einer atemlosen halben Minute flitzten sie um die Ecke und duckten sich hinter einen Briefkasten.

Wilson und DeRon waren die lange Straße zu etwa

einem Drittel hinuntergegangen und standen nun an der Tür eines beleuchteten Schaufensters. Anscheinend war der Nudelladen doch nicht das einzige Geschäft, das in dieser Gegend um diese Uhrzeit noch geöffnet war.

Jax und Tommy überquerten die Straße, näherten sich im Laufschritt und hielten sich im Schutz parkender Autos verborgen. Wilson – mit DeRon neben sich – schien in eine Unterhaltung mit dem uniformierten Nachtwächter im Gebäudeinneren vertieft zu sein. Kurz darauf entriegelte der Wachmann die Tür und stieß sie breit auf.

»Er kennt sie«, bemerkte Tommy. »Ich dachte, sie würden einbrechen oder den Laden abfackeln oder so was.«

Jax schüttelte den Kopf. »Er kennt sie nicht. Wilson hat ihn in Trance versetzt. Durch die Glasscheibe.«

»Wow.« Tommy war beeindruckt. »Könntest du uns so zu einem Spiel der New York Knicks reinkriegen?«

»Konzentrier dich.« Jax sah zu, wie die beiden Hypnos sich drinnen umschauten. Er hatte keine Ahnung, um was für einen Laden es sich handelte. Die Beleuchtung war schwach, aber hell genug, dass sie erkennen konnten, wie jeder freie Winkel mit Schreibtischen vollgestellt war. Aktenschränke reichten bis unter die Decke. Die einzige freie Wandfläche war mit Postern zugeklebt. Jax kniff die Augen zusammen.

GOUVERNEUR
ZACHARY SCHAUMBERG
– FOR PRESIDENT –

Wählt Schaumberg
bei den Vorwahlen der Demokraten

Zukunft – Ziele – Zach.

»Schaumberg«, bemerkte Tommy. »Ist das nicht der Typ aus North Carolina, der Präsident werden will? Wieso interessieren sich ein paar halbwüchsige Hypnotiseure für ihn?«

Und da begriff es Jax plötzlich. »Dieser Typ tritt gegen Trey Douglas im Nominierungswettkampf der Demokraten an! Trey Douglas ist ein wichtiger Förderer von Sentia.«

»Okay, aber was hat das mit dir zu tun?«, fragte Tommy. »Wie kann etwas, das mitten in der Nacht in einem Wahlkampfbüro stattfindet, zur Folge haben, dass *du* der Vergangenheit angehörst?«

Wilson holte zwei große Wäschesäcke aus Segeltuch aus seinem Rucksack. Jax und Tommy schauten zu, wie die beiden Hypnos sich dranmachten Aktenschubladen aufzuziehen und deren Inhalt in ihre Säcke kippten. Währenddessen saß der Wächter auf seinem Posten und spielte Solitär auf dem Computer.

»Erinnere mich daran, diesen Typen auf keinen Fall anzuheuern, wenn ich etwas bewachen lassen will, das mir wichtig ist«, bemerkte Tommy.

»Darum geht's nicht«, erklärte Jax. »Er ist hypnotisiert. Wahrscheinlich glaubt er, dass er allein ist – und das Büro in Sicherheit. Oder vielleicht hat man ihm suggeriert, dass es sich bei den beiden um die Putzkolonne handelt, die den Müll einsammelt.«

»Könntest du ihn nicht enthypnotisieren?«, schlug Tommy vor. »Damit er sieht, was los ist?«

Jax schüttelte den Kopf. »Zu riskant. Wilson und DeRon können ganz schön zuschlagen. Ich will nicht, dass der arme Kerl wegen uns im Krankenhaus landet.«

»Okay, aber du musst auch an dich denken, Mann«, beharrte Tommy. »Was, wenn sie vorhaben, den Laden zu verwüsten und dir die Schuld dafür in die Schuhe zu schieben? Vielleicht haben sie etwas von dir dabei, das sie liegen lassen, um es dir anzuhängen. Oder sie haben den Wächter hypnotisiert, damit er aussagt, dass du es warst.«

»Oder vielleicht hat es gar nichts mit mir zu tun«, erwiderte Jax. »Anscheinend glauben sie, dass sie irgendwas in diesen Akten finden, was Trey Douglas dabei helfen kann, die Wahl zu gewinnen.«

»Aber wie hängt das zusammen mit: ›Jackson Opus gehört der Vergangenheit an‹?«

»Sie werden Helden sein«, überlegte Jax. »Und Dr. Mako wird sich weniger um mich kümmern und dafür mehr um sie und was sie für Sentia tun können.«

»Warum rufen wir nicht die Polizei?«, schlug Tommy vor.

Jax dachte darüber nach. Er mochte Wilson und DeRon nicht besonders, aber wenn sie verhaftet werden, könnten Dr. Mako und Sentia Ärger bekommen. Jax gefiel es nicht, wie der Direktor ihn neuerdings hinhielt, aber er wollte nicht die Schließung des Instituts riskieren. Es war die einzige Organisation, die Hypnose ernst nahm – abgesehen von Axel Hirnbaums Versagertrüppchen.

»Wir unternehmen erst mal nichts«, beschloss er. »Ich bin Zeuge und du bist meine Verstärkung. Sollte es je so weit kommen, werden wir aussagen.«

Mit zum Bersten gefüllten Säcken gingen Wilson und DeRon zum Wachmann. Wilson sprach mit dem Mann, der sich daraufhin erhob und sich mit unbequem angewinkelten Beinen in eine leere Aktenschublade setzte. Als krönenden Abschluss befahl Wilson ihm, am Daumen zu lutschen. Lauthals lachend verließen die beiden den Laden und verschwanden gebeugt unter ihrer Last.

»Was für ein Arsch!«, zischte Tommy. »Komm, lass

uns den armen Kerl wenigstens aus dem Aktenschrank rausholen.«

Jax schüttelte den Kopf. »Er ist ein Wachmann. Er könnte bewaffnet sein.«

Tommy war verwirrt. »Wenn er eine Waffe hat, warum hat er sie dann nicht auf die beiden Idioten gerichtet, die ihn in die Schublade gestopft haben?«

»Du hast doch gesehen, was passiert ist. Er war von Anfang an hypnotisiert.«

»Na und? Dann hypnotisier ihn eben noch mal.«

»Das ist zu riskant«, erklärte Jax. »Wenn man jemanden, der bereits hypnotisiert wurde, noch mal hypnotisiert wird, kann es passieren, dass sich die Befehle der unterschiedlichen Hypnos widersprechen. Wenn ich ihm zum Beispiel sage, dass er sich erinnern soll, nachdem Wilson ihm befohlen hat, alles zu vergessen, versucht er vielleicht beides. Dieser Konflikt könnte sein Hirn zermatschen. Menschen sind auf diese Weise schon verrückt geworden – das haben wir in Geschichte der Hypnose gelernt.«

Tommy war entsetzt. »Weißt du, irgendwie hab ich dich darum beneidet, dass du Leute übers Ohr hauen kannst, damit sie dir Burger und so 'n Zeug umsonst geben. Aber das hier macht mir Angst. Der Aktenschrank ist schon schlimm genug. Aber sie könnten alles mit ihm machen – ihn von einem Gebäude springen lassen oder dafür sorgen, dass er seinen Kopf in einen Ofen steckt oder Abflussreiniger auf ex trinkt. Es ist einfach zu viel Macht.«

Jax nickte zustimmend. »Deswegen braucht man eine Einrichtung wie Sentia, damit man es untersuchen und dafür sorgen kann, dass es nur für gute Zwecke verwendet wird und nicht … na ja, du siehst ja selbst, was man damit anstellen kann.«

Jax hörte, wie die Worte über seine Lippen kamen, und fragte sich, ob er sie überhaupt noch glaubte.

21

Direktor Orenstein war ein leichenblasser Mann mit ständig verschmierten Brillengläsern, sodass man annehmen musste, er würde immer durch einen Nebel hindurchblicken. »Also«, sagte er und schielte auf die Brandflecken an Jax' Ärmel. »Ich glaube, du hast keinen bleibenden Schaden davongetragen.«

Jax bemühte sich, verlegen auszusehen. Im Chemielabor hatten ihn noch mehr Rückkopplungen heimgesucht. Die Visionen waren so stark gewesen, dass er gar nicht bemerkt hatte, wie sein Ärmel am Bunsenbrenner Feuer fing. Wenn Tommy nicht eine Flasche Orangenlimo geschüttelt und daraus dann einen Sprühnebel wie aus einem Feuerlöscher verspritzt hätte, wäre Jax vielleicht ernsthaft in Gefahr geraten.

Das ging schon das ganze Wochenende so. Gestern, im vornehmen Wartezimmer von Dads Bentleyhändler, hatte ihn ein BiB-Bild so unvermittelt getroffen, dass er aus den Latschen und direkt in die Arme eines Rappers gekippt war, der gerade die Einnahmen von seinem letzten Platin-Album ausgeben wollte. Was ihm vor allem Angst machte, war, dass die Visionen eindeutig stärker wurden. Wenn sie dazu führten, dass er sein Gleichgewicht verlor oder seine Kleider in Brand steckte, was kam dann als Nächstes? Würde er den Bürgersteig verlassen und einem fahrenden Taxi direkt vor die Nase spazieren?

»Was mir vor allem Sorgen bereitet, ist nicht so sehr der Unfall selbst«, fuhr der Direktor fort, »sondern dass du Mr Morrison weggeschubst hast, als er dir helfen wollte, und ihm gesagt hast, dass er sich um seine eigenen Angelegenheiten kümmern soll. Was in seinem Klassenzimmer passiert, *ist* seine Angelegenheit.«

Das konnte er unmöglich erklären. »Es tut mir leid.« Er sah Mr Orenstein direkt in die Augen, damit dieser ihm glaubte, dass er es ehrlich meinte.

»Ich fürchte, eine einfache Entschuldigung reicht diesmal nicht aus, Jackson. Du hast dich an einem Lehrer vergriffen. Nach den Verhaltensregeln der Schule ...«

Und da schien der Direktor den Faden zu verlieren. Ein BiB-Bild blubberte vor Jax auf.

Er hat sich selbst hypnotisiert, nur weil er mich angesehen hat!

»Nun ja«, murmelte der Direktor benommen, seine Augen immer noch auf Jax fixiert, »du bist ein guter

Junge – tatsächlich einer unserer besten. Ich denke, wir können dir eine zweite Chance geben.«

»Das wäre toll…« Und plötzlich verwandelte sich Jax' Erleichterung in Wut. In diesem Augenblick verstand er, warum sein Vater seinen familiären Hintergrund so total ablehnte. In gewisser Weise war es für Jax sogar noch schlimmer. Dad hatte sich zwar mit Hypnotiseuren auseinandersetzen müssen, aber immerhin war ihm nie selbst die »Gabe« aufgebürdet worden. In diesem Moment wünschte sich Jax, dass er nie von den Opus oder den Sparks oder Sentia oder dem erstaunlichen Elias Mako gehört hätte. Er sehnte sich nach den Tagen, als er dachte, *Trance* hätte was mit *Tanzen* zu tun.

»Was meinen Sie mit ›zweite Chance‹?«, platzte er heraus. »Ich habe einen Lehrer geschubst! Das ist genauso schlimm, als hätte ich ihn ins Gesicht geschlagen! Das können Sie mir nicht durchgehen lassen! Sie müssen mich zusammenstauchen…« Er wusste nicht genau, was er erreichen wollte. Sein Leben würde nicht leichter werden, wenn er auch noch Ärger in der Schule hatte. Aber er lehnte jegliche Sonderbehandlung ab, die ihm aufgrund seiner ungewollt ererbten Fähigkeit zuteilwurde.

»Einverstanden«, rief Mr Orenstein. »Ich suspendiere dich für zwei Wochen. Und wenn du wiederkommst, will ich dich und deine Eltern in diesem Büro sehen.«

Bei der Erwähnung seiner Eltern verpuffte Jax' Wunsch nach Bestrafung. »Vielleicht ist die zweite Chance doch der bessere Weg.«

»Ganz genau so sehe ich das auch«, pflichtete ihm der Direktor bei.

Jax konzentrierte sich auf seine Turnschuhe, um die Verbindung zu unterbrechen.

»Ich bin froh, dass das geklärt ist«, fuhr Mr Orenstein fort. »Ich hasse es, wenn es Ärger mit einem unserer besten und schlausten Schüler gibt. Erzähl mir, wie es dir in Dr. Makos Institut gefällt. Wie hieß es gleich noch?«

»Sentia«, half ihm Jax aus. »Um ehrlich zu sein, ist es nicht das, was ich erwartet habe. Ich glaube nicht, dass ich weiter hingehen werde.«

Das fand der Direktor gar nicht gut. »Du kannst dir doch nicht selbst die Chance verbauen, mit einem Mann wie Dr. Mako zu arbeiten!«

»Tatsächlich bin ich auch irgendwie von ihm enttäuscht.« Es war das erste Mal, dass Jax es laut ausgesprochen hatte.

Mr Orenstein war entsetzt. »Dr. Elias Mako hat sein Leben der Bildung und Erziehung in New York City gewidmet und ist eine Inspiration für jeden Einzelnen von uns!«

Jax bemühte sich, den Sarkasmus aus seiner Stimme herauszuhalten. »Ja, das hab ich schon mal gehört.«

»Dr. Makos Fördererkreis liest sich wie das *Wer ist wer*. Einer seiner besten Freunde ist Senator Douglas, und jetzt sieht es aus, als hätte er die Nominierung für die Präsidentschaftskandidatur der Demokraten in der Tasche. Vor allem nach dem Skandal um Gouverneur Schaumberg.«

Jax erstarrte. »Gouverneur Schaumberg?«

Der Direktor verzog das Gesicht. »Der übliche Polit-Schwindel. Es lohnt sich kaum, darüber zu reden, so oft wie das heutzutage vorkommt. Wichtig ist nur, dass in zwei Wochen die Vorwahlen anstehen und das Ganze Schaumberg aus dem Rennen werfen und Douglas an die Spitze setzen wird. Besser hätte das Timing für den Senator gar nicht sein können.«

Vor seinem inneren Auge sah Jax Wilson und DeRon die Fünfundvierzigste mit den von Schaumberg gestohlenen Akten in ihren Segeltuchsäcken hinunterrennen. *Glückliches Timing?*

Mit Glück hatte das wohl eher weniger zu tun.

Jax ging direkt vom Büro des Schuldirektors zur Bibliothek und stürzte sich auf einen Computer, um die neuesten Nachrichten zu lesen. Es stimmte. Der Gouverneur hatte eine Lizenz für ein Casino in North Carolina ausgestellt und dafür im Gegenzug eine große Spendensumme für seinen Wahlkampf erhalten. Schaumberg behauptete, dass er nichts davon gewusst hat. Aber auch wenn das stimmte, ließ der Schaden sich nicht mehr rückgängig machen. Die Geschichte stand überall im Internet. Die Nachrichtensender CNN und Fox schrien es über ihre Liveticker hinaus. Die Zeitungen planten Berichte auf Seite 1. Selbst wenn sich herausstellen sollte, dass Gouverneur Schaumberg unschuldig war, wäre sein Name auf keinen Fall bis zum Tag der Vorwahlen wieder reingewaschen.

Jax fasste es nicht. Wilson DeVries war ein Schläger und ein gemeiner, hinterhältiger Idiot. Aber Jax hatte immer angenommen, dass er abgesehen von den Schrammen, die ein paar Pechvögel, die ihm in die Quere kamen, davontrugen, nicht viel Schaden anrichten konnte.

Das hatte sich geändert.

Schneller, als er sich's versah, hatte Jax das Gebäude verlassen und rannte zur Subway, der Unterricht war vergessen – er hätte sich sowieso nicht auf die Schule konzentrieren können, wenn er dageblieben wäre. Am Zeitungsstand am Bahnsteig kaufte er die *New York Post*. Die erste Seite posaunte es in sieben Zentimeter Großbuchstaben heraus: SCHANDE ÜBER SCHAUMBERG.

»Schön, dich zu sehen, Jax«, begrüßte ihn Ms Samuels, als er in Sentia ankam. »Dr. Mako und ich haben ein ganz schlechtes Gewissen, weil du am Samstag so davongestürmt bist.«

Als Antwort knallte Jax die *Post* auf ihren Schreibtisch.

»Ja, ich habe davon gehört«, sagte sie. »Eine furchtbare Geschichte, aber für die Kampagne von Senator Douglas ist es ein echter Durchbruch ...«

»Das waren Wilson und DeRon!«, unterbrach Jax sie fuchsteufelswild.

»Ich verstehe nicht, wovon du sprichst.«

»Ich habe *gesehen*, wie diese beiden Typen in Schaumbergs Hauptquartier eingebrochen sind und seine Akten geklaut haben! Und jetzt fliegt plötzlich dieser große Skandal auf! Das ist nie im Leben Zufall!«

Sie sah so total überrumpelt aus, dass Jax einen freundlicheren Ton anschlug. Er erklärte, wie er von Wilsons Plan durch die Rückkopplung der Hypnose Wind bekommen und sich auf die Lauer gelegt hatte, um herauszufinden, was vor sich ging.

Ms Samuels war immer noch fassungslos. »Aber warum sollten Wilson und DeRon so etwas tun?«

»Verstehen Sie es denn nicht? Sie haben es gemacht, weil Dr. Mako Douglas unterstützt und sie bei ihm punkten wollten. Wilsons genaue Worte waren ›Mach es richtig und Jackson Opus wird der Vergangenheit angehören‹. Sie haben es gemacht, um mir die Show zu stehlen und selbst im Rampenlicht zu stehen.«

»Das ist eine sehr ernste Anschuldigung!«, rief die stellvertretende Direktorin. »Darüber muss ich mit Dr. Mako sprechen.«

»Na ja, ich hoffe, da haben Sie mehr Glück als ich«, murrte Jax.

»Bitte warte im Aufenthaltsraum. Dr. Mako wird spätestens in einer Stunde hier sein.«

Jax hatte einen dramatischen Abgang geplant, aber er überlegte es sich anders, als ihm in Aussicht gestellt wurde, endlich Dr. Mako zu treffen. Ganz abgesehen von dieser miesen Sache mit Wilson, DeRon und Gouverneur Schaumberg, gab es da immer noch das Problem mit Jax' Video und den ständigen Rückkopplungswellen. Nur Dr. Mako konnte ihm raten, was dagegen zu tun war.

Im Aufenthaltsraum nahm sich Jax einen Müsliriegel und setzte sich an einen der Computer, um mehr über den Schaumberg-Skandal zu lesen. Die Schlagzeilen wirbelten nur so durcheinander: SCHAUMBERGS SCHLAMASSEL und KASINO-KORRUPTION KIPPT KANDIDAT. Seltsamerweise gab es keine Story über den Einbruch in Schaumbergs Hauptquartier oder wenigsten eine Randnotiz zu einem in eine Aktenschublade gestopften Nachtwächter. Vielleicht hatten der Gouverneur und seine Leute die Geschichte heruntergespielt. Das Rätsel um einen Wachmann, der nichts von einem vor seiner Nase stattgefundenen Einbruch wusste, würde den Skandal nur noch mehr entfachen.

Die Tür zum Aufenthaltsraum wurde aufgestoßen und Wilson platzte mit seiner üblichen Dreistigkeit ins

Zimmer. Er schien überrascht, Jax am Computer vorzufinden. »Wieso bist du so früh dran, Dopus?«

Jax warf ihm einen bösen Blick zu. »Und wieso bist *du* so früh hier?«

Wilson lachte wiehernd. »Ich konnte in der Schule nicht stillsitzen. Heute ist ein großer Tag. Ein gigantischer Tag.«

»Oh, ich weiß.«

Wilsons Augen verengten sich zu Schlitzen. »Was weißt du?«

»Ich hab dich Samstagnacht gesehen, dich und DeRon. Ich weiß genau, was ihr gemacht habt und wie ihr es gemacht habt.«

»Du lügst.« Wilson schnaubte. Aber er sah etwas weniger selbstsicher aus.

»Ich weiß, dass ihr in Schaumbergs Hauptquartier eingebrochen seid. Ich habe gesehen, wie du diesen armen Wachmann in deinen Bann gezogen und dann die Akten gestohlen hast. Und bitte halt mich nicht für so dämlich, dass ich nicht zwei und zwei zusammenzählen kann. Ich weiß, wie dieser Riesenwahlskandal zustande gekommen ist.«

»Du kleine …« Wilson stürzte auf Jax zu und baute sich dicht vor ihm auf. »Hast du mich ausspioniert? Woher wusstest du, wo wir Samstagnacht sein werden?«

Jax spürte die Gewalt, die von seinem Gegner ausging wie Hitze von einem Ofen, aber er rührte sich nicht von der Stelle. »Seit wann bist du schon im Institut, Wilson? Ist dir noch nie aufgefallen, dass die Leute hier besondere Fähigkeiten haben? Vielleicht habe ich etwas am Laufen, von dem du nicht die leiseste Ahnung hast. Und egal, was du für den Wahlkampf von Trey Douglas tust, dadurch wirst du nicht zu einem besseren Hypnotiseur als ich.«

Wilson holte mit seiner fleischigen Hand aus, aber Jax konnte seinen Stuhl gerade noch rechtzeitig aus dem Weg rollen. Er sprang auf und stellte sich mit vorgeschobenem Unterkiefer dem Schläger gegenüber. »Du hast gefragt, was ich so früh hier mache. Ich bin hier, um dich zu verpetzen. Mal sehen, wie Dr. Mako die Vorgehensweise von dir und deinem miesen Freund findet.«

Jax hatte damit gerechnt, dass Wilson auf ihn losgehen würde. Stattdessen warf der große Junge seinen Kopf in den Nacken und lachte. »Dopus, jedes Mal, wenn ich das Gefühl habe, dass ich dir die Fresse polieren muss, beweist du, dass du zu dämlich bist, um gefährlich zu sein. Du willst mich bei Mako verpetzen? Was glaubst du, wer uns losgeschickt hat, um die Akten zu holen?«

»Du lügst!« Jax knurrte vor lauter Wut.

»Denk mal darüber nach, du Genie«, rief Wilson über seine Schulter und verließ den Aufenthaltsraum.

Jax war wie vom Donner gerührt. Konnte es sein, dass Dr. Mako der Drahtzieher hinter alldem war? Ein Wahlkampfbüro auszurauben – mithilfe von Hypnose – sprach gegen all das, wofür Elias Mako stand.

Oder zumindest gegen all das, wofür er vorgab zu stehen.

Natürlich setzte das voraus, dass Wilson die Wahrheit gesagt hatte, was nicht gerade eine todsichere Sache war. Aber wenn Jax darüber nachdachte, war Wilson nicht der Erste, der angedeutet hatte, dass Makos Weste nicht so rein war, wie sie in der Öffentlichkeit schien. Was war zum Beispiel mit Axel Hirnbaum, dem Boss der Sandmann-Gilde? Er hatte versucht, Jax als Spion anzuheuern, weil er Mako nicht traute. Damals hatte Jax es als Paranoia abgetan. Und es *war* paranoid. Nur mal angenommen, der Direktor hätte tatsächlich Dreck am Stecken, warum sollte dann ein respektierter Hoffnungsträger für die Präsidentschaftskandidatur wie Trey Douglas gemeinsame Sache mit ihm machen?

Und doch war Douglas Dr. Makos engster Freund und größter Bewunderer. Jax und seine Eltern hatten es von dem Mann höchstpersönlich gehört: *Du hast Glück, junger Mann, dass du Dr. Mako auf deiner Seite hast. Er hat sein Leben der Bildung und Erziehung in New York City gewidmet und ist eine Inspiration für jeden Einzelnen von uns.*

Er war vorher schon über diesen Satz gestolpert,

aber dieses Mal erstickte er fast an ihm. Wie benommen rollte er seinen Stuhl zurück zum Computer und ging auf YouTube. Er gab den Namen *Elias Mako* ein und dann – einen nach dem anderen – die Namen seiner vielen berühmten Bekannten. Die Videoclips offenbarten die ganze schockierende Wahrheit. Ausnahmslos alle berühmten Persönlichkeiten beschrieben den Direktor des Sentia-Instituts mit haargenau denselben Worten: *Dr. Elias Mako hat sein Leben der Bildung und Erziehung in New York City gewidmet und ist eine Inspiration für jeden Einzelnen von uns.*

Kein Wunder, dass der Direktor so viele mächtige Förderer hatte. Sie scharten sich nicht einfach so um ihn. Er hypnotisierte sie!

Und wenn Trey Douglas zum Präsidentschaftskandidaten nominiert und dann auch noch ins Weiße Haus gewählt wird, hätte Mako die Kontrolle über denjenigen, der die Geschicke der freien Welt lenkt.

Jax war immer noch erschüttert von dieser Entdeckung, als die Tür weit aufgestoßen wurde und kein anderer als Dr. Mako persönlich vor ihm stand. Zwar konnte man nicht wirklich behaupten, dass er ungepflegt aussah, aber sein sündhaft teurer Anzug war leich zerknittert, und sein sonst so perfekter Krawattenknoten saß für ihn untypisch nicht ganz mittig.

»Ich bin so schnell gekommen, wie ich konnte.« Er

war nicht wirklich außer Atem, aber es war trotzdem deutlich zu sehen, dass er sich sehr beeilt hatte.

Jax hatte mehr als eine Woche um eine Audienz bei diesem Mann gebettelt. Er hatte nur einen einzigen Gedanken gehabt: den Direktor zu erreichen, um mit ihm über die unbestreitbare Tatsache zu sprechen, dass ferngesteuerte Hypnose sehr wohl möglich war und sein Video sie zustande brachte. Aber jetzt, von Angesicht zu Angesicht, war alles, was er hervorbringen konnte: »Ich habe Ihnen nichts zu sagen.«

Es war das erste Mal, dass Jax Mako in einer Verfassung sah, in der er sich nicht ganz souverän und kontrolliert gab. »Jackson, ich unterstütze Trey Douglas nur aus einem einzigen Grund: weil er einen guten Präsidenten abgeben würde. Es wäre für uns alle von Vorteil, wenn wir einen Freund im Weißen Haus hätten.«

»Das ist mir ganz egal«, antwortete Jax gleichgültig, »denn ich gehöre nicht mehr zu Sentia. Das war's.«

Er verließ den Raum, nahm die Treppe statt den Fahrstuhl und ging durch die Lobby raus in die frische Luft.

Sie war noch nie frischer gewesen.

22

»Egal, die gute Nachricht ist, dass du dein Leben zurück hast«, bemerkte Tommy philosophisch.

Ein Fahrradbote sauste vorüber und fuhr auf der engen Brooklyn Bridge so dicht am Fußgängerweg vorbei, dass die flatternde Windjacke des Mannes Jax schmerzhaft an der Schulter traf.

»Geht's noch?«, schrie Tommy dem sich schnell entfernenden Fahrradfahrer hinterher.

Es war diese Art von Beinahunfall, wie er jede Minute in New York passierte. Aber in letzter Zeit war Jax so mit Sentia beschäftigt gewesen, dass er sich dem täglichen Nahkampf, wie er in einer Stadt mit mehr als acht Millionen Einwohnern stattfand, völlig entzogen hatte. Eine willkommene Nebenwirkung seines Abgangs bei Dr. Mako war, dass er wieder frei über seine eigene Zeit verfügen konnte. Ein Spaziergang über die Brücke wäre an einem Sentia-Tag nicht infrage gekommen.

»Ich habe meine Hausaufgaben jetzt also vor Mitternacht fertig, was eindeutig ein Plus ist«, bemerkte Jax. »Aber ich kriege immer noch Rückkopplungen von diesem Video, das ich aufgenommen habe. Ich weiß nicht, was Mako sich dabei denkt, aber ich hoffe, dass er bald ein neues Hobby findet.«

»Vielleicht veranstaltet er Dinnerpartys und du bist die Attraktion des Abends«, witzelte Tommy. »›Schaut euch mal den Typen mit den bunten Augen an. Jetzt sind sie blau; nein grün; nein lila mit rosa Punkten ...‹«

Jax hörte nicht mehr zu. Durch den an- und abschwellenden Verkehrslärm hindurch hörte er jemanden, der schrecklichen Kummer hatte und schluchzte, als stünde das Ende der Welt bevor. Dann, vielleicht dreißig Meter vor ihnen, entdeckte er eine schwarz gekleidete Gestalt, die über die dreispurige Straße, die Richtung Manhattan führte, zum Brückengeländer sprintete.

Tommy sah es auch. »Was macht der Typ da?«

Entsetzt sahen sie zu, wie der junge Mann sich über das Geländer schwang und wie gebannt und zitternd auf dem schmalen Sims stand.

Ein Schrei entriss sich Jax' Kehle. »Tun Sie das nicht, Mister! Kommen Sie zurück!«

Jax und Tommy kletterten über die Absperrung, überquerten im Zickzacklauf die Fahrbahn und schenkten den quietschenden Bremsen und dem wütenden Hupkonzert keine Beachtung.

»Springen Sie nicht!«, rief Jax.

»Sie wollen das gar nicht wirklich!«, fügte Tommy dringlich hinzu.

Sie kamen auf der gegenüberliegenden Seite an und näherten sich dem Selbstmörder, der sich am Geländer festklammerte.

»Kommt nicht näher!«, warnte der Mann.

Jax blieb stehen. »Okay! Okay! Aber lassen Sie uns darüber reden!«

»Es gibt nichts zu reden«, stöhnte der Mann verzweifelt. »Mir bleibt keine andere Wahl!«

Autos sausten weiter an ihnen vorbei, hupten, fuhren gefährlich dicht an Jax und Tommy heran. Niemand schien zu bemerken, dass nur ein paar Meter weiter ein Mann stand, der seinem Leben ein Ende setzen wollte.

Jax versuchte so beruhigend wie möglich zu wirken. »Man hat immer eine Wahl und es gibt immer Hoffnung!« Aber schon als er es aussprach, war ihm klar, dass er dieser Aufgabe nicht gewachsen war. Wie konnte er eine so verzweifelte Seele davon überzeugen, dass es wert war, das Leben zu leben? Er war kein Psychologe. Er war noch nicht mal erwachsen! Wie konnte er diesen Menschen überreden, sich für das Leben und gegen den Tod zu entscheiden?

Der Selbstmörder sah auf das wirbelnde Wasser des East River weit unter sich und schob entschlossen seinen Unterkiefer vor.

»*Nein!!*«, brüllte Jax.

Der Mann warf ihm einen verzweifelten Blick zu, und plötzlich wusste Jax genau, was er zu tun hatte. Er erwiderte seinen Blick und legte jedes Gramm an hypnotischer Konzentration hinein, die er von Elias Mako und Konsorten gelernt hatte. Er war sich ganz und gar nicht sicher, ob er zu jemandem in einem solch verzweifelten Zustand durchdringen konnte. Als das schwache BiB-Bild auftauchte, hielt er es erst für eine weitere Rückkopplung des Videos. Aber nein – er sah sich selbst auf der Brücke, mit Tommy hinter sich und Autos, die viel zu dicht an ihnen vorbeifuhren.

Es funktioniert! Ich schaff das!

Klassische Hypnosetechniken fingen normalerweise damit an, dass man die Zielperson anwies, sich zu entspannen. Aber das war keine besonders gute Idee, wenn ein Mann auf einem Sims stand. Wenn er sich zu sehr entspannte, könnte er runterfallen. »Okay, Mister, alles wird gut. Ihre Gedanken sind ruhig, aber ihr Griff ums Geländer ist sehr fest. Das ist im Moment das Wichtigste – sich am Geländer festzuhalten.«

Die Fingerknöchel des Mannes traten weiß an der Stange hervor. So weit, so gut. Tommy schaute immer noch blass und mit weit aufgerissenen Augen zu.

»Jetzt hören Sie genau zu. Sie *wollen* auf *dieser* Seite des Geländers sein. Nichts anderes auf der Welt interessiert Sie. Also klettern Sie rüber und stellen Sie sich neben mich.«

Gehorsam schwang der Selbstmörder ein Bein über das Geländer und hielt unsicher inne. Jax bemerkte, dass das BiB-Bild von ihm und Tommy wegschwenkte, blasser wurde, stockte und dann ganz verschwand.

Ich hab ihn verloren!, dachte er verzweifelt.

Der Mann schüttelte sich kurz, als würde er aus einem Traum erwachen. Dann taumelte er rückwärts zum Rand.

Mit einem Schreckensschrei streckte Jax seine Hand aus und bekam den Mann am Arm zu fassen. »Halt ihn fest!«, rief er Tommy zu.

Sein Freund griff nach dem anderen Arm und hielt ihn verzweifelt fest. »Was ist passiert?«, stammelte er. »Ich dachte, du hast ihn hypnotisiert, damit er zurückklettert!«

»Er ist mir entwischt!«, keuchte Jax. »Er ist so gestresst, dass die Verbindung abgebrochen ist, als er von mir weggeschaut hat! Los, ziehen wir ihn rüber!«

Sie zogen mit aller Kraft, aber der Selbstmörder war schwer wie ein nasser Sack und rührte sich nicht von der Stelle.

»Was sollen wir jetzt tun?«, fragte Tommy ängstlich.

»Ich muss ihn noch mal in Trance versetzen«, beschloss Jax.

»Weil es beim letzten Mal so super geklappt hat?«

Jax wusste nicht genau, wie er es erklären sollte. »Ich werde ihm eine posthypnotische Suggestion einprägen. Dann wecke ich ihn auf und sage das Auslösewort, damit er von allein wieder zurückklettert.«

Der Mann war so verstört und verwirrt, dass es diesmal noch schwieriger war, ihn zu hypnotisieren. Aber schon bald erschien das BiB-Bild klar und deutlich und Jax verankerte seine Suggestion. »Ich werde gleich mit den Fingern schnipsen, und Sie werden aufwachen und sich glücklich und entspannt fühlen – aber nicht zu entspannt. Und wenn Sie das Wort *Saure Gurken* hören, klettern Sie ganz herüber und stellen sich neben mich. Sie werden sich an nichts erinnern, nur daran, dass Ihnen Ihr Leben lieb ist.«

Jax brauchte allen Mut, den er aufbringen konnte, um seine zitternden Hände zu beruhigen, damit er mit den Fingern schnipsen konnte. Der Mann kam rittlings auf dem Geländer sitzend zu sich und sein ganzer Körper versteifte sich.

»Was …?«

»Saure Gurken«, rief Jax schnell.

Die Reaktion erfolgte augenblicklich. Der Selbstmörder schwang sein linkes Bein über das Geländer und war kein Selbstmörder mehr. Jax und Tommy schoben ihn über die drei Fahrbahnen zum Fußgängerweg.

Jax betrachtete seine Zielperson besorgt. »Wie fühlen Sie sich?«

Der Mann war fuchsteufelswild. »Du hast vielleicht Nerven, mich so was zu fragen! Du bist doch der Idiot, der mich über drei Fahrbahnen gezerrt hat. Du hättest mich umbringen können. Weißt du nicht, wie wertvoll das Leben ist? Vollidiot!« Und er ging wütend vor sich hin schimpfend davon.

Tommy sah seinen Freund an. »Saure Gurken?«

Jax zuckte mit den Achseln. »Ich hatte keine Zeit, mir was Besseres einfallen zu lassen. Und ich dachte mir, wer redet schon über saure Gurken auf einer Brücke? Egal, es hat funktioniert.«

Tommy pfiff bewundernd. »Das hat es tatsächlich. Du hast dem Typen das Leben gerettet. Vielleicht solltest du doch wieder ins Institut gehen.«

Jax blieb wie angewurzelt stehen. »Du machst Witze, oder? Nach dem, was ich dir über Dr. Mako erzählt habe?«

»Na ja, du musst zugeben, dass du das nicht geschafft hättest, wenn er dir nicht so viel beigebracht hätte«, rechtfertigte sich Tommy.

»Sogar wenn er mir beibringen würde, wie man Photosynthese macht, würde es mich nicht interessieren. Er hat die Hälfte des Kongresses und die meisten der 500 reichsten Menschen der Vereinigten Staaten hypnotisiert. Und wenn es nach ihm geht, wird unser nächster Präsident nichts weiter als eine Marionette in den Händen des großen Elias Mako sein. Ich werde mich diesem Typen nie wieder nähern! Er ist Gift.«

Tommy blinzelte. »Dr. Elias Mako hat sein Leben der Bildung und Erziehung in New York City gewidmet und ist eine Inspiration für jeden Einzelnen von uns.«

Jax war entsetzt. »Was hast du gerade gesagt?«

Tommy wiederholte es, Wort für Wort. Und während er das tat, war er nicht mehr Tommy. Er war eine Drohne, nicht mehr länger im Besitz seiner Gedanken.

Jax starrte seinen Freund an. »Er hat dich gekriegt!«

»Wer?« Tommy war verwirrt. »Du meinst Mako? Ich hab ihn noch nicht ein Mal getroffen!«

»Du hast gerade exakt denselben Satz gesagt wie alle anderen, die er durch Hypnose dazu bringt, ihn zu verehren!«

»Glaubst du nicht, es würde mir auffallen, wenn so ein Dr. Frankenstein an meine Tür klopft und mich in Trance versetzt?«, wollte Tommy wissen.

Jax zeigte in die Richtung, in die der ehemalige Selbstmörder davongestürmt war. »Dieser Typ – weiß er, dass er fast von einer Brücke gesprungen wäre und ich ihn hypnotisiert habe? Zweimal?«

»Nein, nicht bis ein Kellner ihn fragt, ob er saure Gurken will, und er auf die Salatbar klettert.« Tommy sah plötzlich besorgt aus. »Du glaubst also, Mako hat mich in seinen Bann geschlagen und dann dafür gesorgt, dass ich es vergesse? Aber warum? Ich bin ein Niemand.«

»Du bist mein bester Freund. Es war eine Botschaft – er kommt an mich ran, durch die Menschen, die mir nahestehen. Ich wette, diese ganze Geschichte mit dem Selbstmörder war ein abgekartetes Spiel! Und er hat dich hypnotisiert, um mich daran zu erinnern, wie sehr ich ihn und Sentia brauche.«

Tommy sah überrascht aus. »Das kann nicht sein! Was wäre passiert, wenn wir nicht rübergerannt wären, um den Typen zu retten?«

Jax zuckte mit den Achseln. »Da siehst du mal, was für einen Charakter die Person hat, die vielleicht den nächsten Präsidenten der Vereinigten Staaten fest im Griff hat.«

In Jax' Bauch braute sich ein tiefes Gefühl der Angst zusammen und stieg langsam seine Speiseröhre hinauf. Er hatte gedacht, er sei fertig mit Sentia, frei und ungebunden. Aber offensichtlich war Mako noch nicht fertig mit ihm.

Der Direktor wollte immer noch etwas von Jackson Opus.

23

Jax sah die Bilder, die den Bürovorraum zierten, jetzt mit anderen Augen. Er sah nicht mehr länger die Crème de la Crème der global einflussreichsten und berühmtesten Persönlichkeiten. Er betrachtete die Fotografien für das, was sie waren: eine Wand voller Trophäen. Dr. Mako, der lächelnde Jäger, mit dem Stiefel auf dem großen Wild, das er erlegt hatte … Stars, Firmenbosse und Politiker anstelle von Elefanten und Nashörnern. Und vielleicht sogar ein zukünftiger Präsident.

Es geht dich nichts an, sagte eine Stimme in Jax' Kopf sehr deutlich. *Was hast du überhaupt hier zu suchen? Du bist von hier abgehauen!*

Tommys Worte fielen ihm wieder ein, und sein Magen zog sich zusammen: *Dr. Elias Mako hat sein Leben der Bildung …*

Dass der Direktor Tommy hypnotisiert hatte, sagte mehr über seine Rücksichtslosigkeit aus als alles andere, was er bisher getan hatte. Es war ein Botschaft, die Jax mitteilen sollte, dass man Mako nicht sitzen ließ – nicht solange sich Mako nicht einverstanden erklärte, jemanden ziehen zu lassen.

Aber ich lass mich nicht rumschubsen.

Ms Samuels machte einen nervösen Eindruck, als sie ihn ins Büro begleitete. Nervosität stand ihr gut, genauso wie alles andere auch.

Und dann stand Jax ihm höchstpersönlich gegenüber. Mako stand auf, vielleicht nicht so sehr, um ihn willkommen zu heißen, sondern um seine körperliche Überlegenheit zur Schau zu stellen. Als Jax in diese dunklen Augen unter den dichten Brauen spähte, verspürte er einen seltsamen unerklärlichen Impuls, diesen wichtigen und mächtigen Mann beeindrucken zu wollen. Es ergab keinen Sinn. Mako war der Feind und Jax wusste das. Und doch blieb das Gefühl.

»Ich möchte mich dafür entschuldigen, dass mein Terminkalender in letzter Zeit so voll gewesen ist«, begann der Direktor, als sie sich setzten. »Ms Samuels hat mir erzählt, dass du um ein Treffen mit mir gebeten hast. Und ich hatte das Gefühl, dass du wegen bestimmter Ereignisse den voreiligen Schluss gezogen hast, unbedingt mit mir sprechen zu müssen.«

Durch die Art und Weise, wie Dr. Mako *voreilig* sagte, kam Jax wieder zu sich und holte wütend zum Gegenschlag aus. »Sie haben gestern diesen Selbstmörder zur Brooklyn Bridge geschickt!«

Dr. Mako faltete sich in einen Stuhl und sah ihn interessiert an. »Wenn es einen Selbstmörder gegeben hat«, sagte er vorsichtig, »bin ich sicher, dass wir dein Talent so weit entwickelt haben, dass du durch deine hypnotischen Fähigkeiten ein Leben hast retten können.«

»Und wenn ich mir gerade die Schnürsenkel gebunden hätte, als der Typ zum Geländer rübergerannt ist?«

Der Direktor lächelte schmallippig. »Kein Wissenschaftler kann jede Variable in einem Experiment eliminieren.«

»War mein Freund Tommy auch ein Experiment? Oder war er nur eine Botschaft?«

Dr. Mako sah ungeduldig aus. »Das ist bestimmt nicht der Grund, warum du die ganze Zeit so einen Aufstand veranstaltet hast, um mich zu sehen.«

»Ist es nicht«, stimmte Jax ihm zu. »Die Aufnahme ... die, von der Sie behauptet haben, sie könne niemanden hypnotisieren. Sie hypnotisiert Menschen, habe ich recht?«

»Nun ja, da hast du mich bei einer kleinen Flunkerei erwischt«, gab der Direktor zu. »Es hat zwar gestimmt, dass noch nie jemand ferngesteuerte Hypnose geschafft hat. Aber ich hatte geglaubt – ich hatte *gehofft* -, dass dein außerordentliches Talent das ändern würde. Ich habe deinen Clip Dutzenden von Versuchspersonen gezeigt, mit beeindruckenden Ergebnissen.«

»Ach ja ...« Jax war sauer. »Zum Beweis dafür kriege

ich ständig Rückkopplungen. Ich bin fast verrückt geworden – ganz zu schweigen davon, dass ich fast aus der Schule geflogen wäre.«

»Dafür möchte ich mich entschuldigen«, sagte Dr. Mako formell. »Natürlich habe ich vermutet, dass irgendeine Form von hypnotischer Verbindung zustande kommen würde, aber ich war mir nicht ganz sicher.«

»Tja, sie hätten es erfahren können«, gab Jax zurück. »Wenn Sie sich die Mühe gemacht hätten, einen von meinen fünftausend Anrufen zu beantworten.«

»Vielleicht sind wir uns nicht ganz einig über die Methode«, räumte der Direktor ein, »aber du siehst bestimmt, wie wichtig dieser Durchbruch ist. Du schreibst gerade an der Geschichte der Hypnose mit, genau wie die Opus vor dir.«

»Und die Sparks?«, fragte Jax provozierend.

Die Überraschung auf Makos Gesicht war es wert gewesen. Er stammelte sogar ein wenig, als er sagte: »Ich ... ich war mir nicht sicher, ob du über die Familie deiner Mutter Bescheid weißt. Sie sind schon seit vielen Generationen nicht mehr aktiv.«

»Sie verschweigen eine Menge. Unter anderem auch, wie Wilson und DeRon Gouverneur Schaumbergs Akten geklaut haben. Oder wie Sie ihre ganzen berühmten Freundschaften schließen – indem Sie alle in Ihren Bann schlagen.«

Der Direktor war eindeutig überrumpelt, aber als er die Sprache wiedergefunden hatte, klang er wie ein Priester, der eine Predigt hält. »In der Geschichte der Zivilisation wird oft von Menschen berichtet, die die Welt verändert haben, weil sie sich nicht scheuten, alle ihnen zur Verfügung stehenden Mittel zu nutzen, um ans Ziel zu gelangen. Jetzt sind wir an der Reihe. Und das Mittel, das wir nutzen, ist unsere Gabe. *Deine* Gabe.«

»Wie kann jemand wie ich die Welt verändern?«, meldete Jax Zweifel an. »Ich kann noch nicht mal pfeifen.«

»Du bist nicht nur in der Position, die Welt zu verändern, du bist zudem der Einzige, der es kann. Nur du besitzt die Fähigkeit, aus der Ferne zu hypnotisieren. Du wirst noch einen Clip aufnehmen – er wird sich durch einen Computervirus über das Internet verbreiten und sich selbst löschen, sobald er angeschaut wurde. Darin wirst du den Zuschauern eine posthypnotische Suggestion einprägen, damit sie in den New Yorker Vorwahlen für Senator Douglas stimmen. Wenn er New York gewinnt, lässt sich leicht ausrechnen, dass er die Nominierung in der Tasche hat.«

Schauder und Entsetzen überfielen Jax. Obwohl er geahnt hatte, dass Mako beabsichtigte, Trey Douglas ins Weiße Haus zu setzen, war die teuflische Natur dieses Plans erschütternd.

»Das ist das Schlimmste, was ich je in meinem Leben gehört habe!«, keuchte Jax. »Wenn es gegen solche Machenschaften kein Gesetz gibt, liegt das nur daran, weil sich niemand so etwas Gemeines, Furchtbares und Böses vorstellen konnte. Wahlen sollen ehrlich und frei sein! Eine demokratische Wahl zu manipulieren, indem man sich in den Verstand der Menschen hineinmogelt und ihnen sagt, wen sie wählen sollen ... das geht gegen alles, wofür Amerika steht.«

Den Direktor beeindruckte das gar nicht. »Manchmal, Jackson, erreicht man etwas wahrhaft Großes nur durch ungewöhnliche Methoden.«

»Sie meinen: durch Betrug«, beschuldigte Jax ihn.

»Das ist zu kurz gedacht im Hinblick auf die Art von Revolution, die wir im Auge haben. Eine Revolution, die ihr Ziel auf eine Art und Weise erreicht, die alles bisher Dagewesene auf den Kopf stellt.«

Jax verschränkte die Arme. »Da gibt es nur ein Problem. Sie können es nicht ohne mich machen und ich sage Nein.«

Dr. Mako zeigte keinerlei Regung. »Ich bitte dich, es dir noch einmal zu überlegen.«

»Lieber würde ich *selbst* von der Brücke springen.«

»Interessant«, sagte der Direktor. »Weißt du, was auch noch interessant ist? Wie schnell du darauf gekommen bist, dass ich deinem kleinen Freund Tommy einen Besuch abgestattet habe. Und doch ist dir nie in den Sinn gekommen, dich zu fragen, wen ich noch besucht haben könnte.«

Jax schnellte ruckartig nach vorn. »Wen zum Beispiel?«

»Deine gute alte Mom und deinen guten alten Dad. Dein Vater ist ein faszinierender Fall. Ausgezeichneter Geschmack, wenn es um schöne Autos geht, aber sehr zwiegespalten, was die Talente seines Sohnes betrifft. Es ist bestimmt nicht leicht, ein Opus zu sein, der keine hypnotischen Fähigkeiten hat ...«

»Was haben Sie ihnen angetan?«, brüllte Jax ziemlich laut.

»Ich habe eine kleine Suggestion verankert. Ich will dich nicht mit den Details langweilen, aber sei versichert, dass ihnen absolut keine Gefahr droht, solange du kooperierst. Solltest du das allerdings nicht tun, wirst du dich schnell als Waise wiederfinden.«

In einem Taumel aus Entsetzen und Wut beugte Jax sich vor und fixierte seinen ehemaligen Mentor mit dem machtvollsten Blick, den er zustande brachte. Kurz war in Dr. Makos Augen der Schock abzulesen, dann wurden sie ausdruckslos, als das BiB-Bild sich zwischen ihnen zu materialisieren begann.

Ich hab ihn!, frohlockte Jax und zerbrach sich den Kopf über die perfekte Hypnose-Botschaft, die er diesem bösen Gehirn einprägen konnte. Das war seine Chance, nicht nur Mom und Dad zu beschützen, sondern dafür zu sorgen, dass Elias Mako nie wieder jemandem wehtun oder jemanden kontrollieren konnte. Aber wie sollte er es anstellen? Ließ sich durch eine hypnotische Suggestion die Macht von jemand anderem ausschalten? Oder vielleicht könnte er den Direktor in seinen Bann schlagen und ihn dazu bringen, seine Hypnose-Fähigkeiten zu vergessen. Leider war derjenige, den man so etwas am besten fragte, Mako selber – und das ging natürlich nicht …

Sein Zögern kam ihn teuer zu stehen. Kurz verspürte er die vertraute Regung in seinem Gehirn, als würde seine Zielperson versuchen, ihn im Gegenzug zu hypnotisieren. Und einen Moment später traf ihn eine mentale Druckwelle, die sich wie drei Stunden Kopfschmerzen auf einen Schlag komprimiert anfühlte und sein Gehirn gefrieren ließ. Das BiB-Bild verschwand und die Verbindung löste sich auf. Jax wurde mit aller Macht in seinen Stuhl gedrückt und sein Kopf knallte gegen die Wand. Immerhin verspürte er eine gewisse Genugtuung, als er sah, dass Mako genauso gebeutelt war wie er.

Doch das Unwohlsein des Direktors hielt nicht lange an. Eiskalt lachte er auf. »Deine Kraft mag stärker sein als meine, aber ich habe immer noch ein paar Tricks auf Lager. Ich rate dir, so etwas nicht noch einmal zu versuchen. Das wäre besser für dich – und auch für deine Eltern.«

Jax wusste, dass er von einem Experten ausmanövriert worden war und dass ihm nichts anderes übrig blieb, als aufzugeben. »Wenn ich das für Sie tue«, gab er sich geschlagen, »woher weiß ich dann, dass Sie die Suggestion nicht trotzdem auslösen?«

»Ich geb dir mein Wort, Jackson.«

Erschrocken starrte Jax ihn an. Glaubte Elias Mako wirklich, dass sein Wort mehr wert war als die heiße Luft, mit der er es ausstieß?

*

Labor 3 war in ein Fernsehstudio umgewandelt worden, mit der neusten Beleuchtungstechnik und Akkustikdämmung aus Schaumstoff an den Wänden. Ray Finkelmeyer war diesmal nicht dabei; Dr. Mako überwachte die Aufnahme ferngesteuert.

Der Direktor ging kein Risiko ein und überließ den exakten Wortlaut der Botschaft nicht dem Zufall. Es stand alles auf dem Teleprompter, der auf die Kamera montiert war.

»Schauen Sie mir in die Augen …«, las Jax vom Teleprompter ab, während sein Gesicht eng vom Monitor eingerahmt wurde. »Konzentrieren Sie sich … Sie sind entspannt und glücklich …«

»Noch mal«, befahl Dr. Mako. »Diesmal bitte mit mehr Intensität. Durch den Virus wirst du als Pop-up auf den Bildschirmen erscheinen. Dir bleiben wahrscheinlich zwei Sekunden, um die Menschen zu erreichen, bevor sie das Fenster schließen. Tu so, als wäre das hier wichtig für dich – denn das ist es.«

Jax schluckte und begann von vorn. Es war nicht zu übersehen, dass der Direktor es wirklich ernst meinte und alles dafür tun würde, dass Jax seine Sache mehr als gut machte.

»... gleich werde ich weg sein. Sie werden sich weder an mich noch an diese Botschaft erinnern. Das Leben wird wie immer weitergehen. Aber das nächste Mal, wenn sie eine Wahlkabine betreten, werden Sie das überwältigende Verlangen verspüren, für Trey Douglas zu stimmen.«

Fast zwei Stunden arbeiteten Dr. Mako und Jax an dem Videoclip, bis der Direktor zufrieden war und überzeugt davon, dass er das hatte, was er brauchte.

»Ich danke dir für deine Zeit und deine Bemühungen«, sagte Dr. Mako in einem Ton, als hätte er nicht gerade damit gedroht, Jax' Familie umzubringen.

»Wann wird die Botschaft rausgehen?«, fragte Jax beklommen.

»Unsere Techniker haben den Virus, der sie verbreiten wird, bereits fertig«, erklärte der Direktor. »Aber wir wollen noch mehr Tests machen, damit wir sicher sind, dass das Video keine Spuren hinterlässt, wenn man es einmal angeschaut hat. Vielleicht in zwei Tagen.« Er grinste. »Du wirst es merken.«

Die Erkenntnis traf Jax wie ein elektrischer Schlag. Die BiB-Bilder, die der Clip hervorgerufen hatte, der ein paar Dutzend Mal in Sentia gezeigt worden war, hatten ihn praktisch plattgemacht. Wie würde erst die Rückkopplung von einem Video aussehen, das als Virus verbreitet Hundertausende vielleicht Millionen Menschen erreichen würde?

Dr. Mako konnte seine Gedanken lesen. »Die ersten Tage werden interessant werden. Aber du wirst lernen, damit fertigzuwerden.«

»Was ist mit meinen Eltern?«, bohrte Jax nach. »Sie müssen diese Suggestion löschen!«

»Alles zu seiner Zeit, Jackson. Alles zu seiner Zeit.«

24

Die erste Vision traf ihn im Sportunterricht während eines Volleyballspiels. Sie war schwach, aber doch unverkennbar – sein eigenes Gesicht, das in einem Pop-up-Fenster auf einem Computerbildschirm sprach. Es gab natürlich keinen Ton, aber wenn er sich konzentrierte, konnte er fast von seinen eigenen Lippen ablesen:

... für Trey Douglas zu stimmen ...

Wumms! Der Ball kam in Lichtgeschwindigkeit angeschossen und traf ihn mitten ins Gesicht. Der Aufprall war so heftig, dass seine Nase zwanzig Minuten später im Zimmer der Krankenschwester immer noch blutete.

Tommy brachte ihm ein frisches T-Shirt. »Was war los, Mann? Warum hast du deine Hand nicht hochgestreckt?«

Jax zögerte. »Es war eine Rückkopplung.«

»Immer noch?«

Jax schüttelte den Kopf. »Schon wieder. Ich habe noch einen Videoclip aufgenommen.«

»Warum solltest du so etwas Dummes tun?«, wollte Tommy wissen. »Vor allem nach dem, was beim letzten Mal passiert ist?«

»Ich hatte keine andere Wahl.« Er erzählte Tommy von Dr. Makos Drohung gegen die Opus.

Tommy machte große Augen. »Und du hast ihm geglaubt?«

»Das musste ich! Sieh doch nur, was er mit dem Typen auf der Brücke gemacht hat. Und er hat zugegeben, dass er dich in seinen Bann geschlagen hat, damit du das Loblied auf ihn singst, und dann hat er deine Erinnerung an den Vorfall gelöscht.«

»Du hast gesagt, ich bin eine harte Nuss, weil ich farbenblind bin«, ließ Tommy nicht locker und war immer noch nicht völlig überzeugt.

»Nur für mich. Aber jeder Hypnotiseur ist anders. Niemand versteht wirklich, wie und warum es funktioniert.« Er warf sein blutdurchtränktes T-Shirt in den Müll und streifte sich das von Tommy über. »Denk doch mal an die Versuchspersonen bei Sentia. Die Hypnos kriegen sie dazu, über Laufbänder zu rennen und auf der Stelle zu hüpfen und zu einem Haufen anderem harmlosen Quatsch. Aber genauso leicht könnten wir sie dazu bringen, sich gegenseitig von Dächern oder die Treppe runterzuschubsen oder anderen ein Loch in den Kopf zu schießen. Von einem hypnotischen Standpunkt aus betrachtet, macht das keinen Unterschied. Man gibt ihnen nur andere Details an.«

»Das ist wirklich krank«, urteilte Tommy. »Vielleicht solltest du mit deinen Eltern reden. Sag ihnen wenigstens, dass sie in Gefahr sind.«

»Das wäre das *Schlimmste*, was ich tun könnte«, sagte Jax verzweifelt. »Sie würden zu den Bullen rennen, die uns sowieso nicht helfen können, selbst wenn sie die Geschichte glauben würden. Im besten Fall würde uns die Polizei für verrückt halten. Denn wenn sie uns ernst nähmen, würden sie Mako befragen. Und der weiß dann, dass ich dahinterstecke, und aktiviert die Suggestion, die meine Eltern umbringt.«

Ein neuer Stoß an Rückkopplungen brachte Jax ins Taumeln.

»Pass auf deine Nase auf, Opus«, gab ihm Tommy den guten Rat. »Das war mein letztes Ersatz-T-Shirt.«

Als Jax sich ein wenig erholt hatte, warf er ihm einen bösen Blick zu. »Deine Garderobenprobleme brechen mir das Herz.«

»Hör zu, Mann«, sagte Tommy ernst. »Ich hab kapiert, dass du gerade keinen Ausweg siehst. Aber wenn dir irgendwas einfällt, wie du zurückschlagen kannst, bin ich dabei.«

Jax wurde an diesem Tag mehrmals von Visionen gebeutelt. Eine davon überfiel ihn während des Chemieunterrichts, wo er einen Messbecher Säure auf seine

Turnschuhe kippte. Was ihn aber besonders beunruhigte, war, dass die Vorfälle im Laufe des Tages zunehmend schneller aufeinanderfolgten. In seinem Kopf sah er, wie sich der Computervirus ausbreitete – sein Gesicht ploppte auf einem Bildschirm nach dem anderen auf und prägte arglosen Wählern die Suggestion ein. Schlimmer als die Rückkopplungen war jedoch der Gedanke daran, dass er eine freie und faire Wahl manipulierte – und einem skrupellosen Menschen wie Dr. Mako wahrscheinlich zu einer beängstigend großen Menge Macht verhalf.

Mit einer Sockenzehe, die aus dem Loch in seinem Schuh hervorlugte, blasser Hautfarbe und schweißgebadeter Stirn stolperte er durch seinen Stundenplan. Mehrere Lehrer fragten ihn, ob er krank sei. Jessica Crews bot ihm an, nach der Schule vorbeizukommen und ihm Suppe zu bringen. In der achten Stunde saß er wieder im Krankenzimmer, ein Thermometer steckte in seinem Mund.

»Wahrscheinlich ist es nur Stress«, beschloss die Krankenschwester, als sich herausstellte, dass er kein Fieber hatte. »Ihr Kinder seid heutzutage großem Druck ausgesetzt. Als ich so alt war wie du, hatten wir es viel einfacher.«

Da konnte Jax ihr nur beipflichten.

*

Zu Hause wurde es nicht besser. Die Visionen folgten nun dicht auf dicht und die BiB-Bilder waren beinah andauernd vorhanden. Manchmal überlappten sich zwei oder drei und füllten sein Blickfeld fast vollständig aus, sodass er kaum genug sehen konnte, um sich in seiner eigenen Wohnung zurechtzufinden. Wie sollte er so sein Leben führen? *Du wirst lernen, damit fertigzuwerden,* hatte Mako ihm versichert. Aber woher wollte *er* das wissen? Der Direktor hatte selbst gesagt, dass es noch nie jemand geschafft hat, aus der Ferne zu hypnotisieren. Das hier war völliges Neuland.

So furchtbar Jax sich auch fühlte, versuchte er trotzdem den Anschein zu wahren, dass es ihm blendend ging. Seine Eltern durften nicht bemerken, dass er litt. Nie wäre er so leichtsinnig, ihnen von den Rückkopplungen zu erzählen. Aber je mehr sie versuchen würden herauszufinden, was mit ihrem Sohn nicht stimmte, desto größer war die Wahrscheinlichkeit, dass Dr. Mako davon Wind bekam. Der Direktor könnte annehmen, dass Jax ihn betrog. Also lächelte er viel, was sein Gesicht zu einer hässlichen Fratze verzerrte. Er summte sogar eine kleine Melodie, was riskant war. Er hatte noch nie viel gesummt. Würde seinen Eltern die Veränderung in seinem Benehmen auffallen?

»Hier hat aber jemand gute Laune«, stellte seine Mutter fest.

»Ich habe eine Eins in der Englischklausur«, log er und zwang sich zu einem Grinsen, das auch jemandem auf einer Folterbank gut zu Gesicht gestanden hätte.

Dad saß vor seinem Laptop und suchte Flüge für die Frühjahrsferien nach Florida. Er grummelte gerade über Flugpreise und -termine, als Jax plötzlich seine eigene Stimme aus dem kleinen Büro hörte.

Stirnrunzelnd blickte er seinem Vater über die Schulter. Seine eigenen überlebensgroßen Augen starrten zurück und änderten ihre Farbe von Lila zu Meeresblau.

»... Sie werden sich nicht an mich oder diese Botschaft erinnern. Das Leben wird wie üblich weitergehen. Aber das nächste Mal, wenn sie eine Wahlkabine betreten ...«

Jax wusste, dass seine Videobotschaft die Runde machte – die Rückkopplungen waren dafür Beweis genug. Aber dass der Clip auf dem Familiencomputer auftauchte, während Ashton Opus auf Reisewebseiten surfte, führte ihm die flächendeckende Verbreitung des Virus deutlich vor Augen. Und das war erst der erste Tag! Bis zur Wahl dauerte es noch mehr als eine Woche. Wie schlimm würde es noch werden?

»Dad -?«, sagte er zögerlich.

Sein Vater hörte ihn nicht. Er befand sich in Trance, seine Aufmerksamkeit gefesselt von den riesigen Augen auf seinem Bildschirm.

Ich habe gerade meinen eigenen Vater hypnotisiert.

Dads schlimmster Albtraum, tief verwurzelt in seiner Kindheit mit Opus-Eltern, war wahr geworden. Jax suchte in seinem Kopf nach dem hypnotischen Abdruck seines Vaters, aber im Rückkopplungsnebel wurde es langsam unmöglich, ein einzelnes BiB-Bild gezielt herauszufiltern.

Die Botschaft war zu Ende, das Pop-up-Fenster verschwand und gab den Blick frei auf Flugpläne nach Miami und Fort Lauderdale.

Sein Vater schauderte. »Oh, hi, Jax. Ich hab dich gar nicht bemerkt.«

»Hast du die ganze Zeit nach Flügen gesucht?« Jax räusperte sich vorsichtig. »Sonst war nichts?«

»Nur die Flugpreise«, antwortete Dad säuerlich. »Erinnere mich das nächste Mal daran, nicht in den Schulferien zu verreisen. Das ist ja Erpressung und sollte gesetzlich verboten werden.«

»Vielleicht wird es das ja«, meinte Jax. »Im Herbst wählen wir einen neuen Präsidenten. Wer ist denn dein Favorit bei den Vorwahlen?«

Ashton Opus zögerte keine Sekunde. »Oh, auf jeden Fall Douglas. Und nicht nur, weil wir ihn bei Sentia getroffen haben. Ich finde einfach, dass er genau die Art von Mann ist, dem man seine Stimme geben sollte.«

25

Gegen Mitternacht ließen die Visionen nach, und Jax begann zu hoffen, dass er vielleicht doch noch in den Schlaf finden würde. Aber so sollte es nicht sein. Jedes Mal wenn er gerade für zehn oder fünfzehn Minuten eingedöst war, stolperte wieder irgendeine Nachteule – oder jemand in einer anderen Zeitzone – über das Video. Das BiB-Bild bohrte sich in seinen Traum, als wäre es ein Teil davon. Eine Garagentür öffnete sich, ein Fernseher wurde angestellt, ein Vorhang wurde beiseitegeschoben und gab den Blick frei auf zwei leuchtende, schwebende Kobolde – seine eigenen Augen. Genau wie bei einem richtigen Traum konnte er sich für eine Weile darauf einlassen, wobei ihm zunehmend klar wurde, dass etwas nicht stimmte. Und dann wachte er unter einem Ansturm von Rückkopplungen auf, der ihn erzittern ließ.

Im Laufe der Woche wurde Schule zu einer kompletten Zeitverschwendung. Er behielt rein gar nichts von seinen Unterrichtsstunden; er hörte seine Lehrer kaum. Er schaffte es gerade so, seinen Kopf aufrechtzuhalten, dazusitzen und so zu tun, als würde er zuhören. Vor seinen Augen verschwammen die sich überlagernden Visionen. Es war unmöglich zu zählen, wie viele es waren. Von dem Tumult in seinem Kopf wurde ihm übel und er litt an hämmernden Kopfschmerzen. Ohne Tommy hätte er seinen Weg durch die Flure wahrscheinlich nicht gefunden.

Am Freitag nahm ihn sein Vater von der Schule mit nach Hause und er kotzte auf die feinen Ledersitze eines eine Viertelmillion Dollar teuren Autos. In weniger als einer Stunde hatten seine Eltern ihn zum Kinderarzt gebracht.

An dem ganzen Elend, das er ertragen musste, war das Schlimmste, dass er sich nicht traute, seinen Eltern zu erzählen, was mit ihm los war. Sie hätten darauf bestanden, zur Polizei zu gehen, und das hätte sie in große Gefahr gebracht. Er konnte sie nicht ansehen, ohne an die tödliche posthypnotische Suggestion zu denken, die Dr. Mako in ihnen verankert hatte. Es war, als würden seine Mutter und sein Vater jeder eine Zeitbombe mit einem hochsensiblen Zünder in sich tragen. Jede falsche Bewegung ihres Sohnes würde sie mit Sicherheit beide umbringen.

Deswegen tat er beim Kinderarzt, was er tun musste. Er hypnotisierte Dr. DeSilva, und als dieses BiB-Bild alle anderen überlagerte, spuckte Jax den Zungenspatel aus und flüsterte: »Ich habe einen Eintages-Virus. Nichts Besorgniserregendes. Und wissen Sie zufällig, wie man den Geruch von Kotze aus einem Bentley wieder rauskriegt?«

Er war dankbar, als die Diagnose gestellt wurde. »Nichts Besorgniserregendes. Nur ein Eintages-Virus. Und wegen des Autos schlage ich eine Lösung aus Essig und Wasser vor.«

Eine Weile ließen Mom und Dad sich so hinters Licht führen. Aber sie wussten, wie lange ein Tag dauerte, und die Tage vergingen, und statt besser ging es Jax immer schlechter. Seine Haut hatte die Farbe von Pergament, und seine Augen glichen Weihnachtsbaumkugeln: grüne Iris umgeben von blutunterlaufenen Augäpfeln. Das Video hatte sich inzwischen wie ein Lauffeuer verbreitet, denn die Momente, in denen Jax nicht von zwanzig, fünfzig oder sogar von Hunderten von BiB-Bildern erschlagen wurde, waren selten. Ein weiterer Beweis: Die Wählerumfragen zeigten, dass Trey Douglas seinen Vorsprung über den glücklosen Gouverneur Schaumberg vergrößerte. Die Wahl war am kommenden Dienstag, und die Experten sagten voraus, dass Douglas mit großem Abstand gewinnen würde. Jax war nicht mehr bei Sentia gewesen seit dem Tag, an dem er das Video aufgenommen hatte, aber er konnte Dr. Mako fast vor Freude glucksen hören angesichts seines erfolgreich verlaufenden Plans.

Er hätte im Bett bleiben sollen, aber er musste seine Eltern davon überzeugen, dass es ihm besser ging, darum zwang er sich aufzustehen und meldete sich freiwillig Besorgungen zu erledigen, die er niemals gemacht hätte, wenn es ihm wirklich gut gegangen wäre. Er kam nicht weiter als bis zum Obst- und Gemüseladen, wo ihn ein Schwindelanfall in eine Pyramide aus Wassermelonen taumeln ließ. Am Ende musste Tommy die Post und die Bücherei übernehmen, während Jax auf einer Bank saß und ein Bündel feuchter Papiertücher auf seinen Nacken drückte.

»Mann, hört das auch irgendwann mal wieder auf?«

Jax warf seinem Freund einen Blick durch verschleierte Augen zu. »Am Dienstag ist die Wahl vorbei.«

»Ja, aber das Internet geht weiter bis in alle Ewigkeit!«, bemerkte Tommy. »Vielleicht solltest du zu Sentia gehen und Dr. Mako um Hilfe bitten.«

Jax sah ihn scharf an. »Warum sollte ich das tun? Weil er sein Leben der Bildung und Erziehung in New York City gewidmet hat und eine Inspiration für jeden Einzelnen von uns ist?«

»Nein, er ist ein verdammter Mistkerl, aber vielleicht weiß er, wie du das hier überstehen kannst!«

»Ich würde diesen Typen nicht mal dann um Hilfe bitten, wenn ich an der Schwelle des Todes stehen würde«, antwortete Jax stur.

Tommy war besorgt. »Woher willst du wissen, dass

nicht genau das der Fall ist? Was passiert mit Menschen, die nicht schlafen und nichts essen, weil sie nichts bei sich behalten können?«

»Sie kotzen in Bentleys«, antwortete Jax schlecht gelaunt. »Und du kannst mir glauben, der Chef meines Vaters hatte dazu einiges zu sagen.«

»Ich meine es ernst, Mann!«

»Du hast versprochen, mich die nächsten zwei Tage zur Schule zu bringen«, antwortete Jax. »Es ist mir egal, wie – und wenn du mich tragen musst. Meine Eltern dürfen nicht mitkriegen, dass es mir nicht gut geht. Wenn die Wahl vorbei ist, werden sie das Video runternehmen. Vielleicht nicht sofort, aber die Visionen werden ganz bestimmt nachlassen.«

Der Montag war ein Albtraum. Ein Hurrikan aus Rückkopplungen tobte um ihn herum. Zwar sah er die Schule – die Schüler und Lehrer -, aber es war, als wäre er ein Taucher, ein außerirdischer Besucher in einer stillen, trüben Welt. Wenn Tommy ihn nicht gestützt hätte, hätte er wahrscheinlich keinen Fuß vor den anderen setzen können.

Der Wahltag brach für Jax mit einer Mischung aus Triumph und Grauen an. Er konnte das Licht am Ende des Tunnels sehen – bald würde alles vorbei sein. Aber er wusste, dass ihn in den nächsten Stunden der bisher heftigste Wirbelsturm aus Rückkopplungen erwartete. Den Vormittag überstand er relativ gut. Zwar behielt er immer noch kein Essen bei sich und war darum schwach vor Hunger. Aber durch Herumprobieren hatte er herausgefunden, dass er nicht dehydrierte und einigermaßen konzentriert blieb, wenn er Wasser trank. Zumindest brachte er in der sechsten Stunde genug Kraft auf, die große Treppe zu seinem Englischkurs hochzusteigen.

»Nicht schlecht, Opus …«, begann Tommy.

Und da traf ihn die Welle. Jax war zu diesem Zeitpunkt schon weit über einzelne BiB-Bilder hinaus. Er versank in einem an- und abschwellenden Strom aus Orientierungslosigkeit. Ihm wurde schwindlig und Halt suchend griff er nach seinem Freund. Aber Tommy war auf den Treppenabsatz getreten und hatte sich auf die andere Seite neben ihn gestellt. Jax klammerte sich jetzt an Rachel Herschiser, die Freundin von Butch Rockman, der die achte Klasse zum dritten Mal wiederholte.

»Hey!«

Jemand riss das Mädchen von Jax weg, sodass er schwankend am Rand der Treppe stand und sich an niemandem mehr festhalten konnte.

Tommy sprang zwischen seinen Freund und den großen Jungen. »Bleib locker, Butch. Das war keine Absicht …«

Der Stoß hatte die Kraft einer Lokomotive. Tommy taumelte rückwärts und schubste Jax dabei vom Treppenabsatz. Jax stürzte und schlug auf dem langen Weg nach unten auf jeder Treppenstufe auf. Es musste eine Halluzination sein, aber er sah – oder glaubte zu sehen -, wie die BiB-Bilder in seinem Kopf wie die Kugeln in einer Lotto-Maschine durchgemischt wurden. Dann schlug er auf dem Boden auf und sah gar nichts mehr.

So friedlich war es die ganze Woche nicht gewesen.

26

Jax kam an einem Ort wieder zu sich, der ganz sicher nicht die I.S. 222 war. Durch den anhaltenden Strom an Rückkopplungen drang ein scharfer antiseptischer Geruch. Weiße Wände, rostfreier Stahl … ein Krankenhaus?

Er setzte sich im Bett auf und zerrte an der Kanüle in seinem Arm. Das erklärte, warum er sich trotz allem ziemlich gut fühlte. Tagelang hatten die Hypnose-Attacken ihm solch eine Übelkeit verursacht, dass er nichts hatte bei sich behalten können. Aber durch den Schlauch wurden ihm Flüssigkeit und Nährstoffe direkt zugeführt.

Vielleicht hat Butch Rockman mir einen Gefallen getan. Einmal ist immer das erste Mal.

Dann betastete er seinen Hinterkopf und wünschte, er hätte es nicht getan. Eine Beule so groß wie ein Ei unter einer weichen Mullbinde – und Schmerzen, die er sich gern erspart hätte.

Wenigstens ist es real, grübelte er. Dass er sich verletzt hatte, erinnerte ihn daran, dass die Gesetze der Naturwissenschaft trotz allem auch für einen Jackson Opus galten. Zurzeit war die Beule an seinem Kopf praktisch das Einzige, was ihn in der Welt verankerte.

Er spähte hinter dem blauen Vorhang um sein Bett hervor. Krankenschwestern und Krankenträger eilten hin und her; Transportliegen ratterten und die gedämpften Befehle der Sanitäter waren zu hören. Jax steckte immer noch in seiner Schulkleidung, also befand er sich wohl in der Notaufnahme. Wahrscheinlich gab es am Wahltag keinen besseren Platz für ihn, auch wenn er die Ursache für seinen Notfall keinem Arzt erklären konnte.

Er nahm die Fernbedienung vom Nachttisch und schaltete den Fernseher ein, der in einer Wandhalterung angebracht war. Als er sich durch die Sender zappte, ließ eine Schlagzeile im Kriechtitel der CNN seinen Daumen innehalten.

WAHLTAGSBEFRAGUNG DEUTET AUF
ERDRUTSCHARTIGEN UMSCHWUNG ZUGUNSTEN
DES DEMOKRATEN DOUGLAS IN DEN NY
VORWAHLEN ...
DURCH SIEG WÄRE DIE NOMINIERUNG SICHER

Jax lehnte sich zurück auf seine Beule am Hinterkopf, die sogar beim Kontakt mit dem weichen Kissen höllisch wehtat. Egal wie heftig der Ansturm der Rückkopplungen war, diese Nachricht schaffte es durch den Nebel in seinem Kopf bis zu seinem Verstand. Makos Plan funktionierte. Und er, Jackson Opus, hatte die Schlüsselrolle darin gespielt.

Mit einem armseligen Video hast du ein System zerstört, das mehr als zweihundert Jahre Bestand hatte!

Aber was wäre die Alternative gewesen, wo doch das Leben seiner Eltern auf dem Spiel gestanden hatte? Natürlich gab es in der Vergangenheit eine Menge Geschichten von Helden, die verheerende Opfer zum Wohle der Menschheit gebracht haben.

Ich bin kein Held.

Er konnte sich nicht mal mit dem Gedanken trösten, dass Mako einen anderen gefunden hätte, wenn er nicht mitgemacht hätte. Es *gab* keinen anderen. Er hatte sich in der einzigartigen Lage befunden, das heranrollende Übel zu stoppen. Stattdessen hatte er das Feuer noch angefacht.

Zu diesem Zeitpunkt war er dem ihm einzig sinnvoll erscheinenden Weg gefolgt, um seine Familie zu schützen. Dabei hatte er nicht weniger als das demokratische System seines Landes untergraben. Und jetzt, wo es vorbei war, waren Mom und Dad sicher? Nein! Mako hatte die Suggestion, die er ihnen eingeprägt hatte, nicht wieder gelöscht. Sie schwebten noch in ebenso großer Gefahr wie zuvor. Vielleicht sogar in noch größerer, da der Direktor jetzt wusste, dass Jax sich leicht erpressen ließ, wenn er die Menschen, die er liebte, in Gefahr wähnte.

Der Gedanke brachte Jax fast um. Seine Hypnose-Fähigkeiten waren größer als die von Mako. Das hatte der Direktor selbst gesagt. Eigentlich müsste er den Mann überwältigen können. Aber bei dem einzigen Mal, als er das versucht hatte, war er wie ein lästiges Insekt zerquetscht worden. Er war zu unerfahren. Und er würde nie besser werden, weil der einzige Mensch, der ihn trainieren und seine Gabe weiterentwickeln konnte, Mako war.

Er saß fest. In diesem Kampf würde sich nie jemand auf seine Seite schlagen, weil die ganze Welt glaubte, dass Elias Mako sein Leben der Bildung und Erziehung in New York City gewidmet hatte und bla, bla, bla. Es gab nicht einen einzigen Menschen, der den Direktor von Sentia so sah, wie er wirklich war.

Als Jax die Eingebung erreichte, war es, als würde die Sonne über dem Horizont aufgehen und ihre leuchtenden Strahlen sogar durch den Feuersturm der auf ihn einstürmenden Hypnose-Bilder hindurchschicken. Es gab jemanden, der Mako durchschaute. Axel Hirnbaum hatte von Anfang an gewusst, dass Mako skrupellos, verlogen und gefährlich war. Dieser Mann hatte versucht, Jax als Spion zu gewinnen. Jax war dumm genug gewesen, ihn zu beschimpfen. Aber jetzt hatten sich die Vorzeichen geändert. Jetzt war der Präsident der Sandmann-Gilde Jax' einzige Hoffnung.

»Oh, du bist wach.« Eine in Weiß gekleidete Schwester platzte durch den Vorhang. »Du bist schlimm gestürzt. Wie fühlst du dich?«

»Ziemlich gut«, log Jax. Er schwang ein Bein über die Bettkante. »Ich kann es kaum erwarten, zurück zur Schule zu gehen ...«

Sanft, aber bestimmt drückte sie ihn zurück aufs Bett. »Die Schule wird auch ohne dich zurechtkommen. Erst mal ...«, sie schob das Tablett neben dem Bett direkt vor ihn und ließ einen dicken Stapel Formulare darauf plumpsen, »... habe ich hier ein paar Einweisungspapiere, die du ausfüllen musst.«

»Aber ich will nicht eingewiesen werden«, protestierte Jax. »Ich will *entlassen* werden.«

»Na ja, du kannst nicht entlassen werden, wenn du vorher nicht eingewiesen wurdest«, bemerkte sie und knallte einen Stift oben auf den Stapel. »Ich sehe später wieder nach dir.«

Kaum dass sie weg war, schob Jax das Tablett von sich, riss sich die Infusionsnadel aus dem Arm und schlüpfte in seine Turnschuhe. In der Notaufnahme war viel los, niemand würde einen Zwölfjährigen mit einem Verband um den Kopf bemerken. Sorge bereitete ihm nur die für ihn zuständige Krankenschwester. Einen Patienten mit nicht ausgefüllten Papieren zu verlieren, war wahrscheinlich ein schwerer Verstoß gegen die Vorschriften im … er wusste nicht einmal, in welchem Krankenhaus er sich befand.

Fast hatte er es geschafft, es waren nur noch zehn Schritte bis zur Tür nach draußen. Da schrie plötzlich jemand wie irre drauflos: »*Haltet das Kind!*«

Zwei große Krankenpfleger setzten sich in Bewegung, aber da rannte Jax bereits. Er stürmte durch das Wartezimmer und durch die automatischen Schiebetüren nach draußen. Immer noch bombardierten ihn die Rückkopplungen und nahmen ihm die Orientierung, aber zum Glück sorgte die Dringlichkeit des Augenblicks dafür, dass er konzentriert blieb.

Er stellte fest, dass er vom Beth Israel Medical Center davonrannte, und tauchte auf dem Wochenmarkt des Union Squares unter. Er warf einen Blick über die Schulter und sah, wie die Krankenpfleger durch die Tür aus dem Gebäude stürmten, sich umsahen und wieder zurück ins Krankenhaus gingen. Anscheinend war er eine Verfolgung nicht wert, nicht mal für das Verbrechen, seine Papiere nicht ausgefüllt zu haben.

Dieser winzige Erfolg versetzte ihm einen Energieschub. Endlich hatte mal etwas geklappt. Nächster Tagesordnungspunkt: Axel Hirnbaum. Der Präsident der Sandmann-Gilde hatte ihm eine Visitenkarte gegeben, aber Jax hatte keine Ahnung, was er damit gemacht hatte. Seine einzige Verbindung zu dem Mann war der 1-2-3 Münz-Waschsalon auf der Seventh Avenue, wo die Gilde ihre wöchentlichen Treffen abhielt.

Vom Union Square lief man etwa fünfzehn Minuten dorthin. Er betrat den schmuddeligen Laden, eilte an den Kunden und ihren Wäschekörben vorbei und platzte in das Hinterzimmer, in dem das Treffen beim letzten Mal stattgefunden hatte.

Leer.

Okay, sagte Jax zu sich selbst. *Es war einen Versuch wert. Und schließlich musste er ja irgendwo sein.*

Gerade hatte Jax beschlossen, nach Hause zu gehen und das Apartment nach Hirnbaums Visitenkarte zu durchwühlen, als er die sehr große Frau am Trockner Nummer acht wiedererkannte. War sie nicht ein Sandmann ... eine Sandfrau? Er hatte sie bei der Versammlung gesehen – Evelyn Lolis, die sich ihre Brötchen verdient hat, indem sie die Jury bei Schönheitswettbewerben hypnotisierte.

Er eilte zu ihr. »Ich muss mit Axel Hirnbaum sprechen.«

Sie stopfte Münzen in die Maschine und drehte sich nicht mal nach ihm um. »Seh ich aus wie seine Mutter?«

»Ich weiß, dass Sie in der Sandmann-Gilde sind. Bitte, es handelt sich um einen Notfall.«

Jetzt endlich sah sie ihn an. »Du bist der Opus-Sprössling. Wozu brauchst du Axel?« Ihr Gesicht erhellte sich. »Suchst du nach einem Geschäftspartner?«

»Es geht um Elias Mako.«

Es dauerte keine zehn Sekunden, da hatte sie Hirnbaum am Telefon und reichte ihn an Jax weiter.

Von Rückkopplungen gebeutelt und betreten, weil er den Mann vorher abgeschmettert hatte, platzte Jax mit seiner Nachricht heraus: »Mako hat die Wahlen manipuliert.«

Hirnbaum fragte nicht »Wie?« oder wollte Beweise, die das belegen konnten. Seine Antwort kam prompt und war hundertprozentig auf den Punkt: »Wo bist du?«

»Im Waschsalon.«

»Rühr dich nicht von der Stelle«, befahl Hirnbaum. »Ich bin in zehn Minuten da.«

27

Jax hätte nie gedacht, wie froh er einmal sein würde, den grauen Pferdeschwanz durch die Eingangstür zum Waschsalon wippen zu sehen.

Hirnbaum war schockiert bei Jax' Anblick – deutlich dünner, sehr blass, mit gehetzten blutunterlaufenen Augen. »Was ist mit dir passiert, Junge? Was hat Mako dir angetan?«

Mit brüchiger Stimme sprudelte die ganze Geschichte aus Jax heraus. Es war fast noch schlimmer, die Geschichte von Anfang an zu hören, als sie gelebt zu haben. In der Wirklichkeit war sie wenigstens Stück für Stück passiert. Sie jetzt nachzuerzählen war fast, als würde man den ganzen Albtraum in wenigen Minuten durchleben.

»Ferngesteuerte Hypnose!«, rief Hirnbaum überrascht aus. »Natürlich wurde das schon *ausprobiert*, aber geschafft hat es noch niemand! Das ändert alles, was wir über Sandmänner zu wissen glaubten!« Er runzelte die Stirn. »Aber warum siehst du aus, als hätte man dich gerade aus der Folterkammer entlassen?«

»Ich wurde nicht entlassen«, sagte Jax mit bebender Stimme. »Ich stecke immer noch drin. Sie wissen doch, wie es einen auslaugt, wenn man eine hypnotische Verbindung zu jemandem hat? Also ich habe hypnotische Verbindungen zu jedem, der sich dieses Video anschaut! Tausende und Abertausende von Menschen, vielleicht mehr!«

»Aber na klar!« Hirnbaum war entsetzt. »Die Verbindung existiert, egal, ob die Hypnose persönlich oder über einen Bildschirm durchgeführt wurde! Es muss dich fix und fertig machen!«

Jax nickte elend. »Am Anfang hat es sich angefühlt wie eine ganz normale Verbindung. Aber dann sind es so viele gleichzeitig geworden, dass ich alles nur noch verschwommen gesehen habe. Irgendwann ist es so schlimm geworden, dass ich nicht mehr essen konnte, nicht mehr schlafen, ja kaum noch laufen. Inzwischen kann ich nicht mehr sagen, ob es mir so schlecht geht wegen der Rückkopplungen oder weil ich seit über einer Woche keine richtige Mahlzeit mehr zu mir genommen oder weil ich keine Nacht durchgeschlafen habe – ganz zu schweigen von dem Schlag auf den Kopf, den ich mir bei meinem Sturz von der Treppe geholt habe. Es ist furchtbar!«

Hirnbaum war besorgt. »Du siehst schrecklich aus,

aber was mich wirklich beunruhigt ist, dass noch niemand vor dir je so etwas durchgemacht hat. Wir haben keine Ahnung, wie die Spätfolgen aussehen könnten. Vielleicht sollten wir dich ins Krankenhaus bringen.«

Jax lachte unglücklich. »Ich bin gerade aus einem abgehauen! Wir müssen einen Weg finden, wie wir Makos Plan vereiteln, ohne dass er sich an meinen Eltern rächt.«

Der alte Mann warf einen Blick auf die Uhr im Waschsalon, die die Form von ein paar Tennissocken hatte. »Die Wahllokale schließen in ein paar Stunden. Jetzt können wir nicht mehr viel tun, um die Wahlen noch zu beeinflussen. Wir können uns aber überlegen, wie wir seine Pläne bei den Präsidentschaftswahlen durchkreuzen. Aber bevor wir das tun können, müssen wir dafür sorgen, dass deine Eltern in Sicherheit sind.«

*

Keiner von Jax' Eltern ging ans Handy.

Als Nächstes versuchte Jax, sie auf der Arbeit zu erreichen. Die Empfangsdame beim Bentley-Händler teilte ihm mit, dass Ashton Opus das Büro wegen dringender Familienangelegenheiten hatte verlassen müssen. »Sein Sohn ist im Krankenhaus, wissen Sie.«

In der chiropraktischen Praxis seiner Mutter verkündete ihm eine Ansage auf dem Anrufbeantworter, dass die Praxis wegen »unvorhergesehener Umstände« geschlossen sei.

»Sie suchen mich im Beth Israel«, überlegte Jax. »Ich habe wirklich keine Lust, wieder dahin zu gehen. Diese Krankenschwester ist wahrscheinlich immer noch sauer.«

»Ruf deine Eltern noch mal an«, befahl Hirnbaum. »Sprich ihnen auf den Anrufbeantworter. Sag ihnen, dass sie uns zu Hause treffen sollen. Wir müssen handeln, bevor Mako sie in seine Fänge bekommt.«

Auf der Taxifahrt zur Wohnung der Familie Opus, hatte Jax eine Menge Fragen an den Präsidenten der Sandmann-Gilde. »Wie können wir ihnen helfen? Können wir das, was Dr. Mako getan hat, wieder rückgängig machen?«

»Eins nach dem anderen«, beruhigte ihn Hirnbaum. »Das wissen wir erst, wenn wir in ihre Köpfe geschaut haben.«

»Mein Dad wird ausflippen«, stöhnte Jax. »Er hasst Hypnose schon sein ganzes Leben lang. Und meine Mom leugnet es einfach. Warten Sie nur, was passiert, wenn wir ankündigen, dass Sie in den Köpfen meiner Eltern auf mentale Erkundungstour gehen wollen.«

»Wir werden es so kurz wie möglich machen«, versprach der alte Mann. »Ich schlage vor, du versetzt deine Mutter in Trance, damit sie sich keine Sorgen macht, während ich deinen Vater hypnotisiere.«

»Ihhhh, ich will nicht ins Gehirn meiner Mutter schauen. Diese ganzen privaten Gedanken und Frauensachen. Es ekelt mich schon, wenn ich nur ihre Wimpernzange sehe.«

»Nur Mut, Jax. Denk daran, wofür wir es tun.«

Der Empfang zu Hause war bewegend. Beide Elternteile waren so erleichtert, ihren Sohn an einem Stück wiederzukriegen, dass jede Mühe und Sorge schnell vergessen war. Mrs Opus drückte Jax in einer mütterlichen Umarmung an sich, und Mr Opus legte einen Arm um die Schulter seines Sohnes und flüsterte: »Wer ist der Bauer mit Pferdeschwanz?«

»Mom, Dad, darf ich euch Axel Hirnbaum vorstellen? Er ist ... ein Freund von mir.«

»Nicht aus der Schule, nehme ich an«, sagte seine Mutter lahm.

»Hocherfreut, Sie kennenzulernen.« Hirnbaum gab Mr und Mrs Opus jeweils eine Visitenkarte.

Ashton Opus las: »Mentale Erkundungstouren? Warten Sie ... Sie sind doch keiner von diesen ...« Er hätte noch mehr gesagt, aber der alte Mann fixierte ihn mit einem stechenden Blick und versetzte ihn im Handumdrehen in Trance.

Es war das erste Mal, dass Monica Opus einer Hypnose aus nächster Nähe beiwohnte, und sie war zu

Tode erschrocken. Sie schnappte sich eine Kristallvase und schwang sie wie eine Waffe durch die Luft. »Lassen Sie meinen Mann in Ruhe, Sie …«

Jax sprang vor sie und versank seine dunklen Augen tief in ihren.

»Jackson Howard Opus, wie kannst du es wagen …«

Weiter kam sie nicht. Ihr BiB-Bild spiegelte sich vor ihm wider, viel deutlicher als das chaotische Bilderwirrwarr, das er immer noch empfing.

»Beeilen Sie sich«, rief er über die Schulter. »Wenn sie aufwacht, wird sie mich umbringen.«

Der alte Mann gab keine Antwort, er befand sich in einer tiefen hypnotischen Verbindung mit Mr Opus. Vielleicht besaß Jax die größere natürliche Gabe, aber er hatte noch nie einen Hypnotiseur gesehen, der so komplett konzentriert war wie Hirnbaum. Seine Aufmerksamkeit war wie die Lampe bei einem Verhör auf Dad gerichtet, der ruhig und leise zu antworten schien. Das Oberhaupt der Sandmänner hatte sein Leben und seine Gilde der Aufgabe gewidmet, der Versuchung zu widerstehen, Menschen zu hypnotisieren. Aber es war ganz klar zu sehen, dass er extrem gut darin war, wenn er es tat.

Aber ist er gut genug, um die tödliche Suggestion, die Mako in Dad verankert hat, aufzuheben? Geht das überhaupt?

Wenn es nicht klappte, wären die Folgen fatal. Und

nicht nur für seine Mutter und seinen Vater. Zum ersten Mal dachte Jax an seinen eigenen furchtbaren Gesundheitszustand – ausgelaugt und blass, ausgemergelt und ängstlich. Woran lag das nur?

Plötzlich stockte er. Moment mal! Er wusste ganz *genau*, woran es lag.

Das waren nicht *seine* Gedanken; es waren *Moms*! Durch die hypnotische Verbindung sickerten ihre Gefühle zu ihm durch! Das Letzte, worüber ein Junge Bescheid wissen wollte, waren die innersten Gefühle seiner Mutter.

Er versuchte, seinen Geist ein wenig zu verschließen, spürte aber, wie die Verbindung dadurch ins Schwanken geriet und gab die Idee gleich wieder auf. Also gut. Wenn er die Gedanken seiner Mutter nicht abwehren konnte, konnte er sich wenigstens ablenken, um sie nicht zu empfangen.

O say, can you see, by the dawn's early ligth, what so proudly we hailed …

Diese patriotische Hymne wurde unterbrochen, als Hirnbaum ihm auf die Schulter klopfte. Dad wartete geduldig, mit halb geschlossenen Lidern, in hypnotischem Leerlauf.

»Und?«, zischte Jax.

»Ich weiß jetzt, mit was wir es zu tun haben.« Der alte Mann holte tief Luft. »Es ist grausam, sogar für eine von Makos Ideen.«

Jax war ernüchtert. »Irgendwie hatte ich gehofft, dass er nur blufft.«

»Ich werde das Auslösewort jetzt nicht erwähnen. Es ist zu gefährlich. Wenn sie es hören, werden deine Eltern zur nächsten Subway-Station gehen und sich vor einen Zug werfen.«

Wut und Horror übermannten Jax zur gleichen Zeit. »Was für ein Ungeheuer denkt sich so etwas aus?«

»Ich habe es dir gesagt, Dr. Mako ist nicht so, wie er scheint. Außer für mich. Für mich war er schon immer inakzeptabel.«

Inakzeptabel war nicht das Wort, das Jax gewählt hätte. »Aber Sie haben es wieder in Ordnung gebracht, stimmt's? Jetzt müssen wir nur noch dasselbe mit Mom machen.«

Der Präsident der Sandmann-Gilde schüttelte traurig den Kopf. »Ich kann Elias Mako nicht leiden, aber er versteht den inneren Mechanismus des menschlichen Verstandes wie kein anderer. Das hier lässt sich nicht so reparieren, wie du meinst.«

Jax war entsetzt. »Warum nicht? Können wir nicht einfach eine eigene Suggestion verankern? Sie wissen schon ... Wenn Sie das Auslösewort hören, springen Sie *nicht* vor einen Zug?«

»Hierbei handelt es sich nicht um einen einfachen Hypnose-Trick«, erklärte Hirnbaum. »Mako hat es geschafft, die Suggestion in den Grundfesten der Selbstwahrnehmung deines Vaters zu verankern. Und was sogar noch gefährlicher ist: Er scheint einen Schutzmechanismus gegen jedwede Form von Gegensuggestion eingebaut zu haben. Ich bin mir nicht ganz sicher, wie er funktioniert, aber wenn wir versuchen, Makos Handschrift zu überschreiben, könnte das den gegenteiligen Effekt erzielen und alles auslösen.«

Jax bekam Panik. »Sie meinen, es gibt gar *nichts*, was wir tun können? Also bin ich für immer Makos Sklave oder meine Eltern müssen sterben?«

»So weit würde ich nicht gehen«, beruhigte ihn der alte Mann. »Wenn alle Bedingungen von Makos Hypnose-Kommando erfüllt werden, dann verschwindet die Suggestion. Schließlich kann man nur einmal sterben.«

Jax war entsetzt. »Aber dann sind sie tot!«

»Die Kunst der Suggestion ist sehr wörtlich zu nehmen«, belehrte ihn Hirnbaum. »Deswegen sind Sandmänner schlechte Bambini-Trainer. Du sagst einem Kind, es soll den Ball ins Tor nageln, und es rennt los und holt Hammer und Nagel.«

Die Verbindung zu seiner Mutter begann zu flimmern. Wenn Jax sich nicht konzentrierte, würde sie jeden Moment aufwachen und nicht gerade erfreut sein.

»Aber wie könnte jemand *Wirf dich vor einen Zug* falsch verstehen?«, wollte Jax wissen.

»Du wirst mir vertrauen müssen.«

»Der Letzte, dem ich vertraut habe, war Mako.«

»Ich bin nicht Mako.«

»Nein«, stimmte Jax ihm zu. »Sie sind ein verurteilter Kunstdieb, der Selbsthilfegruppen in einem Waschsalon leitet.«

»Aber vertraust du mir?«, bohrte Hirnbaum nach.

Und Jax musste erstaunt feststellen, dass er das tatsächlich tat.

28

Der erste Teil von Hirnbaums Plan sah vor, dass die Opus sich auf den Weg machten, um sich selbst umzubringen. Mit anderen Worten: Sie mussten Dr. Makos posthypnotische Suggestion absichtlich auslösen.

Obwohl Jax eingesehen hatte, dass es keinen anderen Weg gab, um die Zeitbombe im Inneren seiner Eltern zu entschärfen, hatte er sich nur qualvoll dazu durchringen können. Immerhin ging es seinen Eltern im Augenblick gut. Die Vorstellung, die Weichen zu stellen, um sie – absichtlich – umzubringen, war unvorstellbar grauenhaft.

»Machen Sie es«, sagte Jax zu Hirnbaum. »Ich habe vielleicht nicht den Mut dazu.«

Die beiden Sandmänner holten Jax' Eltern aus der Hypnose zurück. Jax war immer noch so durcheinander von den Rückkopplungen, dass er versäumt hatte, seiner Mutter zu befehlen, alles, was gerade passiert war, zu vergessen. Als sie wieder zu sich kam, war sie immer noch wütend. »Wie kannst du es wagen, diesen Hexendoktor zu uns nach Hause zu bringen und ihn auf deinen Vater anzusetzen? Nur weil du zufällig ein Talent für Hypnose hast, gibt dir das noch lange nicht das Recht …«

Ihre Strafpredigt setzte ihm so zu, dass er seine Ängste überwand und Hirnbaum zunickte, damit er das Auslösewort sagte. Wahrscheinlich war es der einzige Weg, ihr Gezeter zu stoppen.

»Lusitania«, verkündete der alte Mann klar und deutlich.

Jax hatte mindestens einen Donnerschlag erwartet und dass seine Mutter und sein Vater hektisch losrannten. Aber alles lief sehr gesittet ab. Mrs Opus glättete ihr Haar und nahm ihre Handtasche. Ihr Mann rückte seine Krawatte zurecht. Wortlos schlüpften die Opus in ihre Jacken und verließen das Gebäude, um zu sterben.

Jax und Hirnbaum folgten wenige Schritte hinter ihnen.

»Ich fass es nicht, dass sie so *ruhig* sind«, flüsterte Jax. »Als würden sie Brot kaufen gehen.«

Hirnbaum nickte. »Die Reaktion auf eine posthypnotische Suggestion ist immer sehr sachlich.«

»Okay, aber sie bringen sich um!«

»Sie reagieren auf eine Reihe von spezifischen Anweisungen«, ergänzte Hirnbaum. »Und so werden wir ihnen das Leben retten.«

Als sie an der Ecke die Straße überquerten, grüßte eine Nachbarin Jax' Eltern. Die Opus sahen direkt durch sie hindurch und gingen weiter. An der nächsten Kreuzung erlebten sie einen Moment der Anspannung, als die Ampel umschaltete, das Paar trennte und Hirnbaum und Jax nicht gleich wussten, wer bei wem bleiben sollte. In dem Durcheinander befand Mr Opus sich plötzlich einen Block weiter vorn und die Sandmänner beschatteten beide seine Frau. Verzweifelt sprintete Jax los und holte den schwach sichtbaren Glatzkopf seines Vaters ein. Ein abgewürgter Liefertransporter sorgte für Stau auf dem Fußgängerweg und erlaubte es Mrs Opus und Hirnbaum wieder aufzuschließen.

Dann sah Jax es am Ende der Straße: den Eingang zur Canal-Street-Subway-Station. Er schluckte schwer und zwang sich zur Konzentration trotz des anhaltenden Wirbelsturms von Hypnose-Bildern. Was auch immer geschehen würde, es würde dort geschehen.

»Bleib bei deinem Vater, egal, was passiert«, befahl der alte Mann. »Ich kümmere mich um deine Mutter.«

Jax fühlte, wie sich ein Eisklumpen in seinem Magen bildete, als er zusah, wie seine Eltern die Betonstufen zur Station hinabstiegen. Es sah so normal und alltäglich aus, dass man sich nur schwer vorstellen konnte, was jetzt kommen würde. Zwar hatte sich Jax inzwischen an Hypnose gewöhnt und war sogar gut darin.

Aber nichts hätte ihn auf diesen Moment von Leben und Tod vorbereiten können.

Die Opus zogen ihre Fahrkarten durch und betraten die Station, dicht gefolgt von Hirnbaum. Jax ging zum Drehkreuz …

Und erstarrte.

In diesem kritischen Augenblick, wo jeder Moment bis in die Zehntelsekunde hinein durchgeplant war, sorgte ein dämlicher Fehler dafür, dass die Waage in Richtung Tragödie kippte. Seine Monatskarte lag zu Hause auf der Kommode! Sein Blick huschte zum Fahrkartenautomaten, wo eine lange Schlange stand. Bis er an die Reihe käme, wäre wenigstens einer seiner Eltern tot.

Ohne zu zögern, sprang Jax über die Absperrung und rannte zur Treppe, die hinunter auf den Bahnsteig führte. Eine Hand packte ihn an der Schulter und hielt ihn zurück. Er wirbelte herum und stand vor einem kräftigen Kontrolleur.

»Was ist los, Junge? Du hältst dich wohl für was ganz Besonderes, dass du glaubst, nicht wie alle anderen eine Fahrkarte lösen zu müssen?«

»Ich … ich … ich …« Eine Bitte formte sich in seiner Kehle, aber da spürte er das erdbebenartige Rumpeln eines Zuges, der sich der Station näherte. Selbst wenn er die richtigen Worte finden würde, hätte er keine Zeit mehr, um Mom und Dad zu retten!

Er starrte den Mann mit der Intensität eines Laserstrahls an und versuchte, die jahrhundertealte Geschichte der Opus und Sparks in einer einzigen hypnotischen Explosion heraufzubeschwören. Der Kontrolleur wich leicht zurück und sackte dann in sich zusammen, reglos. Jax löste sich aus seiner Starre und sprintete zur Treppe. Als er von der letzten Stufe sprang, spürte er den Luftstoß, den der Zug vor sich her aus dem Tunnel schob. Der Anblick, der sich ihm bot, ließ fast sein Herz stillstehen.

Mom stand sprungbereit auf dem gelben Sicherheitsstreifen. Hirnbaum war direkt hinter ihr und sah sich hektisch nach Jax um. Seine Verzweiflung bedurfte keiner weiteren Erklärung. Er konnte einen retten, aber nicht zwei.

Mit klopfendem Herzen suchte Jax den Bahnsteig ab. In diesem Augenblick war er sich keiner Rückkopplungen bewusst. Das gesamte Universum mündete in einer einzigen, lebenswichtigen Frage: *Wo war Dad?*

Die quietschenden Bremsen des herannahenden Zuges waren jetzt ohrenbetäubend. Die Scheinwerfer furchten wie eine Harke durch die Station.

Im allerletzten Augenblick entdeckte Jax den vertrauten kahlen Fleck, der etwa sechs Meter hinter Mom an der Kante stand.

Jax rannte wie verrückt zu seinem totgeweihten Vater. Die Zugspitze brach durch den Tunnel. Dad ging leicht in die Hocke und bereitete sich auf den Sprung vor.

»Neiiiiiiiiin!«

Mit einem Hechtsprung flog Jax durch die Luft. Als er seine Arme um die Hüften seines Vaters schlang, spürte er, wie Dads Schwung sie beide über die Kante zog. Immer noch mitten in der Luft verlagerte er sein Gewicht ruckartig weg von dem heranbrausenden Zug. Sie fielen beide auf den Beton und rollten von dem Spalt weg, als Hunderte von Tonnen Metall kreischend in die Station einfuhren. Als seine Wange auf dem Bahnsteig aufschlug, erhaschte er aus den Augenwinkeln einen Blick auf Hirnbaum, der eine schreiende Monica Opus mit dem Rücken an einen Mülleimer gedrängt hatte.

Dad weinte und jammerte herzzerreißend. Mit den Fäusten hämmerte er gegen Brust und Schultern seines Sohnes. Für Jax war das fast genauso schlimm wie der Beinahezusammenstoß mit dem Zug. Er hatte seinen Vater noch nie eine Träne vergießen sehen, geschweige denn emotional komplett zusammenbrechen.

Ein Haufen Zuschauer scharte sich um sie, aber Jax bemerkte es kaum.

Hirnbaum schob Mrs Opus zu ihrem Mann und Sohn. Jax' Mutter schluchzte und das Gesicht seines Vaters war eine Maske des Schreckens.

»Was haben Sie?«, fragte Jax.

»Sie haben durchlebt, was es heißt, sein Leben aufzugeben«, flüsterte Hirnbaum.

»Aber es geht ihnen doch *gut* …«, protestierte Jax. Er entdeckte einen blutigen Kratzer am Kinn seines Vaters. Wahrscheinlich war der schmerzhaft.

Aber welchen Schaden hätten sie davongetragen, wenn ich es nicht getan hätte?

Der Zug hielt ruckelnd an und die Türen öffneten sich. Fahrgäste stiegen aus und ein und die Neugierigen um sie herum zerstreuten sich wieder. Ein Mann bot an, den Notruf zu verständigen. Aber er schien erleichtert, als Hirnbaum ihm versicherte, dass das nicht nötig sei.

Die Opus waren immer noch aufgewühlt, aber ließen sich nebeneinander auf eine Bank setzen.

»Sollten wir sie nicht von hier wegbringen?«, fragte Jax besorgt. »Woher wissen wir, dass sie nicht versuchen werden, vor den *nächsten* Zug zu springen?«

»Sie sind nicht mehr in Gefahr«, sagte das Oberhaupt der Sandmänner. »Sie haben die Suggestion befolgt.«

»Sind Sie sicher?«, bohrte Jax nach. »Wir haben sie in der letzten Minute gestoppt.«

»Genau deswegen musste es in der letzten Minute sein. Eine Suggestion ist wie ein hypnotischer Vertrag. Um den Vertrag zu erfüllen, mussten sie sich selbst vom Bahnsteig vor einen Zug werfen. Das haben sie gemacht. Die Tatsache, dass wir sie zurückgezogen haben, ist irrelevant. Sie sind frei.«

Jetzt, wo die unmittelbare Krise vorbei war, verspürte Jax eine Welle der Erleichterung, gefolgt von einem heftigen Rückkopplungsstoß, der ihn fast umhaute.

Wahrscheinlich ist das das Gegenmittel, dachte er mit einem schmerzverzerrten schiefen Lächeln. *Wenn man sich zu Tode erschreckt, vergisst man, wie schlecht es einem geht.*

Der Bahnsteig an der gegenüberliegenden Seite begann zu beben und kreischendes Brüllen kündigte die Ankunft des Uptown-Expresses an. Der Lärm schreckte die Opus auf und ließ sie wieder zu sich kommen. Obwohl Hirnbaum es ihm versichert hatte, war Jax dennoch heilfroh, dass seine Eltern keine Anstalten machten, zum anderen Bahnsteig zu rennen, um Makos Befehl erneut in die Tat umzusetzen.

Mr Opus schüttelte sich wie ein nasser Hund. »Was machen wir in der Subway? Wir haben einen Bentley!«

»Sie machen ihn gerade sauber, Dad«, erinnerte ihn Jax. »Die Kotze, erinnerst du dich?«

»Wir konnten dich im Krankenhaus nicht finden«, erinnerte sich Mrs Opus. »Und du hast zu Hause auf uns gewartet, mit diesem schrecklichen Mann, der deinen Vater angegriffen hat …«

»Der Bauer mit dem Pferdeschwanz!«, fügte ihr Mann hinzu.

Hirnbaum trat einen Schritt vor. »Ich bin immer noch hier.«

»Er heißt Axel Hirnbaum und er hat euch gerade das Leben gerettet … euch beiden«, informierte Jax sie.

»Wir haben Ihnen viel zu erzählen«, sagte der alte Mann. »Suchen wir uns einen Platz, an dem wir reden können.«

*

In einem Bagelladen, in der Nähe der Subway-Station, lauschten die Opus der ganzen Geschichte. Bei jedem neuen Detail entglitten ihnen ihre Gesichtszüge etwas mehr. Sie waren entgeistert und bestürzt. Jax' Kraft der ferngesteuerten Hypnose; die tödliche Suggestion, um sich seiner Mitarbeit zu versichern; das Video-Virus; der Sturm an Rückkopplungen, der ihren Sohn immer noch attackierte; und am entsetzlichsten von allem, Makos Plan, seine Marionette ins Weiße Haus zu setzen.

»Ich … ich kann es nicht glauben«, brachte Mr Opus schließlich schwach hervor. »Dr. Elias Mako hat sein Leben der Bildung und Erziehung in New York City gewidmet und ist eine Inspiration für jeden Einzelnen von uns!«

»Nein, ist er nicht«, sagte Jax sanft. »Er hat dich in seinen Bann geschlagen, damit du das glaubst … wahrscheinlich während er dir die Suggestion eingeprägt hat, die dich vor einen Zug hat springen lassen. Er ist ein böser Mensch, Dad. Und ich meine Voldemortböse.«

Seine Mutter war fast genauso blass wie ihr Sohn, ihre Zähne klapperten gegen ihre schwere Kaffeetasse. »Wir müssen zur Polizei gehen«, beharrte sie. »Wenn es stimmt, was du sagst, dann hat gerade jemand versucht, uns *umzubringen*!«

»Keine Polizei!«, sagte ihr Mann scharf. »Zwar habe ich versucht, meine ganze Kindheit zu vergessen, aber an eine Sache erinnere ich mich noch ganz genau: Erwähne Hypnose *nie* vor der Obrigkeit. Zu viele Opus haben ihre Leben bereits in Zwangsjacken und Zimmern mit gepolsterten Wänden verbracht.«

»Außerdem«, fügte Jax hinzu, »hängen der Bürgermeister und der Polizeipräsident beide an Makos Wand der Schande. Sie stehen wahrscheinlich genauso unter seiner Fuchtel wie Senator Douglas.«

»Also tun wir einfach *nichts*?«, fragte sie wütend. »Wir sind gerade fast *gestorben*! Unser Sohn stolpert durch die Gegend, als hätte er die Pest! Jemand versucht unser ganzes politisches System zu untergraben!«

Die vierte Person am Tisch, der Präsident der Sandmann-Gilde, kaute nachdenklich an einem Rosinen-Vollkornbagel. »Vielleicht gibt es etwas, was wir tun können.« Erwartungsvoll sahen ihn die anderen an. »Mako kontrolliert Trey Douglas durch Hypnose. Aber der Senator wäre auch jedem anderen Sandmann gegenüber wehrlos, vor allem gegenüber einem, der so mächtig ist wie Jax.«

Jax blinzelte. »Sie glauben, ich kann Mako ausstechen und ihm Douglas weghypnotisieren?«

»Nun ja«, antwortete Hirnbaum, »ganz so einfach ist das nicht ...«

»Das können Sie laut sagen!«, rief Jax. »Ich hab schon mal versucht, Mako in meinen Bann zu schlagen, und er hat mich fertiggemacht!«

»Das ist ganz normal«, versicherte ihm der alte Mann. »Du hast erst vor ein paar Monaten von deinen Fähigkeiten erfahren; er dagegen entwickelt und verfeinert sie seit Jahrzehnten. Aber du musst dir doch nur deine Fähigkeit zur Fernhypnose anschauen, um das Ausmaß deiner Kräfte zu begreifen. Du bist eine ganz große Nummer.«

Jax war verbittert. »Einmal die Woche gehen Sie zu Ihrem Waschsalon und predigen, der Versuchung zu widerstehen, jemanden zu hypnotisieren, aber ich soll einen US-Senator in meinen Bann schlagen?«

»Weil du einzigartig bist unter unseresgleichen, Jackson Opus«, antwortete Hirnbaum, ohne zu zögern. »Die meisten Sandmänner in deinem Alter würden Lehrer hypnotisieren oder jemanden, damit er mit ihnen zum Abschlussball geht, oder den Mann an der Kinokasse, damit er sie umsonst reinlässt. Aber du hast ehrlich kein Interesse an persönlicher Bereicherung. Dein Talent ist unerreicht und das bist du auch.«

»Das bringt mir viel«, fügte Jax sarkastisch hinzu. »Genug Rückkopplungen für eine Einlieferung ins Krankenhaus und ein bösartiges Genie auf den Fersen, das es auf meine Eltern abgesehen hat.«

»Wahre Größe ist eine Last«, räumte der alte Mann ein. »Ich wünschte, ich könnte es an deiner Stelle tun. Aber im Gegensatz zu dir kann man mir in Bezug auf Macht nicht trauen. Meine Erfahrung mit der Gefängnisbehörde ist der Beweis dafür. Ich kann meine Fähigkeit nur eine begrenzte Zeit lang nutzen, bevor die Welt anfängt, wie ein fantastisches Einkaufszentrum auszusehen, in dem auf allen Preisschildern *gratis* steht. Ich bin mir nicht sicher, ob ich Trey Douglas hypnotisieren und dabei der Versuchung wiederstehen könnte, mich auf Makos Stufe zu begeben und genauso böse zu werden wie er. Nur dir können wir trauen, das Richtige zu tun ... Du musst den Senator in Trance versetzen und ihn zwingen aus dem Wahlkampf auszuscheiden.«

Monica Opus hatte genug gehört. »Wenn Elias Mako dort sein wird, will ich auf keinen Fall, dass Jax hingeht. Dieser Mann kriegt unsere Familie nicht mehr zu

Gesicht. Es ist mir egal, ob er einen rosa Pudel zum Präsidenten wählen lässt! Er wird nie wieder die Gelegenheit bekommen, uns noch mal Schaden zuzufügen!«

»Mako wird Jax noch einmal für die Präsidentschaftswahlen im Herbst brauchen«, sagte der Chef der Sandmänner ernst. »Und sie beide zu bedrohen, ist der einfachste Weg, ihn zur Kooperation zu bewegen. Die einzige Lösung ist, dem Ganzen heute Abend einen Riegel vorzuschieben.«

»Moment mal«, meldete sich Mr Opus zu Wort. »Ich kenne eine Menge dieser Spitzenpolitiker aus dem Autohaus. Sie gehen nicht mal aufs Klo ohne Gefolge. Jetzt, wo Douglas die Nominierung in der Tasche hat, wird er auch Mitarbeiter vom Geheimdienst haben. Niemand wird sich ihm nähern können.«

Hirnbaum nickte wiederstrebend. »Ich breche meine eigenen Regeln nur ungern. Aber dafür werden wir Hypnose brauchen.«

»Sie reden von einem zwölfjährigen Kind!«, beharrte Jax' Vater. »Selbst mit Ihrer Hilfe kommt er unmöglich an all den Sicherheitsleuten vorbei.«

Der alte Mann holte sein Handy hervor und klickte sich durch eine sehr volle Kontaktliste. »Zum Glück kenne ich zufällig eine Menge total frustrierte Sandmänner, die sich die Gelegenheit nicht entgehen lassen werden, ihr Talent für eine gute Sache einzusetzen. Und wenn dabei ein paar Brieftaschen abhandenkommen oder hier und da eine Rolex, dann ist das ein kleiner Preis, den wir für die Rettung unserer Demokratie zahlen müssen.«

29

Senator Douglas hatte die Pressekonferenz für neun Uhr abends anberaumt. Er hatte wichtige Neuigkeiten zu verkünden, da sein herausragender Sieg in New York ihm genug Delegierte an die Hand gab, um die Nominierung für die Präsidentschaftskandidatur der Demokraten in der Tasche zu haben.

Alle Fernsehsender übertrugen seine Ansprache live. Die Straße vor dem Hotel Galaxy war mit Übertragungswagen zugeparkt. Reporter sprachen in Mikrofone, bereiteten sich auf das Mammutereignis vor. In jeder Eingangstür standen dunkel gekleidete Männer, sprachen in ihre Headsets und ließen ihren wachsamen Blick über die Menschen schweifen, die sich zu Tausenden um das Gebäude geschart hatten.

Vor einer halben Stunde war der Kandidat höchstpersönlich in einer Stretchlimo mit schusssicherem Glas am Hotel vorgefahren. Senator Douglas wurde von seiner Familie begleitet, seinen wichtigsten Kampagnenberatern und einem großen Mann mit Hakennase, den nur wenige aus der Menge erkannten. Die Fernsehsender identifizierten ihn als den Direktor eines New Yorker Instituts bekannt als Sentia. Name: Elias Mako.

»Sieh ihn dir an«, murmelte Axel Hirnbaum hinten in der Menge. Er wandte sich an Ivan Marcinko, den in Ungnade gefallenen Elektroverkäufer. »Siehst du, was passiert, wenn sich Hypnose und blinder Ehrgeiz paaren?«

»Für mich sieht's nicht besonders schlimm aus«, kommentierte Marcinko. »Er ist ein großes Tier, das in einem schicken Auto herumchauffiert wird.«

»Für einen Cadillac gar nicht so schlecht, würde ich sagen«, begann Mr Opus. »Wir stellen eine elegante Stretchlimo her mit…« Plötzlich brach er ab. Heute Abend war er kein Bentley-Vertreter. Die nächsten Stunden konnten über die Zukunft der Opus – und über Leben und Tod – entscheiden. Nichts war ernster als das.

Der hohe Einsatz setzte Monica Opus eindeutig zu. Sie war eine starke, nüchterne Frau. Als Chiropraktikerin war sie es gewohnt, ein Röntgenbild anzuschauen und genau zu wissen, was getan werden musste… eine Wirbelsäulenkorrektur zum Beispiel. Bevor dieses ganze Drunter und Drüber losging, hatte sie noch nie etwas von den mächtigen Stammbäumen der Hypnotiseure gehört und schon gar nicht gewusst, dass sie von einem abstammte und in einen anderen eingeheiratet hatte. Es war schon schlimm genug, dass sich ihre Familie in Gefahr befand; aber die Vorstellung, dass ihr Schicksal von einer übersinnnlichen geistigen Macht abhing, die sie sich nicht einmal ansatzweise vorstellen konnte, war fast unerträglich.

Sie wandte sich an Jax. »Wo sind jetzt die vielen Sandmänner? Du hast gesagt, es gibt eine ganze Gilde.«

Bisher waren nur Marcinko und die große Evelyn Lolis, die entthronte Schönheitskönigin, eingetroffen.

»Sie werden kommen, Mom.« Jax wünschte, er könnte genauso zuversichtlich sein wie Hirnbaum, den es absolut nicht beunruhigte, dass seine Armee aus Hypnotiseuren noch nicht da war.

Ein positiver Aspekt: Jax war fast wieder er selbst. Gleich nachdem die Stimmabgabe für die Vorwahlen in New York beendet war, musste Dr. Mako den Stecker aus dem Video-Virus gezogen haben. Die Flut der Rückkopplungen war nur noch ein Rinnsal. Und auch wenn Jax hin und wieder mit ein paar Bildern zu kämpfen hatte, war es ein Kinderspiel im Vergleich zu dem, was er im Laufe der letzten Woche durchgemacht hatte. In ein paar Tagen würde der sich selbst löschende Virus wahrscheinlich ganz aus dem Internet verschwunden sein und er wieder normal leben können.

Wenn es nach heute Abend so etwas wie normal für mich überhaupt gibt.

Aber im Großen und Ganzen fühlte er sich ziemlich gut. Genau genommen fühlte er, wie sein Magen knurrte. Jetzt, wo die Kopfschmerzen und die Übelkeit nachgelassen hatten, holte ihn sein Appetit rachgierig ein.

Schade, dass sie die Pressekonferenz nicht in einem Steakhaus abhalten!

Jax überprüfte sein Handy. Tommy hatte ihm eine SMS geschickt: *Wo bist du, Mann? Im Krankenhaus behaupten sie, du hast die Zeche geprellt! Was ist los?*

Es war zwanzig Uhr vierzig. Der Sicherheitsdienst ließ Douglas' Kampagnenmitarbeiter bereits in den Festsaal. Wo waren die Sandmänner?

Und dann begannen sie einzutrudeln: aus der Subway, aus Bussen, aus Taxis. Sie parkten ihre Autos, ketteten ihre Fahrräder an und klemmten sich Skateboards unter den Arm. Sie kamen in allen Altern, Formen und Größen. Einige trugen Anzüge, andere zerrissene Jeans und verwaschene T-Shirts. Einer steckte im Gewand und den Sandalen eines Franziskanermönchs, komplett mit Tonsur. Als Gruppe unterschied die Neuankömmlinge nichts von der Menge. Und doch hätte Jax sie in einem Stadion mit neunzigtausend Sitzplätzen ausmachen können. Sie hatten etwas, das man nur als *den Blick* bezeichnen konnte. Eine Mischung aus Selbstbewusstsein und Geheimnis, gepaart mit einer Spur von Sorglosigkeit. Oder vielleicht lag es daran, dass sie eifrig darum bemüht waren, niemandem in die Augen zu schauen.

Der Pulk machte ihnen Platz, als sie sich durch die Menschenmenge zu Axel Hirnbaum schlängelten. Wie viele waren es? Zuerst zählte Jax ein Dutzend. Aber nein, es trafen immer mehr ein. Mr und Mrs Opus schauten zu, wie sich die seltsame Mischung von Persönlichkeiten zur Stelle meldete. Es mussten mindestens dreißig sein. Schon bald stand Hirnbaum in der Mitte eines bunt zusammengewürfelten Haufens von Gestalten, die auf seine Anweisungen warteten.

»Das sind die Hypnotiseure, von denen unsere Rettung abhängt?«, zischte Mrs Opus. »Sie kommen direkt aus der Kantinen-Szene in *Star Wars*!«

»Du hättest das Hochzeitsalbum meiner Eltern sehen sollen«, sagte ihr Mann.

»Du hast es mir nie gezeigt.«

»Ganz genau«, triumphierte er.

Hirnbaum sah erfreut aus, als er seine Truppen in die Mission zur Rettung der amerikanischen Demokratie einweihte. »Was haltet ihr von diesen Teilnehmerzahlen?«, prahlte er. »Wenn ihr euch genauso viel Mühe machen würdet, um an unseren Treffen teilzunehmen, gäbe es sehr viel mehr zufriedene Bewährungshelfer in dieser Stadt.«

Die Sandmänner stießen ein halb ärgerliches, halb verlegenes Gemurmel aus und ein paar von ihnen warfen einen Blick auf ihre Uhr. Also machte Hirnbaum weiter. »Die Sicherheitsvorkehrungen sind streng. Wir haben es mit dem Geheimdienst zu tun. Für den Fall, dass ihr vorher noch nie durch Sonnenbrillen hindurch hypnotisiert habt, lasst euch gesagt sein, dass es kniffelig sein kann, weil ihr nicht mit Sicherheit wisst, ob euch die Zielperson anschaut. Und dann müsst ihr auch noch daran denken, dass nur weil ihr einen Agenten in Bann geschlagen habt, das noch lange nicht heißt, dass sein Partner euch auch in Ruhe lässt.«

»Unser Ziel ist es, Jax nahe genug an Trey Douglas heranzukriegen, damit er ihn hypnotisieren kann, bevor er seine Antrittsrede hält«, fuhr der alte Mann fort. »Aber natürlich sollte jeder von euch, dem sich die Gelegenheit bietet, an den Senator heranzukommen, sie auch ergreifen. Haltet die Suggestion einfach: *Es freut mich, dass ich nominiert wurde. Danke, aber nein danke. Ich trete zurück*. Nichts Ausgefallenes. Mako hat diesen Typen seit Jahren in seinen Fängen, also wer weiß, was für hypnotische Sicherheitsvorkehrungen er eingebaut hat. Außerdem hätte ich gerne zwei Sandmänner bei Ashton und Monica …«

»Sand*personen*«, unterbrach Lolis den Gilde-Präsidenten.

»Danke, Evelyn. Das übernimmst du, du und … ja … Ivan. Mako darf nicht wissen, dass sie hier sind. Er hat schon einmal versucht, ihnen Schaden zuzufügen.«

Die Türen öffneten sich und die Sicherheitsleute ließen die Zuschauer eintreten und einzeln durch einen Metalldetektor gehen.

»So viele Menschen haben hier gar nicht Platz«, stellte Jax nervös fest. »Was, wenn wir nicht reinkommen?«

Hirnbaum lächelte geduldig. »Das wird für *uns* natürlich kein Problem sein.«

Es war beeindruckend, die Sandmänner in Aktion zu sehen. Als sie auf die Türen zuschwärmten, machten gewöhnliche Leute ihnen Platz. Als der Franziskanermönch von einem Sicherheitsmann beiseitegezogen wurde, änderte der Agent nach einem kurzen direkten Blickwechsel seine Meinung. Hirnbaums Truppen hypnotisierten sich ohne Frage mit beinah militärischer Präzision den Weg nach drinnen.

Als Jax durch den Metalldetektor trat, bemerkte er, dass vier Sandmänner um ihn herum ihm den Weg zum Festsaal freimachten. Die Lobby war ein Atrium, das sich über vierzehn Stockwerke hoch erstreckte. Auf drei Seiten war es von Balkonen gerahmt, und über dem prachtvollen Eingang hingen ellenlange Bahnen transparenter goldener Gardinen, die eine Fensterfront bedeckten, aber nicht verdunkelten. Er schaute sich um, versuchte, einen Blick auf seine Eltern zu erhaschen. Er konnte sie nicht entdecken und hoffte, dass der Grund dafür Lolis und Marcinko waren, die sie im Hintergrund und außer Sichtweite hielten.

Durch die prachtvollen Glastüren betrat er den Festsaal, wo eine jubelnde Menge den Sieg bei den New Yorker Vorwahlen feierte, durch den ihr Favorit die Kandidatur nun in der Tasche hatte. Wo man hinschaute, sah man Trey-Douglas-Schilder, sie hingen an den Wänden verteilt, und seine Anhänger schwenkten sie und trugen sie mit sich herum. Jax verrenkte sich den Hals, spähte über Köpfe, Plakate, Kamerablitzlichter und Mikrofone hinweg. Die Bühne war eingehüllt in rote, weiße und blaue Wimpel. Noch war sie leer, aber neben das Podium – mit Teleprompter – hatte man Stühle gestellt.

Als sie weiter nach vorn kamen, wurde die Menge lauter und wilder, und da alle nach vorn drängten, wurde es auch immer enger. Es wurde immer schwieriger vorwärtszukommen, und Jax' Begleiter fingen an, Zuschauer zu hypnotisieren, damit sie Platz machten. Jax beobachtete, wie Sandmann William Durbin eine fette Geldbörse aus der Brusttasche eines Schaulustigen zog, während er Jax ein weiteres Stück nach vorne brachte. Gerade wollte er etwas sagen, als ihm klar wurde, dass die aktuelle Krise weit wichtiger war als ein einzelner Fall von geringfügigem Taschendiebstahl. Ein paar Meter weiter vorn verschwand das Goldarmband einer Frau unter der rauen braunen Robe des Mönchs. Okay, mehrere Fälle von Taschendiebstahl, einige davon nicht ganz so geringfügig. Hirnbaum sah von hinten aus zu und runzelte missbilligend die Stirn. Der alte Mann hatte recht gehabt, dachte Jax. Die Sandmänner brauchten so viele Treffen, wie sie kriegen konnten.

Laute Aufregung machte sich breit, als die Podiumsgäste im Gänsemarsch auf die Bühne traten und ihre Plätze einnahmen. Jax ging hinter Durbins breiten Schultern in Deckung. Da war Mako, genau in der Mitte des Geschehens. Aber … wo war Trey Douglas? Der zukünftige Kandidat würde doch bestimmt nicht seine eigene Siegesfeier verpassen.

Durbin las seine Gedanken. »Der große Zampano kommt immer erst in letzter Minute raus. Hast du noch nie etwas von einem großen Auftritt gehört?« Er nutzte es aus, dass die Menge abgelenkt war, und verhalf sich selbst zu noch einem Portemonnaie.

»Hören Sie auf damit!«, flüsterte Jax.

Beschämt ließ der Sandmann die Geldbörse wieder in die Umhängetasche gleiten, aus der sie stammte.

Durbin hatte recht gehabt mit dem Programmablauf. Der erste Punkt auf der Tagesordnung schien vorzusehen, die Zuschauer anzuheizen, bis es sie nicht mehr auf den Stühlen hielt, bevor der Mann der Stunde sich blicken ließ. Douglas' Wahlkampfmanager brachte den Ball ins Rollen, überließ das Podium dann zwei Regierungsgrößen, die den Stab schließlich an die Frau des Kandidaten und deren zwei treue Söhne weitergaben. Die Energie im Festsaal war inzwischen so geladen, dass man damit das Dach des Gebäudes ohne Weiteres hätte wegsprengen können.

Die Menschen sprangen auf und ab, jubelten, tanzten und schwenkten ihre Arme. Was sie allerdings *nicht* taten, war den Sandmännern in die Augen zu schauen, die sich mit Jax im Schlepptau ihren Weg nach vorn hypnotisierten.

Jax fühlte Panik in sich aufsteigen. Mrs Douglas wollte gerade ihren Mann ankündigen. Jax musste nah genug an die Bühne herankommen, um den Blick des Wahlsiegers einzufangen, bevor der Typ seine Aufmerksamkeit auf den Teleprompter richtete und mit seiner Rede begann.

Die Sandmänner hatten ihre Strategie geändert und sich von Hypnose auf das gute altmodische Schubsen verlegt. Jax warf sich ebenfalls ins Gedränge und versuchte seine Schultern zwischen zwei Schaulustige zu rammen, um sich einen Weg zu bahnen. Aber er prallte direkt ab.

Mrs Douglas schrille Stimme drang bis in die abgelegensten Ecken des Raums. »Ich bin stolz, den Mann ankündigen zu dürfen, den ich liebe, den Mann, den bald alle Amerikaner lieben werden. Mein Mann und unser nächster Präsident: *Trey Douglas*!«

Und da war er, die Marionette von Elias Mako, Senator Trey Douglas, und begrüßte seine Anhänger mit einem Lächeln, das zwei Reihen blendend weißer

Zähne prominent zur Schau stellte. Die Menge wurde fast wahnsinnig. Konfetti rieselte und Luftballons fielen von der Decke. Eine Blaskapelle spielte irgendein zwielichtiges Football-Kampflied aus dem College, aber das hörte sowieso keiner. Der Krach war buchstäblich ohrenbetäubend.

Nicht mehr in der Lage, auch nur einen einzigen Zentimeter weiter vorzurücken, hüpfte Jax in dem vergeblichen Versuch, Douglas' Aufmerksamkeit auf sich zu ziehen, so hoch, wie er konnte. Schließlich stemmte er sich auf die Schultern von zwei Sandmännern.

»Senator ... hier drüben!«

Es war zwecklos. Douglas umarmte seine Frau und seine Söhne, schüttelte Hände und schaute immer in die falsche Richtung.

»Senator!«

Und plötzlich schwenkten die Augen des Kandidaten hinüber zu dem Jungen, der sich über den Köpfen der Menge befand.

Jax' Herz machte einen Sprung. *Es war so weit!* Doch bevor er Verbindung aufnehmen konnte, trat eine große, schlanke Gestalt vor den Kandidaten und starrte hinaus über das Gesichtermeer.

Mako!

Abgeschmettert plumpste Jax zurück zu Boden. Der Feind wusste, dass er hier war, und würde Douglas mit seinem vollen Arsenal an Hypnose-Tricks beschützen.

Jax hatte keine Chance. Der Sentia-Direktor war zu erfahren und zu mächtig.

Wie soll ich Douglas jetzt in meinen Bann schlagen?

Die Niederlage schmeckte bitter in seinem Mund. Es war vorbei. Der Kandidat stieg bereits zum Podium hinauf. Gleich würden selbst die vereinten Kräfte von allen Opus und allen Sparks, die je gelebt hatten, nicht ausreichen, um den Typen zu erreichen. Er würde sich voll und ganz auf den Teleprompter konzentrieren.

Man kann schlecht jemanden hypnotisieren, der einen nicht anschaut.

Außer …

Plötzlich rannte Jax los … nicht vorwärts, sondern seitlich durch die Menge.

»Komm zurück, Mann!«, schrie Durbin über den Lärm hinweg. »Wir haben immer noch eine Chance!«

Doch Jax hatte nur noch seinen neuen Plan im Blick. Es war ausgeschlossen, dass er rechtzeitig nah genug an die Bühne herankam. Aber vielleicht, nur vielleicht, schaffte er es zum Technik-Stützpunkt an der Seite des Festsaals. Dort befand sich das Schaltpult, von dem aus Licht und Ton gesteuert wurden. Diese Funktionen interessierten Jax allerdings nicht. Er hatte es auf den Computer abgesehen, der den Teleprompter auf dem Podium speiste.

Quer zum Saal zu laufen – weg von der Bühne – war

deutlicher leichter, als sich nach vorn zu drängeln. Er fing Hirnbaums verdutzten Blick auf, rannte aber weiter. Er hatte keine Zeit für Erklärungen. Er duckte sich tief, um schwenkenden Armen und Schildern auszuweichen, wühlte sich durch die feiernde Menge und schlüpfte unter dem Seil hindurch, das die Schaltzentrale vom Rest des Raums abgrenzte.

»Hey, du darfst hier nicht …«

Jax sah dem Mann tief in die Augen und brachte ihn zum Schweigen. Einen nach dem anderen hypnotisierte er die Techniker. Bei den meisten reichte ein durchdringender Blick. Andere brauchten ein einfaches Kommando: »Treten Sie zurück und tun Sie nichts.« Zu der Frau am Computer sagte er: »Sie müssen aufs Klo. Es ist dringend.«

Als sie aufstand und losrannte, setzte er sich auf ihren Platz.

»Danke! Vielen Dank!« Douglas war am Mikrofon. Der Beifall verebbte und das Publikum wartete gespannt auf die Rede des Kandidaten.

Jax musste jetzt handeln oder es war zu spät … für ihn, für seine Eltern, vielleicht für das ganze Land.

Er sah auf den Bildschirm des Laptops und sah die Worte: MEINE FREUNDE, HEUTE ABEND HABEN WIR UNS IN DER GRÖSSTEN STADT UNSERER NATION VERSAMMELT, UM DEN BEGINN EINER BEWEGUNG ZU FEIERN, DIE JEDE STADT UND JEDES DORF ER-

GREIFEN WIRD, VOM MEER BIS ZUM STRAHLENDEN …

Blitzartig begriff Jax, wie das System funktionierte. Egal, was sich auf dem Bildschirm befand, würde auf den Teleprompter vor dem Kandidaten projiziert werden. Jetzt gerade war es die Antrittsrede des Wahlsiegers.

Aber nicht mehr lange …

Sein Finger zitterte, als er über das Touchpad fuhr. Jax aktivierte die Webcam des Laptops und starrte direkt in die Linse. Er hatte keine Ahnung, ob es funktionieren würde. Alle Hypnotiseure, die er kannte und von denen er je gehört hatte, überbrachten ihre Hypnose-Kommandos sprachlich. Aber er konnte nicht zu seiner Zielperson sprechen. Alles, was er hatte, war eine Tastatur.

Alles oder nichts, dachte er.

30

Während dieses wichtigen Moments in seiner Karriere sonnte sich Senator Douglas auf dem Podium in der Bewunderung der Masse und schaute zu, wie seine Rede vom Teleprompter verschwand. Die Worte, die er so fleißig geprobt hatte, waren ersetzt worden durch ein Paar ungewöhnliche Augen, die ihre Farbe von Grün zu Blau zu Lila und wieder zurück wechselten. Zuerst verwirrte es ihn, dass ihm an diesem Wendepunkt seines Lebens nichts dringender erschien, als in diese Augen zu schauen.

Eine langer, schmaler Kriechtitel tauchte unter dem Gesicht auf. Eine Nachricht kroch über den Prompter:

SIE SIND GANZ ENTSPANNT.

Und das *war* er! *Total* entspannt. Noch nie in seinem Leben war er so total gelassen gewesen und das hatte er alles diesen wunderbaren Augen zu verdanken!

Noch eine Nachricht erschien:

BEREIT FÜR IHRE REDE?

Auf der Bühne straffte Douglas seine Schultern und nickte heftig. Es sah zwar ein bisschen merkwürdig aus, aber seine begeisterten Anhänger dachten einfach, dass der Kandidat in der Aufregung des Moments gefangen sei.

Am Computer der Schaltzentrale hatte Jax die Kontrolle komplett übernommen. Nachdem Hunderte, ja Tausende von Bildern auf ihn eingeprasselt waren und die Welt in Nebel getaucht hatten, sah er jetzt nur noch eins vor sich. Er richtete seine ganze Konzentration darauf und wusste, dass er Douglas komplett in der Hand hatte. Noch während er tippte, vernahm er seine Worte über die öffentlichen Lautsprecher aus dem Mund des Kandidaten.

»Meine Freunde, danke dass ihr mir die Ehre habt zuteilwerden lassen, für euch als Präsident der Vereinigten Staaten kandidieren zu dürfen. Leider habe ich beschlossen, aus dem Rennen auszusteigen …«

Die Menge schnappte so vernehmlich nach Luft, dass sie alle Sauerstoffmoleküle aus dem Festsaal saugte. Die anschließende Stille war so total, dass man hätte alle sechs Beine einer Ameise einzeln über den Boden tappen hören können.

Auf der Bühne, hinter dem Senator, sprang Elias Mako mit schreckverzerrtem Gesicht auf die Beine. Er schaute an Douglas' linkem Ohr vorbei und entdeckte die einzigartigen Augen von Jackson Opus auf dem Teleprompter. Sein fieberhaft nachdenkendes Gehirn spielte kurz mit dem Gedanken, Douglas durch Hypnose wieder zu sich selbst kommen zu lassen und zu versuchen, diesen Vorfall als Witz herunterzuspielen. Aber im Grunde seines Herzens wusste er, dass niemand es glauben würde. Diese »Rede« wurde gerade von Dutzenden Fernseh- und Radionetzwerken einmal um die Welt gesendet und über das Internet und andere Formen der sozialen Medien weiterverbreitet. Die Katastrophe war nur wenige Sekunden alt und doch war es bereits zu spät.

Makos Blick war von Wut überschattet, als er hinüber zum Technik-Stützpunkt sah und genau die Person entdeckte, die er erwartet hatte. Die einzige Person, die in der Lage war, aus der Ferne zu hypnotisieren. *Die Person, der Mako höchstpersönlich gezeigt hatte, wie es funktionierte!*

»Ich hoffe, Sie sind deswegen nicht sauer«, fuhr der ehemalige Kandidat entschuldigend fort, »aber Sie werden wohl einen anderen nominieren müssen. Tschüss.«

Wild tippend erteilte Jax seinen letzten Befehl:

WENN MEINE AUGEN VERSCHWINDEN, WERDEN SIE SICH AN NICHTS, WAS IN DEN LETZTEN ZWEI MINUTEN PASSIERT IST, ERINNERN:

Und damit riss er das Stromkabel aus der Steckdose.

Douglas trat vom Podium herunter und drehte sich zu seinem guten Freund und Anhänger Dr. Mako um. »Und, wie war ich?«

In der tödlichen Stille konnte man seine Worte bis in die letzte Ecke des Festsaals hören. Sie schienen keinen Sinn zu machen.

Die Stille dauerte insgesamt acht Sekunden. Dann: Chaos. Das Blitzlichtgewitter der Kameras blendete und die Flut an Fragen mündete in unverständlichem Lärm. Alle Reporter im Hotel stürmten auf den Exkandidaten zu, entschlossen als Erster die Story des Jahrhunderts zu landen. Es war unvorstellbar, man kam kaum noch von der Stelle: Die Journalisten und Kameramänner wimmelten wild durcheinander, und die Wahlkampfmitarbeiter riefen am Boden zerstört: *»Warum? Warum? Warum?«*. Es wurde geschubst, gedrängelt und gehauen; in dem Chaos zogen die Sandmänner ihre Runden und bedienten sich an Brieftaschen und Handtaschen – schneller als Axel Hirnbaum sie stoppen konnte. Der alte Mann hatte als Einzelner keine Chance gegen die vielen und seine Herde befand sich im Fressrausch.

In diesem ganzen Durcheinander stand Jax plötzlich Elias Mako direkt gegenüber.

Der Direktor schäumte vor Wut. Sein purpurrotes Gesicht glühte. »Das wirst du mir büßen!«, stieß er zwischen zusammengepressten Lippen hervor.

»Jax!«, erklang eine Stimme hinter ihnen.

Jax wirbelte herum. So viel zu schlechtem Timing. Seine Eltern bahnten sich einen Weg zu ihm, Lolis und Marcinko hatten Schwierigkeiten, mit ihnen Schritt zu halten. Er hätte damit rechnen müssen. Natürlich standen sich Mom und Dad draußen nicht die Beine in den Bauch, wenn im Festsaal ein Aufstand tobte und Jax mittendrin war.

»Verschwindet von hier!«, befahl Jax und scheuchte sie weg.

Es war zu spät. Mako hatte sie entdeckt. »Jetzt wirst du sehen, dass auf Taten Konsequenzen folgen!« Er wirbelte zu ihnen herum und brüllte ein einziges Wort. »Lusitania!«

Die Opus zeigten keine Reaktion.

Mako dachte wahrscheinlich, dass sie ihn einfach nicht gehört hatten in dem Krach. Er sprang zurück auf die Bühne, rannte zum Mikrofon und schrie: »*Lusitania*!« Sein Kommando hallte durch den Festsaal.

Mrs Opus runzelte die Stirn. »Was brüllt er denn da rum?«

Jax sah rot. Ja, die posthypnotische Suggestion war entschärft worden. Aber das wusste Mako nicht!

Er will sie aus Rache umbringen!

In seiner Wut richtete er seine machtvollen Augen auf Mako. Er hatte keine Ahnung, was er vorhatte – ihn hypnotisieren? Ihn verprügeln? Ihn verfluchen? Alles gleichzeitig? Er war sich nicht sicher. Sein Hass auf diesen Mann brauchte einfach ein Ventil, weiter dachte er nicht.

Zu spät fiel ihm auf, dass er mit seinen Gedanken abgeschweift war, und als er sich wieder konzentrierte, stand er unter Beschuss. Es war nicht nur eine leichte Regung in seinem Gehirn, sondern kräftige Roboterarme, die an seinen innersten Gedanken zerrten.

Verzweifelt versuchte Jax sich gegen den Angriff zu verteidigen, musste aber feststellen, dass er total unterlegen war. Tagelange kräftezehrende Rückkopplungen hatten ihn geschwächt und die Hypnose von Trey Douglas durch den Teleprompter hatte ihn seine letzten hypnotischen Kräfte gekostet. Er hatte keine Chance gegen einen Gegner mit dem Können und der Erfahrung des Sentia-Direktors von Sentia.

Mako trat von der Rednertribüne und kam langsam näher, sein Gesichtsausdruck angespannt und doch ruhig.

Wehr dich, sprach Jax sich selbst Mut zu. *Du bist stärker als er! Du kannst ihn aussperren!*

Eine ruhige Stimme sagte ganz nah: »Warum willst du Widerstand leisten? Es ist so viel angenehmer, einfach loszulassen.«

Niemals!

»Du bist ganz entspannt … du fühlst dich sehr wohl …«

Nein!

Kurz darauf wusste Jax gar nicht mehr, warum er so wütend gewesen war. Ihm ging es *gut*. Wenn er es sich genau überlegte, hatte er sich noch nie wohler gefühlt. Energiegeladen, ausgeruht … sogar glücklich. Die Sintflut von hypnotischen Rückkopplungen lag weit hinter ihm. Tatsächlich konnte er sich kaum noch an den wochenlangen Ansturm erinnern … eine vage Erinnerung an etwas Unangenehmes in der fernen Vergangenheit … Was war es gleich noch gewesen …?

»Ist das nicht schön?«, fragte Mako.

»Mmmh«, murmelte Jax, »super«. Warum sollte sich jemand so etwas Wundervollem widersetzen? Was hatte er sich nur dabei gedacht? Jax sah keinen Grund, gegen diese Glückseligkeit anzukämpfen. Das Einzige, was zählte, war, dass es nicht aufhörte …

»Dieses herrliche Gefühl kann für immer deins sein«, versprach Mako, und Jax wusste in seinem Herzen, dass das hundertprozentig der Wahrheit entsprach. »Aber zuerst musst du etwas Wichtiges tun.«

»Natürlich«, versprach Jax laut. »Alles.«

»Hör jetzt gut zu …«

31

Inmitten der aufgewühlten Menge entriss Axel Hirnbaum dem Mönch das Handy und ließ es in die Tasche seines rechtmäßigen Besitzers fallen.

»Sei kein Unmensch, Axel! Die Taschendiebstähle haben sich nicht mehr so gelohnt seit der letzten Konfettiparade der Yankees!«

»Reiß dich zusammen, Tuck«, zischte Hirnbaum. »Willst du wieder in Hausarrest?«

»Kiyoko hat mehr geklaut als ich. Wieso machst du ihr nicht die Hölle heiß?«

Und tatsächlich durchwühlte ein anderer Sandmann ein paar Meter weiter weg einen Rucksack.

Hirnbaum eilte davon und rief mit strenger Stimme über seine Schulter: »Ich bin noch nicht fertig mit dir!« Was für ein Abend! Natürlich war er hocherfreut, dass sie es geschafft hatten, Makos Plan, eine Marionette als Präsident ins Weiße Haus zu setzen, zu vereiteln. Aber wer hätte ahnen können, dass seine Sandmänner in diesem Menschenauflauf außer Rand und Band geraten würden. Monate des Fortschritts waren für die Katz! Es würde schwierig werden, sie zu neuen Treffen im Waschsalon zu motivieren. Vielleicht musste er den Donut-Abend doch wieder einführen …

Er war fast bei Kiyoko angekommen, als Evelyn Lolis ihn am Arm packte. »Ich mache mir Sorgen um den Jungen«, rief sie über den Lärm der Menge hinweg.

Er sah in die Richtung, in die sie mit dem Finger deutete. Da war Jax und lief zielsicher zur Tür.

»Wahrscheinlich geht er aufs Klo«, sagte Hirnbaum. »Das hat er sich verdient. Er hat gerade die Welt gerettet, wie du weißt.«

Lolis schüttelte den Kopf. »Mako und er haben sich gerade Auge in Auge gegenübergestanden. Ich glaube, er befindet sich in Trance.«

Der alte Mann war sofort hellwach. Jax hatte dem Direktor von Sentia bei seinem größten Coup Sand ins Getriebe gestreut. Seine Rache würde furchtbar sein.

Für sein Alter bemerkenswert flink, sauste Hirnbaum durch den Menschenstrom und folgte Jax hinaus ins Atrium des Hotels.

»Warte, Junge!«, rief er. Lauter: »Jax, du hast es geschafft!«

Nichts ließ darauf schließen, dass Jax ihn gehört hatte, obwohl die Worte durch die vierzehn Stockwerke der Lobby hallten. Mit weit ausholenden, entschlossenen Schritten setzte er seinen Weg durchs Atrium fort.

Der alte Mann begann zu rennen. Die Menge war hier nicht so dicht. Der ganze Rummel fand im Festsaal statt.

Die Opus tauchten im Eingang auf. »Jax?«, rief seine Mutter. »Wohin gehst du?«

Keine Antwort. Jax betrat den Fahrstuhl aus Chrom und Glas, drückte allem Anschein nach den Knopf für das oberste Stockwerk und wandte seinen Blick nach vorn, als sich die Türen schlossen. Er starrte geradeaus und sah direkt durch Hirnbaum und die Opus hinter ihm hindurch, als wären sie gar nicht anwesend.

Der alte Mann stürzte zurück in den Festsaal und ignorierte den Ansturm an Fragen von Jax verwirrten Eltern. Er steckte beide Zeigefinger in den Mund und stieß einen schrillen Pfiff aus, der das laute Nachspiel der Pressekonferenz schneidend durchdrang. Er konnte gut pfeifen; das hatte er im Gefängnis gelernt.

Es war das Notsignal. Die Sandmänner wussten, dass er es nur verwenden würde, wenn die Lage wirklich schlimm war. Sie kamen sofort, ließen augenblicklich alles – darunter mehrere Geldbörsen – fallen.

Hirnbaum breitete seine Arme aus und alle steckten die Köpfe zusammen.

Ihnen blieb nicht viel Zeit.

*

Durch das fleckenlose Glas des Aufzugs beobachtete Jax, wie die Lobby unter ihm immer kleiner wurde. Wie schön sie war, dachte er. Normalerweise fiel ihm so etwas nicht auf. Aber in seinem euphorischen Zustand war die ganze Welt ein einziger Schaukasten, nur erschaffen, um ihn in Staunen zu versetzen. Die Chromverzierungen glänzten, und die bauschigen Gardinen schienen eher über dem Atrium zu schweben, als zu hängen, wie ein riesiger goldener Rochen, der über das Hotel Galaxy wachte. Jax war ein Teil dieses majestätischen Ökosystems. Das herrliche Gefühl würde für immer andauern, wenn er seinen Teil dazu beitrug, um es weiter gedeihen zu lassen. Es schien total fair und vernünftig. Tatsächlich fand er, dass er Glück gehabt hatte, dieses Wunder miterleben zu dürfen. Und das alles hatte er nur Dr. Elias Mako zu verdanken, der sein Leben der Bildung und Erziehung in New York City gewidmet hatte und eine Inspiration für jeden Einzelnen von uns war.

Mit einem leisen Klingelton kam der Fahrstuhl in der vierzehnten Etage an, im obersten Stockwerk des Atriums. Jax trat auf den Balkon und spähte über das Geländer zum Fußboden der Lobby, der sich fast dreißig Meter unter ihm befand. Er konnte es kaum erwarten, diese Entfernung zu durchmessen, elegant nach unten zu schweben, als würde er auf einer Wolke reiten. Dr. Mako hatte einen Schwalbensprung vorgeschlagen, hatte die Details aber ganz allein Jax überlassen.

Er war zwar kein besonders guter Taucher, aber er war sich sicher, dass er es schaffen würde, elegant dabei auszusehen. Er wollte etwas so Perfektes nicht kaputt machen.

Jax schwang ein Bein über das Geländer und hob beide Arme in Taucherpose. Er musste es genau richtig machen. Vielleicht würde er keine zweite Chance kriegen …

*

Seit der Nacht, in der die Berliner Mauer einstürzte, hatten nicht mehr so viele Hypnotiseure so viele Menschen in so kurzer Zeit in Trance versetzt. Axel Hirnbaum und die Sandmann-Gilde rannten durch den Festsaal, starrten in Gesichter und sprachen mit eindringlicher Stimme. Innerhalb von Sekunden strömte eine Armee von Rekruten in die Lobby.

In der Eile drehten sich ein paar Köpfe gen Himmel. Ängstliche Rufe wurden laut, als die Zuschauer eine winzige Gestalt erspähten, die gerade vierzehn Stockwerke über ihnen über das Geländer kletterte. Aber die meisten in der heranstürmenden Horde waren hypnotisiert. Sie konzentrierten sich voll und ganz auf die Aufgabe, die vor ihnen lag – nicht mehr und nicht weniger.

»Hier entlang!« Axel Hirnbaum platzte aus der Mitte der Menge und führte seine heranrollende Armee zu den ellenlangen wogenden Gardinen vor den Fenstern. Skrupellos packte der Mob den goldenen Saum.

Ein Schrei entfuhr Mrs Opus, als sie die kleine Gestalt erkannte, die sich bereit machte zum Sprung aus großer Höhe.

»Nein!!«, brüllte ihr Mann entsetzt.

Und dann trat Jackson Opus hinaus ins Leere.

Er stürzte und war ehrlich erstaunt, dass er nicht schwebte. Seine verzweifelten Eltern stürmten vor und wollten den sinnlosen Versuch unternehmen, ihn aufzufangen mit dem Risiko, dabei draufzugehen. Jax sah sie für den Bruchteil einer Sekunde. Aber dann waren sie verschwunden und etwas Großes, Goldenes versperrte ihm den Weg.

Hirnbaums Sandmänner und ihre Brigade aus hypnotisierten Zivilisten liefen rückwärts durch die Lobby und spannten die seidenen Gardinenvorhänge so straff, wie sie konnten. Jax fiel fünfzehn Meter, prallte auf den Stoff und kam ins Rutschen, wobei sein Schwung im selben Maße nachließ, wie der Winkel der Gardine flacher wurde. Kurz vor Schluss fing er an zu rollen, warf drei seiner Retter wie Kegel um und plumpste auf den Boden. Es war eine harte Landung, aber bei Weitem nicht so hart wie die, die der Direktor von Sentia für ihn vorgesehen hatte.

Durch den Aufprall erwachte er aus seiner Trance. Er starrte in den Gesichterkreis um ihn herum. »Was …?« Das Letzte, woran er sich erinnerte, war, dass er Dr. Mako im Tumult nach der Pressekonferenz gegenübergestanden hatte.

Die Menge ließ den Vorhang los, der wie eine Welle zurück durch die Lobby fegte. Die Neugierigen und die Besorgten brachen durch die zurückfliegenden Vorhänge hindurch. Die meisten hatten das Drama im Atrium zwar verpasst, aber augenscheinlich war hier etwas passiert, was sogar für noch mehr Wirbel sorgte als das unerwartete Ausscheiden von Trey Douglas aus dem Präsidentschaftswahlkampf. Allen voran kamen Jax' Eltern angerannt, verrückt vor Erleichterung. Jax wurde von ihrer Umarmung fast erdrückt und war begeistert, hier zu sein. Er war begeistert, überhaupt irgendwo zu sein.

Doch die tränenreiche Wiedervereinigung wurde von einem hammerschlagartigen Angriff auf Jax' Verstand unterbrochen. Er sah sich im Atrium um, und in der Tür zum Festsaal entdeckte er Mako, der ihn mit nacktem Hass und unverhohlener Bösartigkeit anstarrte.

Oh, nein, kommt nicht infrage. Nicht schon wieder!

Jax starrte mit höchster Konzentration zurück und legte alles, was er hatte, in die Abwehr dieses Überraschungsangriffs. Für einen atemlosen Moment existierten nur noch zwei Menschen im Hotel, die in einen Kampf verstrickt waren, der für die anderen um sie herum unsichtbar war. Auf der einen Seite der erfahrenste aller lebenden Hypnotiseure; auf der anderen der zwölfjährige Nachfahre der legendären Stammbäume der Opus und Sparks. Eine völlig aussichtslose Situation.

Hirnbaum ging dazwischen und fing die Wucht von Makos Attacke mit seinen eigenen machtvollen Augen auf.

Jax versuchte, ihn beiseitezuschieben. »Gehen Sie aus dem Weg, Mensch! Das ist nicht Ihr Kampf!«

Der Blick des Gilde-Präsidenten ließ Mako keine Sekunde los. »Es war schon mein Kampf, bevor du geboren wurdest.«

Es brauchte die vereinte Kraft der New Yorker Polizei und des Geheimdienstes der Vereinigten Staaten, um diese Konfrontation zu beenden. Sie umringten Senator Douglas und brachten ihn mitsamt seinem Gefolge – Mako eingeschlossen – aus dem Hotel.

Bevor der Direktor von Sentia sich seinem ehemaligen Kandidaten anschloss, drehte er sich zu den Opus und fauchte: »Das ist noch nicht das Ende.«

Jax wurde bang ums Herz, und er befürchtete, dass das eines der seltenen Male war, wo Dr. Mako die Wahrheit sagte.

32

Mr Opus' lautstarke Stimme hallte durch die Wohnung. »Was meinst du mit ›weggehen‹?«

»Du hast Mako gehört, Dad«, erklärte Jax. »Er ist hinter uns her. Er kann sich in unsere Köpfe einschleichen! Schau doch nur, was allein heute fast passiert wäre. Du hast versucht, vor einen Zug zu springen, und ich dachte, ich könnte fliegen. Wenn Axel nicht gewesen wäre ...«

Der Satz musste nicht zu Ende geführt werden. Die Opus wussten ganz genau, was ohne den Präsidenten der Sandmann-Gilde passiert wäre. Ihr Sohn wäre tot, und sie wären mit ziemlicher Sicherheit nicht mehr am Leben, um um ihn zu trauern.

»Wir sind Axel sehr dankbar«, versicherte Mrs Opus ihrem Sohn. »Wir haben nur vergessen, ihm im Hotel zu danken, weil wir beide unter Schock standen. Und außerdem war er gerade ziemlich wütend auf seine Sandmänner. Wer hätte gedacht, dass Hypnotiseure solche Gauner sind?«

Ihr Mann beschloss, jetzt besser seine Fingernägel einer näheren Inspektion zu unterziehen. Denn das war nicht der richtige Zeitpunkt, seine Familiengeschichte ins Spiel zu bringen, wo er so hart daran gearbeitet hatte, sie zu vergessen.

Jax verteidigte die Gilde-Mitglieder. »Diese ›Gauner‹ haben sich megamäßig für uns eingesetzt, als wir sie brauchten. Aber wir können nicht erwarten, dass sie draußen vor unserem Haus Wache stehen. Wenn Mako zum nächsten Schlag ausholt, müssen wir von hier weg sein!«

Mr Opus wollte es nicht verstehen. »Du meinst *wegziehen*?«

»Nicht nur wegziehen«, erklärte Jax. »Wir müssen unsere Namen ändern und irgendwohin gehen, wo uns niemand kennt. So etwas wie ein Zeugenschutzprogramm für Hypnotiseure.«

»Das geht nicht!«, brach es zornig aus Jax' Mutter heraus. »Dein Vater hat einen Job; ich habe eine Praxis. Es hat Jahre gedauert, das alles aufzubauen! Und jetzt sollen wir es in die Tonne treten wegen deinem … Hokuspokus?«

»Von einem Balkon aus dem vierzehnten Stock zu springen ist alles andere als fauler Zauber«, beharrte Jax. »Auch wenn es sich wissenschaftlich nicht erklären lässt, wie Mako mich dazu gebracht hat, ist es trotzdem passiert. Und ich wäre echt tot gewesen und nicht nur eingebildet tot, wenn ich auf dem Boden aufgeschlagen wäre. Dasselbe gilt für einen Sprung vor den Zug oder von einer Brücke oder für Sich-selbst-in-Brand-Stecken oder für sonst was, zu dem man überredet werden kann, wenn man sich in Trance befindet!« Er breitete seine Arme aus. »Gerade du solltest auf mich hören, Mom. Mesmer war dein *Cousin*!«

»*Entfernter* Cousin«, sagte sie steif.

»*Weit* entfernt«, fügte ihr Mann hinzu.

Jax ging auf seinen Vater los. »Und verglichen mit deinen Verwandten, sind Typen wie Axel und Mako nichts weiter als blutige Anfänger. Es ist kein Hokuspokus – es ist genauso echt wie ein Erdbeben. Und wenn wir uns nicht aus der Schusslinie bringen, werden wir plattgemacht.«

Die Opus schwiegen lange. Jax hatte sie noch nicht überzeugt, aber er merkte, dass seine Worte langsam zu ihnen durchsickerten.

Schließlich brach Mr Opus das Schweigen. »Es ist nicht einfach, sein ganzes Leben über den Haufen zu werfen.«

»Das weiß ich, Dad. Es wird nicht leicht. Aber die Sandmann-Gilde hat uns ihre Hilfe angeboten.«

»Oh, na prima!«, rief Jax' Mutter. »Ihre Art von ›Hilfe‹ habe ich gesehen. Wahrscheinlich warten sie darauf, dass wir verschwinden, damit sie unsere Wohnung plündern können!«

Dad versuchte, sachlich zu bleiben. »Was ist mit Geld? Wir haben zwar etwas gespart. Aber das ist für die Zukunft. Davon wollen wir deine Collegeausbildung bezahlen, Jax.«

»Kein College wird mich aufnehmen, wenn ich tot bin«, sagte Jax düster.

Seine Eltern starrten ihn nur an.

✳

Jax kam mit einem Schaudern wieder zu sich und sah, dass Axel Hirnbaum ihm beruhigend zulächelte. Er rekelte sich und warf beinah die zusammengeklappte Chiropraktiker-Liege um, die an einem Stapel Kartons im Umzugswagen lehnte.

»Und?«, fragte er nervös.

In weniger als vierundzwanzig Stunden hatten die Opus ihr Leben umgekrempelt, eingepackt, was sie konnten, und wollten New York für immer verlassen. Aber all das wäre umsonst, wenn Sentias Direktor irgendwelche strategischen Suggestionen in Jax' Gehirn verankert hätte. Mako war ein zwanghafter bis schon genialer Ränkeschmied und Jax hatte gerade mehr als zwei Monate unter seiner Fuchtel verbracht. Konnte der Direktor ihm auch noch aus der Ferne irgendwie Schaden zufügen oder ihn dazu bringen, sich selbst Schaden zuzufügen? Vielleicht trug Jax auch irgendeine hypnotische Konstruktion in sich, durch die man ihn aufspüren konnte. Das wäre genauso gefährlich. Für einen Hypnotiseur wie Mako war fast alles möglich.

Da Jax sich nicht selbst auf solche Zeitbomben hin untersuchen konnte, hatte er eingewilligt, dass der Präsident der Sandmann-Gilde ihn in Trance versetzte und inspizierte.

»Ziemlich raffiniertes Gefrickel an deinem Verstand«, musste Hirnbaum grummelnd eingestehen. »Du trägst eine Suggestion, die dich alles vergessen lassen soll, was du über Mako und Sentia weißt.«

»Ich wusste es«, knurrte Jax. »Ich habe Geschichten über Exhypnos gehört, die nicht mal mehr diejenigen erkennen, mit denen sie täglich zusammengearbeitet haben. Was ist der Auslöser?«

»Das ist das Geniale daran«, sagte der alte Mann. »Es gibt keinen.«

»Aber ich erinnere mich an jeden Riss in jeder Deckenplatte an diesem Ort«, protestierte Jax. »Ich wünschte, das wäre nicht so, aber so ist es eben.«

»Es gibt noch eine Suggestion, die das Kommando zum Vergessen aufschiebt. Und der Auslöser *dafür* ist weder ein Wort noch eine Handlung.«

Jax runzelte die Stirn. »Was ist es dann?«

»Ein Gesicht. Übrigens ist sie ein echter Hingucker. Zu meiner Zeit hat man eine Frau wie sie einen ›heißen Feger‹ genannt.«

Jax nickte. »Maureen Samuels, die stellvertretende Direktorin. Sie ist die Erste, die man sieht, wenn man reinkommt, und die Letzte, wenn man nach Hause geht.«

Der alte Mann runzelte die Brauen. »Du warst mehr als eine Woche nicht mehr dort. Eigentlich sollte das mehr als genug Zeit gewesen sein, um in deiner Erinnerung alles ungeschehen zu machen.«

Beschämt zog Jax sein Handy hervor und schaltete es ein. Die Bildschirmsperre war ein Foto von ihm neben der schönen Ms Samuels. »Ich wollte es nur meinen Kumpels in der Schule zeigen«, gestand er. »Irgendwie bin ich wohl nie dazu gekommen, es zu löschen.«

Hirnbaum kicherte. »Sogar der große Mako kann nicht an alles denken. Er hätte Quasimodo und nicht Marilyn Monroe einstellen sollen. Aber egal, du musst dir keine Sorgen machen. Ich habe beide Suggestionen deaktiviert.«

Jax schenkte ihm ein betrübtes Lächeln. »Für jemanden, der eine ganze Gilde ins Leben gerufen hat, um Sandmänner davon zu überzeugen, keine Hypnose anzuwenden, sind Sie ziemlich geübt darin.«

Der alte Mann zuckte mit den Achseln. »Es ist eine Gabe. Das ist ja das ganze Problem. In der einen Minute rettet man die Welt; in der nächsten ist man in der Bank und versetzt den Manager in Trance, damit er einen durch den Tresorraum führt.«

Mrs Opus wuchtete zwei Koffer über die Ladeklappe. »Das sind die letzten. Dein Vater bringt gerade den Bentley zurück zum Händler. Er muss deswegen immer wieder weinen, also sprich es besser nicht an.«

»Das werde ich ganz bestimmt nicht«, versprach Jax. »Glaubst du, mir geht's gut dabei? Ich kann noch nicht mal glauben, dass wir es wirklich machen.«

Sie seufzte, setzte aber ein tapferes Gesicht auf. »Wir fahren los, sobald er zurück ist.«

»Dann bleibt mir noch etwas Zeit«, stellte Jax fest. »Es gibt noch eine letzte Sache, um die ich mich kümmern muss.«

33

Jax kamen die Flure der I.S. 222 merkwürdig vor, vor allem, weil er wusste, dass er sie wahrscheinlich nie wieder zu Gesicht bekommen würde. Lustig – es gab Tage, da hätte er alles darum gegeben, aus diesem wuchtigen alten Gebäude mit seinem Geruch nach Tennissocken und alter Pizza wegzukommen. Jetzt war er wehmütig, als wäre es trautes Heim, Glück allein gewesen.

Vielleicht war der Grund dafür folgender: Er hatte noch nicht wirklich Zeit gehabt, wegen der Katastrophe zu trauern, die über seine Familie hereingebrochen war. Mom und Dad waren wegen ihm aus ihrem Leben und von ihren Karrieren fortgerissen worden. Und sie alle gaben New York auf, die einzige Heimat, die er je gekannt hat und je kennen wollte. Es war einfacher, sich von einer Reihe rostiger Schließfächer zu verabschieden, als sich einzugestehen, dass der Jackson Opus, den er seit zwölf Jahren kannte, nicht mehr länger existierte. In zwei Tagen würde er ein anderer von anderswo sein und das war unvorstellbar für ihn.

Es war mitten in der achten Stunde und die Gänge waren leer. Und das war gut so. Er hatte keine Lust, immer wieder und wieder erklären zu müssen, was passiert war, seit er die Treppe hinuntergestürzt war und das Bewusstsein verloren hatte. Die Geschichte würde ihm sowieso keiner glauben. Er glaubte sich selbst kaum.

Achte Stunde – Französisch. Er schmiegte sich eng an die Tür und linste durch das kleine Fenster, bis er Tommys Blick begegnete. Tommy sprang auf – wie vom Blitz getroffen – und war sofort bei ihm draußen.

»Ich dachte schon, du bist tot, Opus! Ich habe dir etwa sechshundert Mal gesimst!«

Jax zog seinen Freund in den nächsten Waschraum. »Wir müssen reden.«

»Was du nicht sagst! Hast du schon die Neuigkeiten über deinen Trey Douglas gehört? CNN hat es die größte politische Krise seit Watergate genannt!«

»Noch größer«, sagte Jax. »Bei Watergate wurde Präsident Nixon Auge in Auge von einem Mitarbeiter hypnotisiert. Ich habe Trey Douglas durch seinen Teleprompter gekriegt.«

»Was erzählst du da für einen Quatsch, Mann! Was ist los?«

Statt zu antworten, sah Jax seinem Freund tief in die Augen.

Tommy war beleidigt. »Du versuchst mich zu *hypnotisieren*? Warum?«

»Entspann dich …«, murmelte Jax. »Du wirst ganz ruhig …«

»Nein, werde ich nicht«, fauchte Tommy ihn an. »Ich werde sehr sauer! Was ist los mit dir, Opus? Du weißt, dass du mich nicht hypnotisieren kannst!«

Jax erhöhte die Intensität seines Blicks. Es stimmte. Er hatte es bisher noch nie geschafft, Tommy Cicerelli in Trance zu versetzen. Aber er wusste auch, dass er einen Weg finden musste, damit es diesmal klappte. Es war zum Besten seines Freundes. Dass Jax' Familie leiden musste, war eine Sache, aber Tommy war ein unschuldiger Zuschauer. Mako hatte Tommy bereits gefunden und ihn zumindest einmal hypnotisiert. Sein Freund würde nicht sicher sein, solange er über Sentia und die Trey-Douglas-Affäre Bescheid wusste.

Jax hatte ihm schon zu viel erzählt.

»Na schön«, schnaubte Tommy. »Lass es krachen, Merlin. Tu dein Schlimmstes. Falls du es vergessen hast: Ich bin farbenblind. Du hast keine Chance gegen mich! Für mich sind deine berühmten Augen nur grau in grau!«

Das macht es schwierig, aber nicht unmöglich, dachte Jax und fokussierte noch mehr. *Gestern Abend habe ich Elias Mako abgewehrt! Ich bin ein Opus und ein Sparks und ich kann das!*

Als das BiB-Bild zwischen ihnen auftauchte, wusste Jax sofort, dass es nur von Tommy kommen konnte. Er sah sich selbst in Schwarz-Weiß und die dunkelgrünen Klokabinen hatten die Farbe von rußiger Kohle.

Jax verschwendete keine Zeit. Es kam ihm sowieso schon wie ein schrecklicher Verrat vor, dass er in den Verstand seines Freundes eindrang. Je länger er sich darin herumtrieb, desto mehr würden Tommys Gedanken und Gefühle zu ihm durchsickern, und das Leben war so schon schwer genug.

»Wenn du aufwachst, fühlst du dich entspannt und glücklich. Und jetzt kommt das Wichtigste: Du wirst dich in keinster Weise daran erinnern, dass Jackson Opus die Fähigkeit zur Hypnose besitzt. Du wirst alles vergessen, was er dir je über das Sentia-Institut und die Sandmann-Gilde erzählt hat. Du wirst dich nicht erinnern an …«

Er rasselte eine lange Liste mit Einzelheiten herunter, die Tommy vielleicht während der Wochen, die Jax bei Sentia verbracht hatte, aufgeschnappt haben könnte. Noch nie in seiner kurzen Karriere als Hypnotiseur war er je so sorgfältig und präzise vorgegangen. Wenn er Tommy auch nur mit einer einzigen Erinnerung zurücklassen würde, die ihn irgendwie auf Makos Radarschirm bringen könnte, würde das eine Katastrophe nach sich ziehen. Jax hatte das Leben seiner eigenen Familie vollständig umgekrempelt. Er würde es sich nie verzeihen, wenn Tommy wegen ihm litt.

Als er fertig war, keuchte er, als hätte er gerade einen Marathon gewonnen. Es blieb nur noch eins zu sagen und es schmerzte mehr als alles andere.

»Und außerdem waren du und Jackson Opus nie wirklich eng befreundet«, murmelte er, und seine Stimme klang nur ein bisschen rau. »Du kennst den Typen kaum, also macht es dir auch nichts aus, dass er nicht mehr da ist.«

Er ließ seinen Freund, seine Schule, sein Leben hinter sich. Als er auf demselben Weg zurück zu dem beladenen Umzugswagen ging, nahm er kaum Notiz von der wuseligen Stadt um ihn herum.

Es war an der Zeit, vom Angesicht der Erde zu verschwinden.

Piers Torday

Die Große Wildnis

ca. 384 Seiten, ISBN 978-3-570-22526-4

In einer Welt, in der keine Tiere mehr existieren, kommt sich auch der 12-jährigen Kester manchmal vor, wie der letzte seiner Art. Zumindest in dem Mentorium für Problemkinder, in dem er lebt und wo alle so tun, als sei mit ihm etwas nicht in Ordnung. Als er dann auf einen Schwarm sprechender Tauben trifft, denkt Kester, jetzt werde er völlig verrückt. Aber diese Tiere haben ihm etwas mitzuteilen ...
Sie befreien Kester und bringen ihn in die Wildnis zu einem Ort, an dem die letzten wilden Tiere verborgen vor der Welt überlebt haben. Ihr weiser Anführer, ein mächtiger Hirsch, bittet Kester um Hilfe, und gemeinsam begeben sie sich auf eine große Reise.
Ein großartiger Abenteuerroman – dramatisch, bildgewaltig und gefühlsgeladen.

40245

www.cbj-verlag.de

James Oswald

DREAMWALKER

In einem kleinen Ort, fern der großen Städte der Zwillingskönigsreiche, wächst der junge Errol auf. Er ist dort ein Außenseiter – sieht er doch so ganz anders aus als die Einheimischen und weiß nicht einmal, wer sein Vater ist. Denn niemand, nicht einmal er selbst, ahnt etwas von seiner wahren königlichen Herkunft. Tief in den Wäldern wird derweil Benfro, ein junger Drache, in die magischen Künste eingeweiht. Wie die seiner Mutter, ist es auch seine Bestimmung, ein großer Magier zu werden. Niemand würde vermuten, dass die Zukunft aller in den Zwillingskönigreichen in den Händen dieser beiden ungleichen Helden liegen wird. Doch das Schicksal wird den Jungen und den Drachen zusammenführen und ihrer beider Leben auf immer verändern ...

Der Zauber des Drachenvolkes
Band 1, ca. 416 Seiten,
ISBN 978-3-570-40306-8

Das Geheimnis des Magierordens
Band 2, ca. 480 Seiten,
ISBN 978-3-570-40307-5

Die Gefangene des Drachenturms
Band 3, ca. 416 Seiten,
ISBN 978-3-570-40308-2

40284_3

cbj

www.cbj-verlag.de